漂流者たち

私立探偵　神山健介

柴田哲孝

祥伝社文庫

目次

プロローグ

　人生を捨てるのは、簡単だ。

　特に難しく考える必要はない。

　事務所の金を、数千万円ほど持って逃げる。

　それだけの決断をする度胸《どきよう》があれば、築き上げてきたすべてのものも、しがらみも、何もかもを捨て去ることができる。

　あとは金を使い果《は》たすまで生きて、どこかで野垂《のた》れ死ねばいい。死ぬことは、生きることほど難しくはない。まして、辛《つら》いものでもない。

　男は美しい海岸を見下ろす駐車場に車を駐《と》め、降り立った。

　ブルックスブラザーズの紺《こん》のスーツの上に、バーバリーのコートを羽織《はお》る。その服装と銀縁《ぎんぶち》の眼鏡を掛けた都会的な風貌《ふうぼう》は、普通の旅行者には見えない。東北の海辺のこの辺《あた》りには、どこか溶け込まない雰囲気があった。

　男は、しばらく海を見つめていた。目の前に広がる青い海面は、皮肉なほどに静かで穏《おだ》やかだった。薄い雲に霞《かす》む空には、海鳥の群れが舞っていた。

だが、春まだ浅いこの時期の風は冷たい。男はコートの前を合わせ、襟《えり》を立てた。車の助手席から、黒いナイキのリュックサックを下ろす。中には数千万円の札束が入っているが、まだ数えてはいない。

一般道を長いこと運転してきたので、少し歩きたかった。それにも増して、空腹だった。もう午後もだいぶ遅い時間なのに、昼食を食うのも忘れていた。

男はリュックを肩に掛け、歩きはじめた。海岸沿いに歩けば、何か店があるだろう。

海岸の前方には険しい岩肌の岬《みさき》が海に迫《せ》り出し、白い波が砕けていた。背後の岬の断《だん》崖《がい》の頂上には、午後の陽光を受けて輝く灯台が聳《そび》えている。だが男は二つの岬も、その間に続く美しい海岸の名前も知らなかった。ただわかっていたのは、自分が二度と後戻りのできない場所にいるということだけだ。

だが、人生は所詮《しょせん》そんなものだ。時計は常に、前に進んでいる。誰もが、〝時間〟という現実から逃れることはできない。後戻りできる都合《つごう》のいい人生など、この世にひとつもありはしない。

しばらく行くと、道路沿いに小さな食料品店があった。男は軋《きし》むサッシの戸を開け、薄暗い店の中に入った。低い棚の上に、菓子パンや缶詰などの申し訳程度の食料品が並んでいた。

男はその中からクリームパンとカレーパン、魚肉ソーセージの束を選び、小さな冷蔵庫の中の日本茶と共にレジに持っていった。奥から出てきた店番の老婆が、拙《つたな》い手付きでレジを打つ。

「全部で……六八八円だね……」

老婆がそういって、品物を袋に入れる。

「ここは、何ていう場所なの？」

男が千円札を渡しながら、訊《き》いた。

「ここけ。いわき市の、豊間《とよま》だよ」

老婆が袋と、釣り銭を渡す。

「それじゃあ、この先の岬の上に見える灯台は……」

「塩屋崎《しおやざき》の灯台だよ。ほら、美空《みそら》ひばりの〝みだれ髪《がみ》〟っていう曲のさ」

「ああ、あの歌の……」

「あんた、東京の人け。綺麗《きれい》な所だから、行ってみるといいよ」

品物の入った袋を受け取り、店を出た。また、歩きはじめる。しばらく行くと海を眺《なが》める小さな公園があり、男はそこのベンチに腰を下ろした。

腹が鳴った。袋からパンを出して、かぶりついた。人間は不思議なもので、命さえあれば腹が減る。

塩屋崎の灯台を眺めながら、パンを食った。自分の生まれた村の近くにも灯台があったはずなのに、これまでそんなものに興味を持ったこともなかった。だが、いまは、断崖の上で午後の斜光を受けて輝く白い灯台が、神秘的にまで美しく見えた。

もし、もう一度人生をやりなおせるとしたら……。

日本全国の灯台を巡ってみたい。いったい、どのくらいの数があるのだろう。ふと、そんなことを思った。

気が付くと男の周囲に、海鳥が集まっていた。食べかけのパンを千切《ちぎ》って投げると、先を争って奪い合う。そしてまた男は、パンを千切って投げる。

その直後だった。平穏《へいおん》な空気が突然、変わった。それまで男の周囲にいた海鳥が、けたたましい鳴き声と共に一斉に飛び立った。

何かが、来る……。

男が、ベンチから立った。それまで静かだった海面が、何かに共鳴するように細波《さざなみ》立った。周囲が暗くなったように、光が落ちる。不快な、耳鳴り。五感のすべてが、正常な機能を失う。

幻覚か……。

いや、違う。

低い地鳴りと共に、何かがこちらに向かってくる……。

次の瞬間、凄《すさ》まじい力に空間が歪《ゆが》んだ。男は生き物のように波打つ地面に突き上げられ、叩きつけられた。立とうとしたが、立てなかった。

地面に座り込んだまま、周囲を見渡した。何が起こったのか、わからなかった。

道を走っていた車が、蛇行《だこう》してぶつかった。背後の町並が、積み木のように暴れ、崩れた。重い瓦《かわら》の屋根が、爆発したように飛んだ。

男は、地面をころげた。遠くの岬から砂煙《すなけむり》が上がり、岩肌が剝《は》がれ落ちた。誰かの、悲鳴。近くの建物が軋《きし》み、崩れる轟音《ごうおん》。それまで西日を受けて輝いていた彼方《かなた》の灯台が、まるでゴムでできたおもちゃのように大きく揺れていた。

これは、地震だ。とてつもなく巨大な、地震だ。男は頭を抱え、地面の上をころげながら、そう思った。

どのくらいの時間が経《た》ったのか……。

五分くらいにも感じたし、三〇分以上揺れていたような気もした。いつの間にか、地震は収まっていた。

ゆっくりと、顔を上げた。一瞬、ここがどこなのかわからなかった。周囲の素朴《そぼく》な海辺の町並は破壊され、叩き潰《つぶ》されて、風景は一変していた。壊れた家々から、人が飛び出してくる。どこからか助けを呼ぶ声と、女の泣き声が聞こえてきた。

男は、ゆっくりと立ち上がった。自分が怪我《けが》をしていないことを確かめる。その時、町のサイレンが鳴り、放送がはじまった。

――ただいま……東北地方に……大きな地震がありました……。津波に……注意してください……。落ち着いて行動し……高台に逃げてください――。

男は、我に返った。

そうだ。ここは、海辺だ。津波が来る。

男はリュックの中にパンの袋を入れ、それを肩に掛けて歩きだした。車に戻らなくてはならない。そして一刻も早く、ここから逃げなくてはならない。

だが、車を駐めた場所までは遠かった。どのくらいの距離を歩いてきたのか、記憶が飛んでいる。周囲の人々は、もう車や徒歩で高台の方に向かって逃げはじめていた。

それでも男は、自分の車に向かった。遠くの駐車場に、ぽつりと車が見えていた。あの車の中には、大切なものが入っている。

足早に、海へと下る道を歩いた。逃げる人々の流れが、逆に向かっていく。だが、もうそれほど遠くない。

男はその時、奇妙なことに気が付いた。

海が、おかしい。水が、無くなっている。潮《しお》が遠くまで引き、岩や砂、海藻などの海底が露出している……。

津波が、来る。

男は、迷った。車なんかどうでもいい。逃げろ。頭の中で、声が聞こえた。だが体は逆に、海辺に向かって走っていた。

もう少しだ。間に合う。塩屋埼灯台は、まだ岬の断崖の上に立っていた。車に乗り、あそこまで逃げれば、助かる……。

だが男は、その時また海を見た。足を止め、その場に立ちすくんだ。

まさか……。

異様な光景だった。水平線が歪み、盛り上がっている。それが壁のように立ち上がり、凄まじい速さでこちらに向かってくる。現実とは思えないような光景だった。

人々の悲鳴。だが男には、その声も耳に入らなかった。目の前を逃げていく人々の姿も、目に入らなかった。

ただ、すべてを包み込む地鳴りのような音に耳を傾《かたむ》けていた。目の前に立ちはだかる、巨大な山のような波を見上げた。

もう逃げられない。そう思った。

人生を捨てるのは、本当に簡単だ——。

第一章　喪失

1

平穏な春の午後だった。

神山健介《かみやまけんすけ》は特に急ぎの仕事もなく、薪《まき》ストーブの前で小説を読んでいた。手にしていたのは、ドン・ウィンズロウの長編『フランキー・マシーンの冬』だった。元伝説のマフィアの殺し屋の、初老の男。ある日、突然その男を巻き込む厄介《やっかい》な事件。そして逃走と、復讐《ふくしゅう》――。

神山は、そのストーリーにのめり込んでいた。だが、もうすぐに終わる。読み終えてしまうのが惜《お》しくなるような小説は、久し振りだった。

薪を焼《く》べるために、本を閉じる。外を見ると、庭の梅の花がほころびはじめていた。この辺《あた》りの山にも、間もなく春がやってくる。

窓辺に立つ神山の足に、犬のカイがまとわりつく。鼻声を出し、どこか不安そうで、神山から離れようとしない。

「どうしたんだ、カイ。散歩なら、さっき連れてってやっただろう」

カイの様子がおかしいことに気付いたのは、二日ほど前からだった。いつになく落ち着きがない。外に出せば家に入りたがるし、入れてやれば今度は出たがる。散歩に行けばいつものコースを外れ、むやみに強い力で神山をどこかに引いていこうとする。

夜になっても、寝ようとしない。まるで狼《おおかみ》のように、ひと晩中遠吠《とおぼ》えを繰り返す。そういえばおかしいのは、カイだけではない。神山の家に居付いていた三毛《みけ》の野良猫も、ここ何日か姿を見かけていない。

「お前、最近変だぞ。何か、おれにいいたいのか」

だが、神山に甘える仕草には特別いつもと違う様子はない。カイには、会津《あいづ》犬の血が入っている。野性の本能が強い。ただ季節の変わり目で、苛立《いらだ》っているだけなのか……。

神山がカイから離れようとした時だった。突然カイが、何かの気配に気付いたように背後を振り返った。何もない壁に向かい、低く唸《うな》りはじめた。

「いったい、どうしたんだ……」

その時だった。神山も、何かの気配を感じた。

地鳴りだ。低く重い地響きと共に、とてつもなく巨大なものが、山を登ってくる。天井の照明器具が、揺れている……。

地震？？？

一瞬だった。そう思った時には、手遅れだった。神山は足元から、突き上げるような衝撃に襲われた。

体が、飛ばされた。

家全体が、不気味な音を立てて歪《ゆが》んだ。

ガラスが砕ける。

周囲の家具が生き物のように踊り、跳ね上がる。

壁に掛けてある皿や、絵画、家具、食器、すべてのものが空間を飛び交《か》った。

カイが吠えながら、部屋の中を走り回る。

神山は頭を抱え、ソファーとテーブルの下に潜《もぐ》った。

やがて薪ストーブの煙が部屋に充満し、視界が白い闇の中に消えた。


二〇一一年三月一一日、午後二時四六分一八秒『東北地方太平洋沖地震』発生――。

東日本を中心に日本列島全域を、史上空前の巨大地震が襲った。

震源地（震央）は太平洋プレートと北米プレートの境界域の北緯三八度六分一二秒、東経一四二度五一分三六秒、深さ二四キロ。太平洋の三陸《さんりく》沖、牡鹿《おしか》半島の東南東約一三〇キロの地点。地震の規模を表わすマグニチュードは9・0。この数値は一九九五年の阪神《はんしん》・淡路《あわじ》大震災の一四五〇倍にも相当。ＰＧＡ（最大加速度）二九三三ガルという激震が、一瞬の内に日本列島を疾《はし》り抜けた。

震源域は東北から関東にかけて幅二〇〇キロ、長さ五〇〇キロもの広範囲に及んだ。最大震度は宮城県栗原《くりはら》市の震度7。宮城県涌谷《わくや》町、大崎《おおさき》市、仙台《せんだい》市宮城野《みやぎの》区、石巻《いしのまき》市、福島県白河《しらかわ》市、須賀川《すかがわ》市、大熊《おおくま》町、双葉《ふたば》町、茨城県日立《ひたち》市、高萩《たかはぎ》市、栃木県市貝《いちかい》町、大田原《おおたわら》市、宇都宮《うつのみや》市でも震度6強、那須町などで震度6弱を記録。さらに東京都二三区内で震度5、名古屋《なごや》で震度4、大阪で震度3、鹿児島県や北海道全域、東京都の小笠原《おがさわら》諸島などでも震度4から1が観測された。後に気象庁の発表により、「少なくとも四カ所の震源領域で三回の地震が重なった連動型地震であった」ことが明らかにされた。

巨大地震は一瞬にして、東日本全域を破壊しつくした。

沿岸部を中心に、各地で建物が倒壊。湾岸の工業地帯や石油コンビナートも大打撃を受け、炎に包まれた。さらに道路、鉄道、空港などの交通網も寸断。水道、電気、ガス、通信に至るまですべてのライフラインが壊滅し、各地で都市機能を消失した。人々はパニックに陥《おちい》り、生活の基盤を失った。

だが、すべては本当の大惨事の序章にすぎなかった。大地震発生から約三〇分後、東北地方や北関東沿岸部の町や港を、今度は巨大津波が襲った——。

テレビやラジオでは、地震発生の直後から津波警報の第一報を流していた。だが当初の予報では、津波の高さは「数十センチから数メートル……」という小さなものだった。しかもすでに停電になり、この報道を見ていない者も多かった。

だが、実際に沿岸部を襲った津波は、その予報を遥《はる》かに超える巨大なものだった。関東北部から福島県、宮城県、岩手県の海岸線の多くの地点に波高一〇メートル以上の津波が到達。湾の最深部など局地的には三〇メートル以上。最大遡上《そじょう》高四〇メートル以上。さらに巨大津波は場所によっては沿岸から数キロ、河口部では十数キロの地点まで遡上。逃げ惑う人や車、建物、鉄道、船、さらに町や村のすべての機能を呑み込みながら押し流した。

だが、日本の存亡を左右する悲劇は、まだ終わってはいなかった。

大地震から約四一分後の午後三時二七分——。

福島県双葉郡大熊町にある『東京電力福島第一原子力発電所』を遡上高一四メートル以上の津波が呑み込んだ。この時すでに福島原発は、地震の本震で送電線の鉄塔が倒壊。外部電力を失っていた。さらに津波により、本体よりも海側に設置されていた非常用ディーゼル発電機も水没。同時に完全なSBO（ステーション・ブラック・アウト＝全交流電源喪失状態）に至り、原子炉内部や核燃料プールへの冷却水の送水が完全に止まった。

後に明らかにされたところによると、事故の数時間後には一号機から三号機で次々とメルトダウン（炉心溶融《ろしんようゆう》）を発生。人類史上最悪の〝レベル7〟の原発事故は、刻々と時を刻みはじめていた。

2

激震が収まるのを待って、神山はゆっくりと体を起こした。

カイが神山を気遣うように体を寄せ、顔を舐《な》める。そのカイの白い毛並と神山の体の上にも、薄《うっ》すらと灰を被《かぶ》っていた。

「だいじょうぶだ、カイ。心配するな」

神山はそういって、カイの頭を撫《な》でた。

まず最初にストーブのゲートやダンパーをすべて閉じ、火を消した。このストーブが倒れなかったことは、好運だった。だが、重さ一二〇キロもある鋳鉄《ちゆうてつ》のストーブが倒れるようなら、この古い家そのものが倒壊していただろう。

神山は改めて、室内を見渡した。惨憺《さんたん》たる有り様だった。ほとんどの家具が倒れ、壁に掛けてあった額や棚まで落ちていた。床は散乱した本や置き物、割れた食器やグラスの破《は》片《へん》が山のようになり、足の踏み場もない。伯父《おじ》が集めていたロイヤルコペンハーゲンの皿も、ベネチア硝子《ガラス》のワイングラスも、すべてばらばらだった。まるで、部屋の中に爆弾でも投げ込まれたかのようだった。

神山はその光景を、しばらく呆然《ぼうぜん》と見つめていた。四〇年も人生を生きてきて、これほど巨大な地震は初めてだった。震源地はどこなのか。他では、何が起きているのか。だがテレビのスイッチを入れてみても、停電で何も映らない。

蛇口《じゃぐち》を開けたが、水は出なかった。外に出ると、プロパンのガスボンベも倒れていた。固定電話も、携帯電話も通じなくなっていた。神山はその時点で、自分がどのような状況に置かれているのかを冷静に分析した。

まずは、情報だ。

神山は家を出て、車に乗った。スバル・フォレスターのキーを回し、AM局のラジオをつける。スピーカーから、雑音と共にアナウンサーの声が聞こえてきた。

〈……引き続き……地震のニュースを……本日午後二時四六分頃……東北地方を中心に……震度7から6強の……強い揺れを観測し……各地で大きな被害が出ており……この地震により津波が……沿岸部では海から離れるように……注意を呼び掛けており……〉

情報は、断片的だった。何もわからない。だが神山の頭の中に、ひとつの言葉が強く残った。

震度7――。

町では、もっととんでもないことが起きているはずだ。

家の中に戻り、電源の切れている冷蔵庫を開けた。独身の男の一人暮らしなど、ろくな食料が入っているわけがない。だが冷凍にしてあったベーコンやピクルス、チーズ、その他缶詰やインスタントラーメン、レトルトのカレーや乾麺のパスタなど、手当たり次第《しだい》に大きなアイスボックスに放り込んだ。

ミネラルウォーターは二リットルのペットボトルに一本と少し。ウイスキーが一本。それにカイのドッグフードがひと袋。足りないものは、町に出て買っておいたほうがいい。もし、買えればだが……。

とりあえず、家は無事だ。それだけでも運が良かった。神山はカイを家に残し、フォレスターに乗った。だが、ガソリンが半分しか入っていない。

町に向かった。

周囲の情況は、無残だった。神山の住む西郷《にしごう》の真芝《ましば》から国道一八九号線の沿線にかけて、ほとんどの家が被害を受けていた。瓦《かわら》屋根の家は、すべて瓦が突き上げられて崩れ落ちていた。いったい、どのような力を受けたらこのような壊れ方をするのか。斜《なな》めに傾いてしまったり、上下に潰《つぶ》れたり、完全に倒壊している家もある。人々は外に出て、家を眺めながら、不安そうな表情で途方《とほう》に暮れていた。

途中で、村の小さな食料品店に寄った。だが、普段はほとんど人のいない店が、人でごった返していた。店の中もめちゃくちゃで、何も買えなかった。途中のコンビニも、すべて店を閉めていた。

ラジオからは延々と、大地震の情報が悲鳴のように流れ続けていた。

〈……東北地方沿岸の各地に……津波が到達しています……高さは場所によって数メートルを超え……家屋や車などを押し流し……いま……新しい情報が入りました……経済産業省によりますと……たったいま東京電力から連絡が入り……福島第一原子力発電所では地震と津波によりすべての電源がストップし……緊急炉心冷却システムが動かなくなり……繰り返します……今日午後の地震により……福島第一原発では……〉

福島第一原発……。

その言葉を聞き、背筋に冷たいものが疾った。福島原発は、白河からそれほど離れていない。直線距離で、おそらく八〇キロか。もし重大な事故が起きたら、この辺りはどうなるのか——

道路の片側が、抉《えぐ》れたように大きく陥没《かんぼつ》していた。ブレーキを踏み、急ハンドルで避《よ》けた。道が何かの巨大な力で圧縮されたように歪み、波打っていた。

落ち着け……。

自分にいい聞かせた。

白河の町が近付くにつれて、車が混みはじめた。国道は市内に向かう車線も、反対車線も渋滞《じゅうたい》でほとんど動かない。辺りはすでに、暗くなりはじめていた。

だが、神山は視界の中に小さな異変を感じた。遠くに見える市内の町並に、いつの間にか明かりが灯《とも》っていた。停電が、部分的に回復したのか。ともかく、町は死んでいない。それまでの出来事が、すべて幻覚だったような錯覚《さっかく》が頭を過《よぎ》った。

だが、現実だ。夢ではない。いまも神山の目の前で、家の外壁がすべて崩れ落ちている。いったい、どれほどの被害と犠牲が出ているのか。だが車のラジオからは、混沌《こんとん》とした情報が断片的に流れてくるだけだ。

その時、ポケットの中で携帯が鳴った。

携帯が、通じた……。

神山は慌《あわ》てて電話に出た。薫《かおる》からだった。

――よかった……神山君、無事だったのね――。

地震の発生以来、人との初めての会話だった。急速に、胸の中で硬い痼《しこり》が解けていくような気がした。

「そっちは、だいじょうぶなのか」

――私は何でもないわ。でも、家の中がめちゃくちゃで、お父さんが倒れてきた家具で怪我《けが》をしてる。壁が崩れて、車も動かないし――。

「迎えに行こうか」

——だいじょうぶ。近所の人が、助けに来てくれたから。それより、頼みがあるの——。

「何だ」

——有希《ゆき》ちゃんがいまの地震のショックで、陣痛がはじまっちゃったらしいの。いま、お母さんから連絡が入ったんだけど——。

有希は、薫の息子の陽斗《はると》の彼女だ。出産予定日まで、まだ二週間はあったはずだが。こんな時に……。

「陽斗はどうしたんだ」

——今日は大工《だいく》のアルバイトで、広瀬《ひろせ》君といっしょに郡山《こおりやま》の現場に行ってる。電話が繋《つな》がらなくて、連絡が取れないのよ——。

「それで、おれはどうしたらいい」

——有希ちゃんは、白河厚生病院にいるわ。私か陽斗が行くまで、先に行っててほしいの——。

「わかった。これから、病院に向かう」

神山は、電話を切った。車が、動き出した。国道を逸《そ》れ、市内を迂回《うかい》する脇道に入った。

どこをどう通ったのか、わからなかった。渋滞を避け、知らない道に迷い込み、また渋滞に巻き込まれる。途中、白河小峰《こみね》城の前を通ったが、総石垣造りで知られる名物の石垣がほとんど崩壊していた。

途中、何度か陽斗に電話を入れてみたが、まったく繋がらない。メールも、だめだ。回線が混雑しているのか、やはり携帯は役に立たない。

パトロールカーや救急車のサイレンが、絶《た》え間《ま》なく鳴り響く。どこかでガソリンを入れたかったが、開いているスタンドはどこも長蛇《ちょうだ》の列ができていた。白河以外の町はどうなってしまったのか。まったくわからない。

七時前に、病院に着いた。病院には、明かりが灯っていた。中は、地震による怪我人でごった返していた。エレベーターで三階の産婦人科に行くと、有希の母親が一人で待合室にいた。会うのは初めてだったが、すぐにわかった。年齢は神山と同じくらいだ。

「陽斗君のお母さんに頼まれてきました。有希さんは、どうですか」

「もう産室に入ったから、すぐに生まれると思うけんども……」

不安そうに、神山を見る。

だが、生まれてくる子の父親の陽斗にはまだ連絡が取れていない。自分の子供が生まれようとしていることさえ、知らないだろう。立ち会うのは、二人だけだ。まだ一八歳の少女が初めて出産するには、あまりにも不安な情況だった。

八時を過ぎて、薫が駆けつけた。だが、やはり、陽斗には連絡がついていない。この頃になると、白河市内は完全に携帯が通じなくなっていた。不安な時間だけが、刻々と過ぎていく。

そして八時五五分、新しい命が生まれた。分娩《ぶんべん》室から、元気な産声《うぶごえ》が聞こえてきた。その場にいた三人の表情に、笑みが浮かんだ。男の子だった。

だが、陽斗は間に合わなかった。

薫と有希の母親が赤んぼうを見に行き、神山は一人で待合室にいた。テレビが一台あり、延々と地震関連の報道番組が続いていた。津波の光景が映し出され、各地の被害や、犠牲者、行方不明者の数が刻々と明らかになっていく。

アナウンサーの表情にも、焦燥《しょうそう》が浮かんでいる。いまもまた、そのアナウンサーの目の前に新しい原稿が回ってきた。

――たったいま、新しいニュースが入りました。東京電力によりますと、福島第一原発は津波により一三機ある非常用ディーゼル発電機もすべて停止。全交流電源喪失状態に至り、核燃料プールへの送水が完全に止まったとのことです。これを受けて政府は午後九時二三分、特措《とくそ》法に基《もと》づき、福島第一原発から半径三キロ以内の住民に対して避難指示を。また半径三キロから一〇キロ以内の住民に対し屋内退避の指示を発令しました。繰り返します。東京電力によりますと、福島第一原発は津波により……――。

神山は呆然と、テレビの画面を見つめていた。やがて心がすべてを拒絶するように、周囲の音が消えた。

日本は、どうなるのか……。

3

地震から二日が経《た》っても、事態は混迷していた。

白河市内では電気は翌日から通りはじめたが、水道はまったく回復する見込みがつかなかった。市民は給水車が来るのを、ただ待つしかなかった。

それ以上に深刻だったのは、食料不足や飲料水の問題だった。市内のコンビニではほとんどが無料で飲食物を配ったが、それも一日も経たないうちに底を突いた。翌日からは、被災をまぬがれたスーパーに長蛇の列ができた。だが品物は買い溜《だ》めに走った市民で瞬時にして消え去り、次に入荷する予定も立たなかった。

ガソリンも、買えなかった。携帯は、あいかわらずほとんど通じない。どこかの店に列ができれば、品物を奪い合うために争いが絶えない。まるで戦時下の、非常事態を想像させるような光景だった。

だが一方で、被害情報は少しずつ明らかになっていった。白河では小峰城をはじめ、大手電器メーカーの工場や市内のいたる所で土砂《どしゃ》崩れが発生。国道や県道などが寸断されただけでなく、死者行方不明者を含めて一〇人以上の犠牲者が出ていた。

だが震源地に近い地域――特に東北の沿岸部――の津波による被害は、さらに深刻だった。

福島県の南相馬《みなみそうま》市では、海に近い平野部の約一八〇〇世帯がほぼ壊滅。ほとんどの道路も瓦礫《がれき》に埋もれて使えなくなり、救援隊が近付くこともできない。

宮城県の仙台空港では、ターミナルビルが二階まで水没。航空機や車輌も津波に押し流され、約一三〇〇人が取り残されていた。

仙台市の若林《わかばやし》区で、約二〇〇人の遺体を発見。名取《なとり》市では、約一〇〇人の遺体を発見。多賀城《たがじょう》市の石油コンビナートでは火災が発生したが、現場が冠水しているために消防隊も近付けない。

七ケ浜《しちがはま》町では、海辺の集落がほぼ壊滅。女川《おながわ》町も、平地の市街地の大半が壊滅。しかも国道などの主要道路がすべて寸断され、完全に孤立している。

南三陸《みなみさんりく》町は、町役場も消防本部もすべて津波で消失した。現時点でわかっているのは、約一万八〇〇〇人の住民の半数が所在不明であることだけだ。犠牲者の数や被害情況は、まだ実態さえ把握《はあく》できていない。

気仙沼《けせんぬま》市も、市の中心部が津波を受けて壊滅した。港湾内では重油タンクに火災が起き、周辺の住宅にまで延焼していまも燃え続けている。

岩手県陸前高田市《りくぜんたかた》は、人口二万以上の市街地の八割近くが波高三〇メートル以上の津波に呑み込まれて壊滅した。さらに主要道路である国道四五号線は、気仙大橋が崩落。いまだ被害情況は明らかになっていない。

大船渡《おおふなと》市では市内の二五〇〇棟以上が全壊。約七三〇〇人が避難している。釜石《かまいし》市でも製鉄工場などが大きな被害を受け、九〇〇〇人近くが避難。大槌《おおつち》町は市街地がほぼ全滅。宮古《みやこ》市でも十数カ所の町や村が壊滅。久慈《くじ》市では国家石油備蓄タンクが壊滅。青森県でも八戸《はちのへ》市の市内や港内が津波に襲われ、停泊中の漁船などに大きな被害が出た。

さらに東北だけでなく、北関東や千葉県内にも本震や津波により甚大《じんだい》な被害が出ていた。中でも東京湾岸の市原《いちはら》市の石油コンビナートでは、コスモ石油千葉製油所の備蓄タンクが倒壊、炎上。東京都内でも建物の倒壊や死者が相次《あいつ》いでいた。

こうした暫定《ざんてい》的な被害情況を知る手段は、テレビや新聞、そして風説だった。特にテレビでは、どこのチャンネルをつけても震災以外の番組はやっていなかった。被災地や、三月一一日当日の津波の映像が繰り返し映し出され、あとはACの公共広告がとりとめもなく流されているだけだ。

三月一三日現在、暫定的な人的被害は死者一六九七名。安否不明一万二四一二名。だがその中で最も被害が大きい宮城県では、県警本部長や県知事が「県内だけでも死者は万人単位になるだろう」という見通しを発表していた。

震災によって失われたものは人々の命や生活だけではなかった。自動車関連ではトヨタ、日産《にっさん》、ホンダなどの工場がほぼ全面生産停止。電器ではソニー、シャープなどの主要工場も操業停止に追い込まれた。さらに製鉄や金属、化学、セメント、石油産業なども大きな打撃を受け、日本の経済や産業は完全にその機能を喪失していた。

正に、日本というひとつの国の存亡の危機だった。この感覚はけっして大袈裟《おおげさ》なものではなく、東北地方に住む者にとっては率直《そっちょく》な現実だった。毎日、頻繁《ひんぱん》に発生する余震の不気味な揺れに耐えながら、誰もが先行きの見えない不安に怯《おび》えていた。

自分たちは、これからどうなるのか……。

その逃れようのない焦燥をさらに増幅させ、希望を奪い、人々を追い詰める要因となったのが福島第一原発だった。

三月一一日の本震と津波によってSBO（全交流電源喪失状態）に至った福島第一原発の事故は、その後も悪化の一途《いっと》を辿《たど》り続けた。東京電力は燃料プールへの送水冷却が完全に止まっていることを把握しながら廃炉を決断せず、海水の注入を躊躇《ちゅうちょ》。結果としてこの自己保身しか考えない身勝手な判断が、地域住民の生命を危険にさらし、日本を国家的危機にまで追い込むことになる。

地震翌日の三月一二日午後三時三六分、福島第一原発一号機が水素爆発。轟音《ごうおん》と共に建屋が吹き飛び、大量の放射性物質が飛散。この時点ですでに周辺で約九〇人の被曝《ひばく》が伝えられ、政府は避難指示範囲を原発から半径二〇キロ圏内へと拡張した。

続けて一四日午前一一時一分、福島第一原発で二度目の水素爆発。三号機の建屋が爆砕《ばくさい》した。だが、この二回の水素爆発は、福島第一原発事故の目に見える表面的な現象のひとつにすぎなかった。この時点ではまだ明らかにされていなかったが、福島第一原発は一号機から三号機において、次々とメルトダウン（炉心溶融）という最悪の事態に陥っていたのだ。

神山は福島第一原発の二回に及ぶ水素爆発を、テレビの画面で見ていた。だが、自分の住んでいる場所から僅《わず》か八〇キロの地点でとんでもないことが起きていることはわかっても、その実態は何も理解できなかった。東京電力の責任者や原子力安全委員会の担当者は記者会見の場に立ち、意味不明の専門用語を振りかざして言い訳に終始する。政府と国民の接点である内閣官房長官までが、健康には「ただちに問題はない……」という曖昧《あいまい》な見解を繰り返すだけだった。

だが、その裏で目に見えない悪魔は、着々と侵攻し人々を蝕《むしば》みはじめていた。一四日の二度目の爆発から翌一五日にかけて、福島第一原発は一立方メートル当たり一万ベクレル——法令規制値の約二五〇〇倍——という大量の放射性ヨウ素131を放出していた。

しかもこの時点でＳＰＥＥＤＩ（緊急時迅速放射能影響予測ネットワークシステム）は、

一〇兆ベクレルという天文学的な数値の放射性ヨウ素の放出量を推計していたのだ。それでも東京電力、原子力安全委員会、政府はこれらのデータを隠蔽《いんぺい》し、何も知らない国民の頭上から放射性物質が降り注ぐことを黙殺してしまった。

原発で二度目の爆発が起きた日の午後、神山は震災から初めて陽斗に会った。この頃はまだ、携帯は運が良ければ散発的に繋がるという程度だった。病院に生まれた子供の様子を見に行くと、陽斗は待合室で一人ぼんやりと座っていた。

「無事だったのか」

神山を見ると、陽斗がやっと笑った。

「あの日、来てくれたんだってね。ありがとう。ぼくは翌朝になってやっと家に帰って、お婆ちゃんから子供が生まれたことを聞いたんだ……」

「おめでとう。これで、お前も父親だな。先を越されちまったよ」

「ありがとう……」

だが、陽斗の笑顔に暗い不安の影が過る。

二人で保育室に、赤んぼうを見に行った。窓からの穏やかな光の中で、赤んぼうは小さな手を握り健《すこ》やかに眠っていた。汚れのない穏やかな寝顔だった。

だが、この子は自分の運命を知らない。自分がどのような情況に生まれ、どのように生きていくことになるのかを。そして自分を育《はぐく》むこの心地好《ここちよ》い大気の中に、セシウムや放射性ヨウ素という目に見えない毒が含まれていることさえも。

「名前は」

「勘太郎《かんたろう》……。もうずいぶん前から決めてたんだ……」

陽斗の名字は〝関根《せきね》〟だ。関根勘太郎か。

「男らしい名前だ。元気に育ちそうだ」

だが、ガラス越しに保育室の赤んぼうを見つめる陽斗は、何もいわずに黙っていた。

待合室に戻り、ソファーに座った。自動販売機でコーヒーでも買おうと思ったが、すべて売り切れだった。この町ではもう、食べ物も飲み物も自由に買うことすらできない。

「これから、どうするつもりだ。白河にずっといるつもりなのか」

神山が訊《き》いた。

「他に、どこに行くのさ。もう、高校も卒業だし。この騒ぎが落ち着いたら、仕事をするよ。有希と勘太郎を食わしていかないと……」

男としての、正当な決意だった。

「しかし、福島原発の件はどうするつもりだ。放射性物質も、かなり出ている。また爆発があるかもしれない。おれの歳ならまだいいが、お前はまだ若い。それに勘太郎は……」

陽斗が、視線を上げた。

「そんなことをいったって、仕方ないよ。ぼくだって、家族を連れて逃げたい。でも、ぼくも有希も、この町で生まれて育ったんだ。家も、家族も、親戚も、仕事も、全部この町にあるんだよ」

「わかってる。しかし……」

「仕方ないんだ。東京や大阪に行ったたって、家もない。仕事もない。知ってる人もいない。親子三人で、どうやって生きていけばいいのさ。ぼくたちはこの町でしか、生きていけないんだよ……」

神山は、何もいえなかった。陽斗のいっていることは、正しい。わかっているのだ。だが、この世の中はあまりにも不条理だ。

携帯が鳴った。思い出したように、何かを受信する。誰かからの、無事を確認する見舞のメールだろう。

〈神山様。東北は、大変なことになっていますね。無事だとよいのですが――〉

やはり、そうだ。東京の興信所時代のクライアントの一人、並木《なみき》祥子《しようこ》という弁護士からだった。当時はまだ独立していなかったが、何年か前に事務所を持ったという噂《うわさ》は聞いていた。

だが、ただの見舞のメールではなかった。

〈――実は、急で申し訳ないのですが、神山さんに一件お願いがあります。元、私の同《どう》僚《りょう》だった坂井保邦《さかいやすくに》という弁護士を覚えてますか。その坂井が、今回の地震が起きる前日の三月一〇日に、失踪《しっそう》したのです。すでに捜索願が出されているのですが、地震から二日後の一三日に福島県警の方から連絡があり、坂井の車がいわき市の豊間海岸の近くで津波に流された状態で発見されたと――〉

神山は、口の中に込み上げる苦いものを呑み下した。

豊間海岸の場所を、思い浮かべる。塩屋崎の南の、県内でも津波の被害が大きかった辺りだ。

しかも、福島第一原発から、五〇キロも離れていない……。

4

とにかく、ガソリンが必要だった。

震災直後から「ガソリンが買えなくなる」という風説が流れはじめ、数時間並んでやっと一〇リットル手に入るという情況が続いていた。これが一四日になるとさらに深刻化し、白河のガソリンスタンドから完全にガソリンが消えた。

だが反面、電気が復旧したことにより、固定電話は通じるようになった。神山は事務所に戻り、東京の並木祥子に電話を入れた。

「いったい、何があったんだ」

神山の問いに答える前に、しばらくの間があった。だがそれは神山に何かを隠そうとしているわけではなく、どうやって説明するべきか考えているような間に感じられた。

——彼、お金を持ち逃げしたの——。

まるで、自分が罪を犯したように祥子がそう答えた。彼女が当時、坂井と仕事の仲以上に親しかったことは、周囲の誰もが知っていた。

「金、というのは、いくらだ」

また、しばらくの間があった。そして祥子が、いいにくそうに答える。

——六〇〇〇万円……——。

神山は、息を呑んだ。いうまでもなく、大金だ。普通ならば、雇われ弁護士に縁のある金ではない。

「いったい、何の金だ」

——神山さんは、あの人がマークリー法律事務所を辞めた後で何をしていたか聞いていないの——。

『マークリー法律事務所』――。

確かに、そんな名前だった。ジョン・マークリーというアメリカ人の弁護士が東京の丸《まる》の内《うち》に開いた法律事務所で、常に日本人の若い弁護士を三人ほど雇《やと》って手広くやっていた。祥子と坂井も、その事務所の同僚だった。だが神山は、坂井が事務所を辞めたことも知らなかった。

「いや、聞いていない。何をやっていたんだ」

――政治家の秘書になったのよ。山口県の、久保江将生《くぼえまさき》衆議院議員の――。

聞いたことのある名前だった。確か、二〇〇九年八月の第四五回衆議院選で初当選した政治家の一人だ。

「すると、〝政治の金〟なのか」

今度は、かなり長い間があった。

――そういうことなのかもしれない……。他には考えられないし――。

やはり、曖昧な返事が戻ってきた。だが、仕方がない。いまは日本じゅうの誰もが、冷静な判断ができない時でもある。

「それで、おれにどうしろというんだ。もし金を取り戻そうというなら、おれよりも警察の方が早いだろう」

受話器の向こうから、祥子の溜息《ためいき》が聞こえてきた。

——警察は、だめなの。お金のことはいえないのよ——。

予想どおりの答えが返ってきた。

「なぜだ」

——久保江将生は、私のクライアントの一人なの。坂井に紹介されたのよ——。

神山の質問の答えにはなっていない。だが、ある程度の事情は察することができた。クライアントに対して守秘義務があるのは、弁護士も私立探偵も同じだ。

「もう一度、訊こう。おれに、何をやらせたいんだ」

祥子が間を置き、溜息をついて答える。

——お金を、捜してほしいの。もし津波に流されてしまったのでなければ——。

「それだけか」

——坂井を見つけて。生きているのか死んでいるのかはわからないけど。もし無事なら、私に連絡を取るようにいってほしいの——。

最初の金の件はクライアントからの仕事、後の坂井本人の件は祥子自身の要望のように聞こえた。

「条件は」

神山が訊いた。祥子が、長く考える。

——通常の調査費の他に、特別手当を出します。それと……もしお金が戻ってきたら、その二〇パーセント……――。

悪くない条件だった。いや、取り戻した金の二〇パーセントというのは、常識外れの好条件といってもいい。〝金を取り戻す〟というよりも、その〝存在そのものを消したい〟という強い意志のようなものを感じた。

もしくは、危険手当か。いや、それだけではない。

「こちらにも、条件がある」

神山がいった。

――何？　私の一存でできることなら――。

「そちらの把握《はあく》している情報は、すべてこちらにも提供してほしい。何も、隠さない。そしてこちらが要求した情報についても、すみやかに調べて報告してほしい」

――待って、それは――。

「無理ならば、やめる。この話は、引き受けない」

祥子の、長い沈黙があった。その間に、何度も溜息が聞こえた。そして、諦《あきら》めたようにいった。

――彼は、人を殺して逃げたのよ――。

今度はしばらく、神山の方が言葉を出せなかった。

5

三月一六日——。

宮城県、岩手県の被災地では低気圧の通過に伴い、早朝から積雪を観測。気温も各地で〇度から氷点下を記録した。その中で被災者たちは満足な食べ物や電気もない避難所で、僅かばかりの灯油の火の前で肩を寄せ合い、寒さに凍《こご》えていた。

震災から六日目になり、次第にその深刻な爪痕《つめあと》の全貌《ぜんぼう》も明らかになりはじめていた。総務省消防庁によると、この日の午前一〇時半現在で明らかになっている死者は二三〇六人。行方不明者は六八八三人。さらに午後一一時には、死者の統計は五〇〇〇人を超えた。

だが依然として幹線道路は各地で寸断され、ガス、水道、電気のライフラインの復旧も遅れていた。食料や水、生活用品などの物資輸送だけでなく、救助活動も遅々《ちち》として進んでいない。被災地では、各地で二次被害による犠牲者が出はじめていた。

福島第一原発事故の経過も、日を追うごとに悪化の一途を辿っていた。午前五時四五分、四号機が再び出火。八時三七分、今度は三号機から白煙が上がる。だが周囲の放射線量が高すぎるために消火の方法すらなく、各原子炉内で何が起こっているのかすらわからなかった。

　さらに午前一〇時頃から、福島第一原発内の放射線量が一段と急上昇をはじめる。午後〇時三〇分には、正門付近で毎時一〇・八五ミリシーベルトのガンマ線を検出。これでいずれかの炉のメルトダウンが決定的となるが、東京電力、原子力安全委員会、政府までもがその可能性を隠蔽していた。

　これに対し警視庁第一機動隊は放水車による原子炉冷却の計画を明らかにし、東京を出発。一方、陸上自衛隊では三号機の上空からヘリコプターにより水を投下する計画を立てたが、周辺上空の放射線量が被曝限界値を超えたためにこれを断念。原発から二〇～四〇キロのモニタリングポストの測定値でも、飯舘《いいたて》村の村役場で毎時三八・三マイクロシーベルトというとてつもない放射線量を記録した。

　この動きを受けて、福島第一原発からの大規模な避難がはじまった。その数は福島県内の避難指示を受けた一〇市町村の住民だけでも、約八万人。福島県警はこれに四五〇人の警察官を動員し、バスなどの車輌三五台を使って二〇キロ圏外へと住民のピストン輸送を行なった。

　まるで一九八六年四月二六日の、チェルノブイリ原子力発電所事故を髣髴《ほうふつ》とさせる風景だった。当時のソビエト連邦政府が事故による放射性物質の放出を数日間周辺住民に隠し続けたことも、まったく同じだった。しかも今回の福島第一原子力発電所の事故は、〝レベル7〟に分類されたチェルノブイリと同等か、もしくはそれ以上になることは誰の目にも明らかだった。

福島第一原発がきわめて危険な状態にあることは、否定しようのない事実だった。いつ何が起きるのか。最悪の場合には、核爆発が起きる可能性もある。東電の関係者や政府関係者の家族が、続々と関西や海外に逃げているという風説が流れた。この風説は、ある意味では事実だった。

避難指示が出された福島原発から二〇キロ圏内の住民だけでなく、不安や恐怖という意味では他の県内の市町村の人々も同じだった。車を動かせる者は家族や最低限の荷物だけを乗せ、次々と県境を越えて茨城県や栃木県へと南下した。県境の町、白河でも混乱が続いた。だが、自主避難しようにも、少しでも原発から離れようにもガソリンが手に入らない。それが現実だった。

福島は、どうなるのか。食料や水、ガソリンも手に入らぬままに、見捨てられてしまうのか。誰もが同じ不安に怯えていた。

だが神山だけは、この混乱の中を福島原発に近い、いわき市の豊間海岸に向かおうとしていた。

幸い、神山の家には井戸があった。飲料水には困らない。空のペットボトルとキャンプ用の水タンクなどに井戸水を詰め、約三〇リットルを車の荷台に積み込んだ。これで一週間はもつだろう。

　食料は、十分とはいえなかった。ただでさえも買い置きが少なかった上に、ここ数日でかなり消費していた。現在の時点で残っていたのは米が約一キロとパスタが三食分、レトルトカレーが一つ、缶詰が三個だけだった。とても足りない。

　仕方なく神山は近所の農家を回り、ジャガイモなどの保存の利《き》く野菜を少し買った。他に、卵が一ダース。家の中からオリーブオイルや塩、胡椒《こしょう》などの調味料も掻《か》き集め、キャンプ用具一式と共に荷台に積んだ。

　ウイスキーはボウモアの一二年がボトルに三分の二。日本酒が五合ほど。安物の焼酎が一本。それが全財産だった。

　問題は、やはり車のガソリンだった。神山のスバル・フォレスター二・〇XTの実質的な燃費は、リッター当たり約一〇キロ。タンクには満タンで約五五リットルほど入るが、ゲージは三分の一辺りのところを指している。約一五リットルから二〇リットル弱というところか。これでは寸断されている現在の道路事情を考えると、白河と豊間の片道分でしかない。

　神山はもう一台、ポルシェのCARRERA4を持っていた。この車では、荒れた被災地の道は走れない。だが、ガソリンは少し入っていた。

　ポルシェをガレージでジャッキアップし、燃料ポンプから直接ガソリンを抜いた。約、一五リットル。ハイオクだが、スバルに入れても問題はない。これで約三〇リットルのガソリンが確保できた。

神山は、頭の中で計算した。白河の西郷からいわき市の豊間海岸までは、直線距離で約七〇キロ。現在の道路事情を考えると、実走行距離はその倍の約一五〇キロというところか。それならば三〇リットルのガソリンがあれば、何とか往復できるだろう。

とにかく、行ってみるしかない。神山は家の戸締まりを確認し、カイを助手席に乗せて白河の市街地に下った。

途中で、薫の家に寄った。カイを預かってもらうように頼むつもりだったのだが、家を見ただけでそのような状態ではないことがわかった。

「ごめんね、神山君……。家はこんなだし、お父さんは地震で怪我をしてまだ起きられないし、陽斗の子供は生まれちゃったし……。いまは、ちょっと無理だよ……」

薫の家は、築三〇年近い古い建売だ。家そのものは無事だったが、ガラスが割れ、この辺りの他の家と同じように瓦が落ちてしまっていた。かわりに屋根には青いビニールシートが張ってある。

「いいんだ。カイは、連れていくよ」

カイが神山と薫の顔を交互に見上げ、自分はどうするのかというように鼻声を出した。まあ、いいだろう。連れていけば、何かの役に立つかもしれない。

「ねえ、本当に行くつもりなの。神山君、どうかしてるよ」

「仕方がない。仕事なんだ。それより、薫の店の方はどうなんだ」

「店の中はめちゃくちゃよ。グラスやボトルは、全部割れちゃったし、もう営業できないかもしれない。そうだ、ちょっと待ってて。いいものがあるから」

薫が一度、家の中に戻り、小さな段ボール箱をひとつ持って戻ってきた。

「これ、あげるから持っていって」

「何だい」

箱を受け取りながら、訊いた。

「店のお通しで使おうと思って、買い溜めしておいたの。うちの人は、あまり好きじゃないから……」

中に、ツナの缶詰が七個入っていた。他に、サラミソーセージがひと袋。普段ならば誰もありがたがらないようなものだったが、この状況下では貴重品だった。その気持ちだけでもうれしかった。

その時また、余震があった。二人が身構え、カイが唸るように吠えた。だが、それほど大きくはない。

「ありがとう。もらっていくよ」

神山が、余震が収まるのを待っていった。

箱を車に積み、走り出した。バックミラーの中で、薫がいつまでも心配そうに見送っていた。

ガソリンが手に入らないためか、市街地の道路に車はほとんど走っていない。途中、新白河のショッピングモールの前を通ったが、ベイシアは建物が壊れたまま、まだ営業していなかった。広大な駐車場には車も人影もなく、町全体が閑散《かんさん》としていた。

人々は、どこに行ってしまったのか。この町を捨てて、逃げたのか。もしくは放射性物質と余震に怯えながら、壊れかけた家の中で息を潜《ひそ》めているのか。だが、空は皮肉なほどに晴れていた。

白河から石川《いしかわ》町に向かう県道一一号線――御斎所《ございしょ》街道――は、途中大規模な落石のために通行止めになっていた。神山は、国道二八九号線に迂回した。こちらも表郷《おもてごう》で車線が陥没して崩れ、片側通行になっていたが、棚倉《たなぐら》町までは何とか行けそうだった。その先の道路状況に関しては、まったく情報はない。どこまで行けるかもわからなかった。

なぜそこまでして、自分は豊間海岸に向かうのか――。

神山にも、その理由がわからなかった。

理屈ではない。薫には仕事だからだといったが、それも言い訳にすぎない。ただ、行かなくてはならないと思った。それだけだ。

もしあえて理由を付けなくてはならないとすれば、神山の、坂井保邦という男に対する興味だろうか。

並木祥子がメールで送信してきた資料によると、坂井は昭和四一年七月五日生まれの四四歳。神山よりも、四歳上になる。結婚歴が一度あり、六年前にまだ若かった妻を癌《がん》で亡くしていた。今年、小学校の四年生になる九歳の娘が郷里の山口県の上関《かみのせき》に一人いる。

その坂井が、人を一人殺し、六〇〇〇万もの大金を奪って逃げた。なぜなのか――。坂井の殺されたのは同じ久保江将生衆議院議員の秘書だった小野寺正太郎《おのでらしようたろう》、五二歳。坂井の事実上の上司であり、いわゆる〝地元秘書〟といわれる後援会活動の仕切り屋で、久保江の懐《ふところがたな》刀的な存在の男だったという。その小野寺と坂井の間に何があったのか。

事件は三月一〇日の午後一〇時から午前〇時頃、東京都港《みなと》区赤坂《あかさか》の衆議院議員宿舎の久保江議員の自室で起きた。当時、部屋にいたのは坂井と小野寺の二人だけだった。つまり、事件そのものに目撃者はいない。久保江議員が銀座のクラブで酒を飲み、一一日の午前一時過ぎに別の秘書と共に自室に戻り、小野寺の遺体を発見した。

死因は、失血死。後頭部に鈍器により強打された痕《あと》があり、頭蓋骨《ずがいこつ》が陥没骨折していた。凶器は久保江議員が所有していたブロンズ像で、現場の小野寺の遺体の近くに血が付着したまま残されていた。

きわめて単純な殺人事件だった。坂井は、事務所にあったはずの黒いナイキのリュックサックに入った六〇〇〇万円の現金と共に姿を消した。逃走に使われた車は、二〇〇六年型のシルバーのメルセデスCクラス。坂井自身の車だった。その車が、福島県いわき市の豊間海岸で発見された。

当日の坂井の服装は、ブルックスブラザーズの紺のスーツにバーバリーのコート。他に、銀縁《ぎんぶち》の眼鏡を掛けていた。並木祥子から送られてきた資料の顔写真にも、その眼鏡が写っている。

だが、坂井の起こした今回の事件に関しては、いまのところ何も報道されていない。議員宿舎の中で起きた事件なので、警察が内密に捜査をしているためなのか。もしくは、今回の震災のニュースの中に埋もれてしまっているだけなのか。実際にそれまで連日のようにテレビや新聞紙上を賑《にぎ》わしていたリビアの内戦関連のニュースも、震災以後はまったく見なくなった。

もしくは、まったく別の可能性もある。もし警察が捜査しているなら、なぜ並木祥子は神山に仕事を依頼したのか。六〇〇〇万もの金と政治が絡んでいると、普通では考えられないような可能性も想定しておかなくてはならない。

途中に何カ所か崩落や落石、道路の陥没などがあったが、棚倉町から浅川《あさかわ》町、鮫川《さめがわ》村までは何とか走ることができた。だが古殿《ふるどの》町で県道一四号——いわき石川線——に入ると、奇妙なことに気が付いた。この道は白河方面からいわき市に向かうメインルートのはずなのだが、対向車がまったく走ってこない。

原因は、間もなくわかった。御斎所峠の手前で大規模な山の崩落があり、道路を完全に塞《ふさ》いでしまっていた。

神山は車を止め、降りた。この道は、過去に何回も通ったことがある。周囲の風景にも、見覚えがあった。確か山の斜面には、何軒かの民家が建っていたはずだ。だがいまはその民家も、道の下に流れていた鮫川の清流も、すべて巨大な山の土砂の下に埋まってしまっていた。

山には重機が入り、地元の消防団によって捜索作業が行なわれていた。だが、無駄だろう。これだけの土砂を掘るには、何年もかかる。

崩落の手前にもう一台、会津ナンバーの乗用車が止まっていた。運転手が地図を片手に降りてきて、神山に話しかけた。

「こりゃあ……だめだな。あんた、どこまで行くんけ」

「いわき市の、豊間までだ。あんたは」

神山の足元で、カイが尾を振っていた。

「おらぁ、勿来《なこそ》に行くんだ。兄貴の夫婦が住んでんだども、連絡が取れなくてよ。あのへんも津波にやられとるし、様子見てくるべと思ってよ」

男が、不安げな笑いを浮かべた。

「勿来なら、少し戻って国道三四九号を下って二八九号に出た方が早いだろう」

神山が、男の手にしている地図を指し示しながらいった。

「だべな。でも、さっきトラックの運転手に訊いたら、三四九号は途中でだめだっていってたもんでよ。まあ、仕方ねぇ。行ってみっかな」

「気を付けて」

「あんたもな」

男がカイの頭を撫で、車に戻っていった。

すべての情報が錯綜《さくそう》していた。新聞やテレビ、ラジオのニュースは都会に住む者が原発や被災地のことを知るためのもので、逆に被災地に住む者には何の役にも立たなかった。風説はただ人を惑わすだけだ。

神山は崩落した山に向かってしばらく黙禱《もくとう》し、車に乗った。道を戻り、県道二〇号線へと抜ける山道に入った。この道も、どこまで行けるかはわからなかった。もし道が崩れていたら、引き返して他に迂回するだけだ。いまはとにかく、前に進むしか方法はない。

いつの間にか、陽が西に傾きはじめていた。

6

山の中をどこをどう走ってきたのか、わからなかった。

知らない道に迷い込み、落石や崩落現場に行く手を阻《はば》まれては引き返した。人に道を訊き、また知らない道に迷い込む。同じことを、もう何時間も繰り返していた。

海に近付くにつれて、周囲の状況が悪くなりはじめていた。道はとてつもない力で押し潰されたように波打ち、歪み、割れている。至る所で落石や崩壊があり、橋も落ちかけていた。

途中で何組か、海辺の町から逃れてきた家族連れに会った。彼らは一様に、白河辺りまで行けば食料やガソリンは手に入るのかと訊いた。だが、神山が無理だと答えると、力なく肩を落とした。

かわりに神山は、この先の道路事情について訊いた。だが、良い情報は何も得られなかった。海辺の町は、道もライフラインもすべて壊滅している。放射性物質も、政府発表の一〇倍以上の数値が出ているという噂もある。行かない方がいい……。

それでも神山は、海を目指した。もう、いわき市には入っている。この時点ですでに、白河を出る時にゼロに戻した距離計は一五〇キロを超えていた。

遠くの空に、自衛隊のヘリコプターらしき明かりが見えた。あの辺りが、海なのだろうか。

深夜に、いわき市の植田《うえだ》の辺りでやっと海の近くに出た。国道六号線には車が走っていたが、町にはほとんど明かりはない。これよりも海側は、どうなっているのかさえわからなかった。

神山は六号線を北に向かい、途中で広大な産業道路を右に折れて小名浜《おなはま》港に向かった。辺りには火力発電所や化学工場、セメント工場が並んでいる。だが、すべては廃墟《はいきょ》のように、深い闇の中に影が聳《そび》えるだけだ。

車のヘッドライトの光の中に、土煙だけがもうもうと巻き上がる。海から打ち上げられた、いたたまれない死の臭い。視界の中に壊れた車や、家の瓦礫が亡霊のように現われては消える。

ゆっくりと、車を進める。だが、ここまでが限界だった。神山は路肩の瓦礫の中に車を寄せて、駐《と》めた。

目の前にどこから流れてきたのか、小さな漁船が横になっていた。辺りには何軒かの民家があったが、すべて壊れていた。ここまで、波が来たのだ。エンジンを切り、ライトを消すと、すべてが闇の中に沈んだ。

外に出てカイに餌《えさ》と水をやり、自分のために米を一合ほど炊《た》いた。だがカセットボンベの予備も一本半ほどしかないので、あまり無駄には使えない。鯖《さば》の味噌煮の缶詰をひとつ開け、飯を食った。他に薫にもらったサラミを少し。これだけ食べれば、少なくとも飢《う》えはしない。

飯を食いながら、周囲の闇を見渡す。右手前方には魚市場、左手には小名浜の市街地が広がっているはずなのに、光は何も見えなかった。吐く息が白くなるほどの冷気が、辺りを包みはじめる。

食後にウイスキーを一杯飲むと、急に眠気が襲ってきた。カイを車の外に繋ぎ、荷台に寝袋を広げて横になった。だが体は疲れているはずなのに、頭の芯で小さな火が燻《くすぶ》るように寝つけなかった。

目を閉じると、目蓋《まぶた》の裏に坂井保邦の顔が浮かんだ。

奴はなぜ、人を殺したのか――。

神山は、坂井という男をそれほどよく知っていたわけではなかった。仕事で『マークリー法律事務所』には頻繁に出入りしていたし、何度か顔は合わせていた。直接、調査の仕事を依頼するのは並木祥子だけだったし、他の弁護士とは深く話したこともない。

だが、たった一度だけ、印象に残る出来事があった。確かあれは六年前の夏のことだから、坂井が妻を亡くした直後だった。事務所の所長のジョン・マークリーが、仕事の関係者を二〇人ほど広尾《ひろお》の自宅に招き、庭でバーベキューパーティーを開いたことがある。神山も、客として呼ばれた。その時の光景が、いまも記憶に残っている。

坂井は、当時三歳くらいの小さな娘を連れていた。美しい顔立ちをした娘だったが、母親を亡くしたばかりということもありどこか表情に陰《かげ》のようなものがあった。坂井はその娘を人目も気にせずに溺愛《できあい》し、まるで腫《は》れ物に触れるように気遣っていた。

あの時の坂井の表情は、優しかった。並木祥子も、まるで目映《まばゆ》いものでも見るように坂井の横顔を見つめていたことを覚えている。とても人を殺せるような男には見えなかった……。

どこで、何が狂ったのか。そして神山は、また思う。

奴はなぜ、人を殺したのか——。

いつの間にか、少し眠ったらしい。神山は、早朝の余震と窓から差し込む朝日で目を覚《さ》ました。

寝袋に入っていても、体が冷え切っていた。自分がどこにいるのか、うつらうつらしながら考える。昨夜遅く、いわき市の小名浜に着いたことを思い出すまでに少し時間が掛かった。

車を降りて、体を伸ばす。吐く息が白い。あらためて周囲を見渡し、呆然とした。

すぐ目の前に、小名浜漁港と魚市場があった。だが、魚市場もその向かいの港湾合同庁舎も、一階と二階が津波によって破壊し尽くされていた。その間を走る広大な道路は路面がひび割れ、至る所が陥没し、市場から流れ出た様々な備品や瓦礫、漁船、波に流されたコンテナや車が横倒しになって散乱していた。道の中央は車が走れる程度に瓦礫がどけられ、そこを砂塵《さじん》を巻き上げながら陸上自衛隊のトラックや装甲車の一団が通り過ぎていった。

カイを連れて、道を渡った。魚市場を回ると、そこから漁港の惨状が一望できた。港の中には漁船が何隻《せき》も沈み、横倒しになっていた。岸壁には青い巨大なサンマ漁船が乗り上げ、突き刺さるように傾いていた。

神山は、巨大な漁船を見上げた。ここで、何が起きたのか。どのような力が加われば、このようなことが起こるのか。いくら想像してみても、実感が湧かなかった。人々は、この惨状から立ち直れるのだろうか。

だが、小名浜の町は、生きていた。日が高くなるにつれて、人々が姿を現わしはじめる。話し、時には笑い、瓦礫や壊れた建物を片付けはじめる。その間を時折、車や自転車が走っていく。

神山はカイに餌をやり、小名浜を離れた。豊間海岸は、もうすぐだ。トンネルを抜けて海辺を離れ、道は高台へと登っていく。この辺りは、まったく津波の被害を受けていない。だが信号を右折し、ふたたび海岸線へと下っていくと、風景が一変した。

状況を理解するまでに、しばらく時間が必要だった。それが現実であることはわかっていても、思考のどこかで拒絶している自分がいる。そんな感覚だった。

海に沿《そ》って、一本の道がある。道の両側に建つ人家は、一軒残らず津波に破壊されていた。いまは原形を止《とど》めないほどに潰れた車や、船の残骸《ざんがい》、様々な家具や家電製品と共に、瓦礫の山と化していた。

間もなく津波に残った電柱に、〝平《たいら》豊間〟と書かれた看板を見つけた。ここが、豊間の海岸だった。

瓦礫に埋もれた道を、ゆっくりと進んだ。対向車が来ても、やっとすれ違えるくらいの広さしかない。いったいこの地区だけで、何人の犠牲者が出たのか。それでも人々は瓦礫の中に立ち、自分たちの生活を取り戻すための一歩を踏み出そうとしていた。

しばらく行くと倒壊した家が前を塞ぎ、進めなくなった。対向車を先に行かせ、迂回する。その先で瓦礫の途ぎれた場所を見つけ、そこに車を入れて降りた。

ここが空地だったのか、それとも道だったのかはわからなかった。すぐ目の前に、ほとんど全壊した家のコンクリートの基礎だけが残っていた。

瓦礫の先には、青い海が広がっている。つい数日前に、人々の生活に牙《きば》を剝《む》き何もかも奪い去った海とは思えないほど、穏やかだった。空には海鳥の群れがかん高く鳴きながら、何事もなかったかのように舞っていた。事故があった福島第一原発から五〇キロしか離れていないとは思えないほど、何もかもが澄《す》んでいた。

背後で、車が止まった。振り向くと、パトカーから若い警官が降りてくるところだった。歩きながら、神山に頭を下げた。

「すみません、ちょっとよろしいですか」

日に焼けた笑顔。だが、やはり表情に焦燥《しょうそう》の色は隠せない。

「何ですか」

神山が訊いた。

「いや……この辺りで見かけない車だったもんでね……。実家か、親戚でも訪ねてきたんですか」

「そうじゃないいんだ。実は人に頼まれて車を確認しにきたんだ。この辺りの海岸で、知人の車が発見されたらしくてね」

「どんな車ですか」

「シルバーのメルセデスのCクラスなんだが……」

神山は、メモしてあった坂井の車のナンバーを読み上げた。

「ああ、例の品川《しながわ》ナンバーの。東京のナンバーだったもんで、持ち主を捜してたんですよ。本人とは、連絡取れたんですか」

「いや、まだ。とりあえず車を見てみたいんですが、どこにありますか」

「まだ、発見した現場から動かしてないです。何しろ、この有り様です。こっちです。車でついてきてください」

車に乗り、瓦礫に埋もれた道に戻った。パトカーは海沿いに北に向かい、数百メートル行った所でまた空地に入った。車を降り、二人で道を渡ると、警官が倒壊した家の瓦礫の中を指さしていった。

「あの車です。間違いないですか」

シルバーのメルセデス――以前はメルセデスであった物体――は形状を識別できないような金属の塊《かたまり》になり、家の瓦礫の中に仰向《あおむ》けに突き刺さっていた。もしトランクのスリー・ポインテッド・スターのマークが見えなければ、車種も特定できなかっただろう。

神山が車に近付き、車内を見た。ガラスはすべて割れ、革のシートも泥と砂にまみれていた。

「誰も、乗っていなかったんですか」

神山が訊いた。

「発見した時のままです。誰も乗っていなかったし、荷物もなかったです。もし誰かが乗っていたとしても……」

警官は、それ以上はいわなかった。もし坂井が乗っていたのだとしたら、生きてはいないだろう。そういいたかったに違いない。

パトカーが走り去った後で、神山は車を調べてみた。ナンバーも、間違いない。坂井は、どこに行ったのか。生きているのか、それとも死んでしまったのか。ダッシュボードの中やトランクの中を調べてみたが、警官がいったとおり手懸《てがか》りになるようなものは何もなかった。

神山はメルセデスの写真を撮り、一度自分の車に戻った。プリントアウトした坂井保邦の顔写真を手に、カイと共に辺りを歩いた。道を戻りながら、家や瓦礫の片付けをしている人を見つけては声を掛けた。

「この人を、見かけませんでしたか」

初老の男は手を休め、写真を見た。だが、首を振る。

「知らねえな。見てねえよ……」

そしてまた、いつ終わるとも知れぬ作業へと戻る。

誰も、同じだった。両親を捜している若い夫婦も、壊れた家の中で捜し物をしている男も、神山が人を捜していると知れば必ず写真を見てくれた。その心遣いが、申し訳なくて心が痛む。

だが、誰も見ていない。もし見ていたとしても、心が閉ざされていて思い出せないのかもしれない。いまは誰もが、自分と家族のことでせいいっぱいだった。

それでも何人目かに声を掛けた老婆から、小さな手懸りがあった。

「見たことあっかもしれねえ……。背広着た人だべ……」

老婆は目を細めて写真に見入りながら、そういった。

「そうです。その人だと思います。いつ、どこで見たのか思い出せますか」

何かを考えるように、老婆が少し首を傾《かし》げた。

「あの、地震があった日だよ……。おらぁ店をやってて、パンを買いに来たんだよ……。

背広を着た人はこの辺に滅多にいねぇから、それで覚えてんだよ……」

「その人が来たのは、地震の前ですか。それとも……」

「前だよ……。その後で津波が来て、おらぁ逃げたんだけど、店と家はこんなになっちまったんだもの……」

老婆がそういって、呆然と辺りを見渡す。そこには、倒壊した店の瓦礫が残っているだけだった。

「その時、この人と何か話しませんでしたか。どんなことでもいいから、何か覚えていませんか」

神山が訊くと、老婆がまた少し考えた。

「ここはどこだって訊くから、豊間だって教えてやったんだよ……」

つまり坂井は、何の土地鑑《かん》もなくここまで来たということか。

「それだけですか」

老婆がまた、首を傾げる。

「この先の岬の上に見える灯台は何だっていうからよ。塩屋崎の灯台だって教えてやったんだ。綺麗な所だから、行ってみれってよ。ほら、あの灯台だよ……」

老婆がそういって、遠くを指さした。彼方《かなた》の岬の断崖《だんがい》の上に、白く美しい灯台が聳えていた。

「ありがとう、お婆ちゃん。助かったよ」

礼をいうと、老婆が初めて笑顔を見せた。

カイと車に戻り、灯台に向かった。坂井があの岬に行ったのかどうかはわからない。だが、もし岬の上に逃げていれば、助かっているかもしれない。それ以前に、いまはどんな些細《ささい》な情報でも大切だった。

高台に登ると、周囲から津波の気配が消えた。右手に灯台を見て、また道を下る。その先に駐車場があり、美空ひばりの『みだれ髪』の歌詞が書かれた石碑と、土産物《みやげもの》屋が二軒並んでいた。

車を降り、歩いた。岬の先端の灯台の下に、小さな漁港が見える。港の中や周囲には、何隻もの漁船が転覆《てんぷく》し、打ち上げられていた。

この辺りも、波を被ったらしい。だが二軒の土産物屋の建物は、まだ残っていた。店の中に、片付けをしている中年の女が一人いた。神山が声を掛けると、驚いたように振り向いた。

「この辺りは南の方から津波が来たからさ……。塩屋崎が堤防になってくれたんで、岬の向こうの豊間から比べるとまだよかったんだよ……」

女が仕事の手を休め、当時のことを思い浮かべるように話しだした。

「津波は、どの辺りまで来たの」

神山が訊いた。

「この店まで来たさ。地震があって、津波が来るっていうんでこの裏山の上に逃げたのさ。そうしたら、あの岬の半分くらいの高さの見たこともない波でさ。夜中までに、六波くらいは来たかな。電気はないし、寒いし、もの凄《すご》い音が聞こえてくるし、恐くて生きた心地がしなかったよ……」

話し好きの女だった。いかにも福島のこの辺りの人間らしく、温《ぬく》もりがある。だが、笑顔は疲れ果てていた。

「ところで、友人を捜してるんだけど、地震のあった日にこんな人を見なかったかな」

神山はそういって、坂井の写真を見せた。女が手を拭《ぬぐ》い、写真を手に取る。瞬間、はっとしたような表情が顔に浮かんだ。

「知ってる……。背広とコートを着た人でしょう……」

やはり、そうだ。あの日、坂井は、紺のスーツにバーバリーのコートを着ていた。この辺りでは、その服装がかなり目立つらしい。

だが、女が続けた。

「でも、この男の人を見たのは、地震のあった日じゃないよ」

神山は、首を傾げた。

「それなら、いつ……」

「確か、地震の次の日だよ。店はどうなったんだろうと思って私がここに来てみたら、ほら、あそこの美空ひばりの碑の前に背広を着た男の人が立ってたのさ。でも、波を被ったのか着てるものはぼろぼろだったし、旅行者には見えないし、変な人だなぁ、と思って……」

男はそのうちに、店の方に歩いてきた。何か食べるものはないかと訊くので、全部流されてしまって何もないと答えた。しかし店の中に缶コーヒーが少し残っていたので、それをひとつあげた。すると男はお礼だといって、しばらく店の片付けを手伝っていった。

「その男は、黒いリュックを持っていなかったかな。ナイキのマークの入った……」

「さて、どうだったかな。持っていたような気もするけど、覚えてないなぁ……」

「他に、何か話さなかったかな。特に変わったこととか」

女が、しばらく考える。そして何かを思い出したように、話しはじめる。

「ラジオを聴いてたのよ。私が家から持ってきて、テレビも何もないんでさ……」

「ラジオ?」

「そう。周りで何が起きてるか何もわからんかったし。最初は東京だって、全滅しちゃったんじゃないかと思ってたんだから……」

男は店の片付けを手伝いながら、黙ってラジオに聴き入っていた。すべて、震災関係のニュースだった。そのニュースの中で、福島第一原発の事故のことにも触れた。

「ちょうど、午後の三時半頃だったかな。原発で、いま爆発があったってニュースでいったのよ。私は恐くって、どうしたらいいかわかんなくて。そうしたらその人が、原発はここから近いのかって訊いたのよ……」

「それで」

「私が、たぶん五〇キロくらいだっていったの。そうしたらその人が、これから原発に行ってみるって……」

女は、男を止めた。しかし男は、女のいうことを聞かなかった。女にコーヒーをもらった礼をいい、北に向かって歩き去った。

神山は坂井が歩いた道を見ながら、考えた。なぜ坂井は、原発に向かったのだろう。原発から二〇キロ圏内の避難区域内に逃げ込めば、しばらくは隠れていられると考えたのか。もしくは、静かに死を待つつもりなのか。それとも、他に何か目的があるのか——。

「ありがとう。いつかまた、ゆっくりとここに来るよ」

「そうしなよ。本当は、とてもいい所なんだよ。ああ、そうだ。もう売り物になんないから、これ持って行き」

女がそういって、泥だらけになったタコの干物の袋を渡してくれた。

神山は、車に戻った。少し考え、坂井と同じ道を北に向かった。

ガソリンは、もう、白河を出た時の半分も残っていなかった。

7

神山には、確かな記憶が残っている。

一九八六年四月のチェルノブイリ原発事故の当時は、まだ高校生だった。日本の福島県白河市に住んでいながら、遠いソビエト連邦——当時はまだロシアもウクライナという国も存在しなかった——で起きた得体の知れない原発事故に、全身を蝕まれるような恐怖を覚えたものだった。その時、初めて、原発事故によって大気中に飛散する〝放射性物質〟の存在を知り、〝死〟と結びつけて意識した。

だがいまは、僅か五〇キロしか離れていない場所で同じ原発事故が起きているのに、あの時と同じような恐怖を実感できなかった。福島第一原子力発電所で実際に二回の水素爆発が起き、公表されているだけでもかなりの放射性物質が飛散し、自分がいるこの場所も確実に汚染《おせん》されているにもかかわらず。チェルノブイリとは逆に、ともすればもっと遠い世界の出来事のような錯覚がある。

なぜなのだろう……。

自分の目の前にある大気や、空や、海は何事もなかったかのように青く澄んでいる。セシウム137やヨウ素131、ガンマ線などという聞いたこともないような放射性物質の名前を並べられ、毎時何マイクロシーベルトといわれても、その存在を実感することはできない。人は誰も、目に見えない悪魔を恐れることはできないのだ。

実はそこに、原発事故の持つ本質があるのかもしれない。政府や原子力安全委員会の人間が遠く離れた場所から「安全だ」といえば、そんなものかと思えてくる。原発から二〇キロ圏内が避難対象地域に指定されれば、その外にいる自分はだいじょうぶなのだと錯覚する。不安ではあっても、他に信じるものが何もない。

神山は、引き寄せられるように福島第一原発へと向かった。地震と津波に破壊され、瓦礫に埋もれた海岸線の道をゆっくりと進む。途中で見かける人々は自分が放射性物質という悪魔に晒《さら》されていることを実感することもできず、ただ目の前にある現実だけを見つめて生きる術《すべ》を探している。

だが、しばらく進むと、夏井川《なついい》の手前で通行止めになっていた。橋の入口にバリケードが置かれ、福島県警のパトカーが一台駐まっていた。塩屋崎からは、まだ数キロしか来ていない。

神山は車を降り、初老の警察官に話しかけた。

「この先は、どうなってるんですか。原発までは、まだだいぶ距離があるはずだが……」

避難対象圏内までは、まだ二〇キロ以上はあるはずだ。

「原発じゃないんですよ。この先の夏井川に架《か》かる舞子《まいこ》橋が、地震で被害を受けててね。

崩壊する危険があるんで、通してないんだよ……」

「迂回する道は」

神山は、手にしていた地図を開きながらいった。

「藤間《ふじま》の辺りまで戻るしかないな。そこから県道を回れば、夏井川の先に出られるよ」

「その先は。北に向かいたいんだが……」

「国道六号線は通ってるから、四倉《よつくら》までは行けるよ。でもあの辺りは津波の被害もひどいし、その先は原発の避難区域に入るから、どこまで行けるかはわからんね。あんた、どこに行くつもりなんだね」

「実は、知人を捜してるんだ。この男を見なかったかな。地震のあった翌日に、この辺りを通ったかもしれないんだが……」

こんな時に家族でもない人間の消息を訊《たず》ねることに、罪悪感があった。だが初老の警官は、真剣に写真に見入ってくれた。そして、首を傾げる。

「さてな……。自分がここに立つようになったのは、一五日からだからね……」

礼をいって、車に戻った。

警官にいわれたとおり県道に迂回すると、河口から二キロほど上流で夏井川を渡ることができた。その先で国道六号線に合流し、四倉の市街地に出る。

だが、被害がひどい。海辺の県道は、まだ瓦礫や壊れた車、打ち上げられた漁船などで埋もれていた。道の駅も波を被り、建物が半壊し、その中に転覆した漁船が突き刺さっていた。人影が少ない。まるで、廃墟のようだった。

それでも神山は、何人かの人々に写真を見せて坂井保邦の消息を訊ねた。だが、知っている者は誰もいない。ただ肩を落とし、いまはそれどころではないのだというように力なく首を横に振った。

神山は、四倉を後にして先に進んだ。このあたりは国道六号線が海岸線に沿って走っている。道は高台にあり、被害もあまり受けていない。だが、広野《ひろの》の火力発電所を過ぎて『Jヴィレッジ』入口の楢葉《なら は》南《みなみ》の交差点で、大きな検問があった。

〈――これより先、警戒区域内により立入りを禁ず――〉

福島第一原発から、二〇キロ地点だった。検問のバリケードの周囲には何台もの警察車輌が駐まり、一〇人以上の警察官が警戒に当たっていた。全員がヘルメットを被り、マスクをして、白い放射性物質対応の防護服を着用していた。

神山はその姿を見て改めて、ここから先が危険地帯であることを思い知らされた。そして、恐怖を感じた。たとえ放射性物質が目に見えなかったとしても、この先に不用意に立ち入れば、自分の体に何が起こるかわからないのだ。

車を止めて考える神山に、警察官が二人、歩み寄ってきた。

「ここから先には、入れませんよ」

神山が窓を下げると、警察官の一人がいった。

「わかってる。人を捜してるんだ。もしかしたら地震の後の一三日に、この男がここを通らなかったかな」

坂井が歩いて北に向かったとしたら、おそらく塩屋崎からここまで丸一日は掛かっているだろう。だが警察官は、首を横に振った。

「我々は、神奈川県警からの応援なんです。ここに検問を設《もう》けたのは二〇キロ圏内に避難指示が出された一二日の夜からですが、我々が引き継いだのは一五日からですので……」

これで完全に、坂井の消息は途絶えた。神山は広い交差点で車をターンさせ、国道を南へと戻った。

8

四倉まで戻り、原発から二〇キロ圏内を迂回できる道を探した。

地図を見ると県道小野《おの》四倉線で内陸に入り、下小川《しもおがわ》の交差点から国道三九九号線に分岐すれば北へ向かえそうだった。だが国道とはいっても、いくつもの峠《とうげ》を越えて山形県まで抜ける険しい山岳路だ。しかも、途中で福島第一原発の二〇キロ圏内をかすめている。行ってみなければ、抜けられるかどうかはわからなかった。

先程から時折、助手席のカイが鼻から鳴くような声を出す。本能で、何かを察しているのかもしれない。やはり、不安なのだ。

それにしても坂井は、どこに行ってしまったのか……。

神山は運転しながら考えた。

塩屋崎の土産物屋の女主人が見た背広姿の男が本当に坂井ならば、奴は生きていることになる。だが、奴はなぜ原発に行くといったのか。本当に、原発に向かったのか。

坂井は、少なくとも原発で最初の水素爆発が起きた直後の一二日午後三時半頃までは塩屋崎にいた。政府はその三時間後には、避難指示の対象を半径一〇キロから二〇キロ圏内に拡大している。つまり坂井が徒歩で原発に向かったとすれば、二〇キロ圏の検問は越えていないことになる。

だが、それはあくまでも〝可能性〟だ。車で検問を通過することは無理でも、逆に徒歩ならばどこからでも圏内に入ることはできる。その気になれば、原発まで行きつくことも可能だろう。

神山は、迷った。坂井は本当に、原発に向かったのか。もしくは、塩屋崎と二〇キロ圏内の間のどこかに潜伏《せんぷく》しているのか……。

途中にある大きな町は、四倉だけだ。潜伏するにしても、原発に向かったとしても、あの町に必ず足跡は残る。もう一度、四倉に戻り、徹底して調べてみるべきなのかもしれない。

だが、その時、坂井についてのある記憶が神山の脳裏《のうり》をかすめた。

確かあれは、同じ弁護士事務所の同僚だった並木祥子から聞いた話だった。当時、坂井は、腕のいい弁護士としてある程度は名前を知られた存在だった。その坂井が、なぜ外資系の『マークリー法律事務所』の雇われ弁護士などをやっていたのか。本来ならばもっと条件の良い日本の法律事務所に勤めることも、独立することもできたはずだった。

祥子はその理由を、「坂井は頑固《がんこ》だから……」だと言っていた。常に弱者の味方になり、お金にならないような民事訴訟《そしょう》でも気軽に引き受けてしまう。一度、裁判に係わると、後に引けなくなる。確かにそれは弁護士としての資質ではあるが、反面、行き過ぎれば本来の業務に支障をきたすマイナス要因となる。だから〝マークリー〟のような外資系の、契約制である程度自由が利く法律事務所にしか勤めることができない。

あの頃、坂井は、何か〝事件〟の弁護に係わっていたはずだ。国を相手にした勝ち目のない民事訴訟だったたか。もしくは、冤罪《えんざい》を晴らすための再審請求だったたか。いまは思い出せないが、何かを引きずっているのだと聞いたような覚えがある。

その坂井が、〝原発に行く〟といった。その理由はわからない。だが、もしそれが確かだとしたら、奴は間違いなく北に向かったはずだ。理屈ではなく、神山はそう思った。

海岸線を離れて内陸に入ると、急激に被災地の気配が薄れていく。街道沿いの家々はほとんど屋根の瓦が吹き飛び、傾いたりひび割れている建物もあるが、津波で徹底的に破壊し尽くされた海辺の町と比べると、まだ何とか人々の生活の基盤が残っていた。

だが、県道の路面は歪み、ひび割れ、至る所が陥没していた。車も、ほとんど走っていない。途中で一度、陸上自衛隊の一団とすれ違っただけだ。まるで、核戦争の戦時下のような空虚な淋《さび》しさを感じた。ただガソリンが底を突いただけで、日本の風景はこうも変わってしまうのか。

メーターを見る。神山の車も、ガソリンが乏《とぼ》しい。神山の気持ちを察するように、また助手席のカイが鼻から声を出した。

下小川の交差点を右折し、国道に入った。やはり、他の車は一台も見かけない。嫌な予感がした。

思ったとおりだった。しばらく行くと、道の真中にベニヤ板にペンキで文字を書いただけの看板が立っていた。

〈――この先、落石。通行止め――〉

神山は、しばらくそのペンキの文字を見つめていた。まだ四倉から、一〇キロほどしか来ていない。だが、すでに日は暮れかけていた。考えても仕方がない。戻って、他の道を探すしかなかった。神山は車をターンさせ、元の道を下った。

県道まで戻り、海とは逆に内陸の小野町の方面に向かった。この道も、どこまで行けるかわからない。だが、地図を見ても他に道はない。

しばらく行くと、北に向かう細い道の分岐点があった。車を止め、ナビと地図を確認する。県道上川内川前線《かみかわうちかわまえ》。これを北上すれば、川内村から浪江《なみえ》町の方面に向かえる。確か川内村も浪江町も、福島第一原発から二〇キロ圏内の避難指示地域に指定されているはずだ……。

神山は考えた末に、この道に入った。行ける所まで行くしかない。

道は細く、渓《たに》に沿って曲がりくねり、険しかった。周囲の深い森が、黄昏《たそがれ》の淡い光に包まれていく。だが時間は一瞬たりとも立ち止まることなく、急激にその光を奪い去っていく。同時に、耐え難《がた》い疲労と空腹が襲ってきた。

神山は、山の中の手頃な空地を見つけて車を駐めた。そこまでが限界だった。これ以上むやみに山の中を走っても、道に迷って大切なガソリンを無駄に使うだけだ。エンジンを切り、ライトを消すと、周囲の風景が青い闇の中に沈んだ。

「カイ、今日はここで休もう……」

　神山の言葉を理解したようにカイが鳴き、尾を振った。

　車から降りると、渓から水の流れる音が聞こえてきた。辺りに、人家はない。助手席のドアを開けるとカイが待っていたように飛び降り、水を飲むために渓に走っていった。

　神山は、体を伸ばした。車の荷台からヘッドランプを出し、ライトをつける。まだ少しでも明るさの残っているうちに、薪《たきぎ》を集めておいた方がいい。

　焚《た》き火を熾《おこ》し、その炎を見つめる。人間は、不思議だ。火のない闇の中で孤独な夜を過ごすと、思考能力と判断力を失い、最終的には正常な精神状態を保てなくなる。

　カイも、火に寄ってきた。有史以前から何代にもわたり人間と生活してきた犬は、火を恐れない。火の持つ神秘的な力を、理解している。

　カイに餌をやり、自分の食事の仕度《したく》に取り掛かった。さて、何を食べるか。昼食を抜いているので、温かく、少しカロリーのあるものが食べたかった。

　荷台の食料の入った段ボールの中を探る。焚き火があるので、飯盒《はんごう》で飯を炊くことにした。それに、取って置きのレトルトカレーと卵をひとつ。一日の労働の報酬として、そのくらいの贅沢《ぜいたく》は許されるだろう。

　渓に下りて米を研《と》ぎ、水を汲《く》んで湯を沸《わ》かす。飯盒を焚き火に掛けてしばらくすると、蓋《ふた》から溢《あふ》れる湯気が立ち昇《のぼ》った。食欲をそそる匂いが鼻をくすぐり、腹が鳴った。

高校時代、白河の山の中で同級生たちとキャンプした時のことを思い出した。あの時は薫や、大工の広瀬や、谷津誠一郎《やつせいいちろう》、そして柘植克也《つげかつや》もいた。皆の笑い顔が、頭に浮かぶ。だが、谷津と柘植の二人はもうこの世にはいない。

今回の地震のことをあの二人が知ったら、何というだろう。悲しむのか。それとも、政府や電力会社に怒りをぶつけるのか……。

炊けた飯盒の飯が蒸れるのを待ち、蓋を開ける。その上に半熟の卵を載せ、直接レトルトのカレーを掛けた。

飯を、頬張《ほおば》る。旨《うま》い。本当に旨かった。一食の食事を、これほど有り難《あがた》いと思ったことも何年振りだろう。

その時、不意に不安に襲われた。あの渓の沢の水は、放射性物質に汚染されていないのだろうか。

だが、もう遅い。神山はまたスプーンを口に運んだ。

懸命に飯を掻き込む神山の様子を、カイが不思議そうに見つめていた。

食事を終えると、体と心も少し温まったような気がした。川で飯盒を洗い、コッヘルにウイスキーを少し注いだ。薫が持たせてくれたドライサラミをかじりながら、ウイスキーをすする。

焚き火の炎を見つめていると、その中に昼間見た海岸線沿いの風景が現われては消えた。目を閉じても、瓦礫と化した家々や、波に巻き込まれて潰れた車や、陸に打ち上げられて横転した漁船が次々と去来して映像のように流れていく。そしてその風景の中に、呆然と立ちつくす人々。いくら心を閉じようと思っても、終わらない。

カイの甘えるような声で、我に返った。見ると、神山の手元にあるサラミの袋をじっと見つめている。

「カイ、欲しいのか」

神山の言葉を理解したように、カイが尾を振った。サラミの包みをひとつ剝き、投げてやった。カイはそれを空中で受け止め、旨そうに呑み下した。

そうだ、カイ。お前も今日は、あの風景を見ていた。食料は貴重だが、今夜はそのくらいの褒美《ほうび》は許されて当然だ。それにいまは、お前はおれの唯一の仲間だ。

珍《めずら》しく、車が一台通った。ライトの光に一瞬、周囲の森の風景が浮かび上がり、車が走り去ると共に闇に包まれる。だが、車はしばらくすると、少し先でターンして戻ってきた。ゆっくりと空地に入ってくると、神山の車の横に止まった。

白い、軽のバンだった。運転席のドアが開き、男が一人降りてきた。ルームランプが点灯し、車中に女が一人と、子供が何人か乗っているのが見えた。

「ちょっと、いいかね……」

男が神山の方に歩いてきて、ペコリと頭を下げた。

「どうぞ。よかったら、火に当たってくれ」

男は、神山と同世代だった。小柄だが、日に焼けて逞《たくま》しい体躯《たいく》をしていた。だが、焚き火に手をかざし、心細そうにいった。

「山の中を走ってて、道に迷っちまってよ……。この辺りには家もねえし、火が見えたから寄ってみたんだ。ここが、どこだかわかるかね。うちの車には、ナビも地図も無くてよ……」

男は、福島県の富岡町《とみおか》から来たらしい。海辺の町だ。地元で農業をやっていたが、地震と津波で家も畑も失った。残ったのは、家族と車だけだった。とりあえず田村《たむら》市の避難所まで行ったのだが、食料や水、ストーブの燃料なども不足していた。子供もいるし、このままではどうにもならない。女房と相談し、着の身着のままで車で逃げてきたという。

「うちは、子供がまだ小さいからよ……。セシウムとかも恐いし……。茨城の日立に妹が嫁に行ってっから、しばらく寄せてもらおうかと思ってよ……」

「ガソリンはあるのか」

神山が訊いた。

「あまりねえんだ。何とか日立までは行き着けっかと思って近道してきたんだが……」

「夜はあまり走らない方がいい。ガソリンを無駄にするだけだ。今夜はここに、泊まっていけよ」

「そうしたいんだが、そうもいかねえんだ……」男が自分の車を振り返る。「子供が二人いるし、食い物も水もねえんだよ……」

誰でも、そうだ。この情況では、食料を手に入れることもできない。まして津波で家を失ったのならば、なおさらだ。

「だいじょうぶだ。食料も、水もある。今夜の分くらいは、なんとかなる」

神山がいった。

「本当け……」

男の顔に、安堵《あんど》の色が浮かんだ。車に戻り、家族を呼ぶ。軽のバンの前後のドアが開き、男の妻と幼い男女の子供たちが降りてきた。

不安そうに、焚き火の前に座る神山を見つめる。

「坊や、歳は幾つだ」

おそらく弟だろう、小さな男の子に訊いた。男の子は母親の後ろに半分体を隠しながら、小さな指を四本だけ広げた。

米を三合ほどと卵を四人分、他にサンマの缶詰二個を家族に分けた。神山が飯盒で飯を炊いている間に、男の妻が卵を焼いた。その間に子供たちは、神山が与えたサラミを無心に食べていた。

水も、白河から持ってきたものを分けた。明日、夜が明ければ、この辺りで飲める湧き水が見つかるだろう。

食事が終わると、子供たちはカイと遊びはじめた。その平和な光景に見とれ、神山の差し出したウイスキーを舐《な》めながら、男が不安そうに呟《つぶや》いた。

「これから、どうなるんかな……」

話を聞くと男が住んでいた富岡町の家は、事故を起こした福島第一原発から一〇キロしか離れていない。最初の爆発があった一二日の午後には近くの小学校の体育館の避難所にいたが、その後、避難指示区域に指定され、田村市の避難所に移ることになった。

「突然、避難所に警察の人たちが来てよ。この辺りは原発が近いから危ないんで、田村市の方に移れっていうんだよ。車のない人たちには、バスを用意してあるからってよ」

「その日の内に、移ったのか」

神山が訊いた。

「うん、そうだよ。原発が放射性物質をぶち撒《ま》けちまったっていうんで、恐いからよ。でも爆発があった時には、おれたちは原発から一〇キロの所にいたんだよ。子供たちだって、もう被曝しちまってるかもしんねえんだ……」

横で、焚き火に当たっている男の妻が、無邪気にカイと遊ぶ子供たちを見ながら頬の涙を拭った。

「もう……家には帰れないのかもしんねえね……」

女が、淋しそうにいった。

「それにしても、なぜ避難所を出てきたんだ。避難所にいればとりあえずは救援物資も回ってくるし、情報も入るだろう」

「ある人に、いわれたんだ。田村市の避難所は、原発から四〇キロ少ししか離れていねえ。あの原発はいつまた爆発するかもしんねえし、〝メルトダウン〟とかを起こしてるかもしれねえ。あんたらは小さな子供もいるから、一カ月くらいはもっと遠くに逃げていた方がいいってよ。なあ」

男がそういって、妻の顔を見た。

「うん……」

女も、頷《うなず》く。

「その人は、原発の専門家か何かなのか」

神山が訊く。

「いや、そうじゃねえと思うよ。何となく、学校の先生みたいではあったけんど……」

「どこで会ったんだ」

「田村市の避難所だよ。一四日の夜に、避難指示区域内で自衛隊のパトロールに見つけられて拾われてきたんだ。あの辺りの者は、ほとんど田村市に集められたからよ……」

「東京の人で、一人で旅行をしてる時にあの地震に遭《あ》ったっていってた……」

神山は二人の話を聞きながら、奇妙な胸騒ぎを覚えた。

「どんな人だった。年齢は」

「四〇歳くらいだったかな……」

男が、妻の顔を見ていった。

「もうちょっと上だとおもうけんど。四十代の中頃かな。背広を着た、上品な人だったよね……」

まさか……。

「ちょっと待ってくれ」神山は、ポケットから坂井の写真を出した。「この男じゃないか」

二人が、暗いヘッドランプの光の中で写真に見入る。

「うん、多分、この人だよ……」

二人が、ほぼ同時にいった。

「名前は」

「確か、吉井さんていってたよね」

顔を見合わせ、頷き合う。

やはり、坂井は生きていたのだ。〝吉井《よしい》〟というのは、おそらく偽名だ。そしてその言葉どおり、原発に向かっていた。だが、どのような事情があったのかはわからないが、避難指示区域内で巡回中の自衛隊に発見され、田村市の避難所に退避させられていた。もしかしたらそれは、坂井の意志ではなかったのかもしれないが。

「吉井さんを捜してるんですか」

女が訊いた。

「そうなんだ。知り合いでね。あの地震の後で、連絡が取れなくなってたんだ。それで、吉井は、いまも田村市の避難所にいるのかな」

やっと、消息の手懸りがあった。だが男が、首を横に振った。

「いや、田村市の避難所には、もういないよ……」

「どこに行ったんだ」

「一昨日だったかな。相馬《そうま》市の親戚《しんせき》の家に行くとかいう人たちがいて、その車に乗っていったよ。なあ」

女が、夫に頷く。

「うん、行く前に挨拶《あいさつ》に来てくれて、子供たちに魚肉ソーセージをくれてね。自分にも同じくらいの子がいるんだって、うちの娘をすごく可愛《かわい》がってくれててね……」

やはり、坂井だ。

「なぜ、相馬市なんかに行ったんだろう。何かいってなかったですか」

相馬市は、福島第一原発の北側にある海沿いの町だ。今回の地震でも、福島県内では最も津波の被害の大きな町のひとつだった。避難指示区域からは外れているが、原発からは四五キロほどしか離れていない。

「確か、旅を続けるんだとかいってたな……」

男がそういって、首を傾げた。

その時また、大きな余震があった。大人は黙り、子供たちは怯えて父親と母親の体にしがみつく。そして地震が収まると、安堵の息を洩《も》らした。

神山は、家族が車に戻って寝てしまってもしばらく焚き火を見つめていた。

炎の中に、コートを着て背を丸めた坂井の後ろ姿が見えたような気がした。

奴は、どこに向かっているのか……。

9

三月一八日――。

翌朝、渓に流れ込む沢で飲めそうな水を見つけ、空になったペットボトルと水タンクを満たした。

一点の曇《くも》りもない、清涼な水だった。冷たく、旨い。これで何日かは保つだろう。

朝食は白河の農家で買ってきたジャガイモと卵を人数分茹《ゆ》で、それを塩だけで食べた。

だが、充実した食事だった。森の中で、旨い水と空気さえあれば、どんなものでも最高の御馳走《ごちそう》になる。だがこの森の水と空気が原発の放射性物質に汚染されているかどうかは、確かめようがなかった。

家族と別れ、神山は北に向かった。夫婦から聞いた情報で、この先は上川内までは行けることはわかっていた。だが、その先はどうなっているかわからない。とりあえず道を探しながら、相馬市を目指すしかない。

ガソリンは、ほとんど残っていない。すでに、一番下の目盛に近付いている。相馬市まで行きつけたとしても、ぎりぎりだ。

上川内で国道三九九号線に戻り、しばらくは走ることができた。だが二八八号線に合流すると、右の大熊《おおくま》町方面は自衛隊の検問があって通行止めになっていた。仕方なく、左の川俣《かわまた》町方面へと迂回した。

すでに、田村市が近い。この辺りから、各局のラジオ放送の感度がよくなってきた。

〈――福島第一原子力発電所では……昨日の自衛隊のヘリコプターによる放水、冷却作業に続き……今日も消防車五台による放水を実施し……東京電力は一定の効果があったとしているが……現場付近の放射線量の数値にはほとんど変化はなく……また被災者数は昨日の時点で死亡五六九四人以上……安否不明一万七六〇七人以上……避難者は四〇万人以上に上《のぼ》ると見られており……各市町村では今後の対応について……〉

神山は、ラジオを消した。とても、聞いてはいられなかった。本当に核戦争が起きた戦時下の放送のようだ。

途中で何台か、人と荷物を満載した車とすれ違った。家族なのか、それとも、知人同士なのか。家と生活を失った者は住み馴《な》れた故郷を捨て、当てもない安息の地を求めて漂流していく。

神山は、ナビの画面を見つめる。岩井沢《いわいざわ》の辺りで再度三九九号線に分岐し、北上する。このまま行けば、浪江町の西端から飯舘村へと向かうことになる。地図で確認しても、避難指示区域の二〇キロ圏内には入らない。だが、どこまで進めるかはわからない。

神山は車を止め、久し振りに携帯をチェックした。白河を出てから昨日まではまったくメールを送れなかったのだが、ディスプレイの中のアンテナが一本だけ立っていた。メールのフォルダーを開くと、前日に送信保留になっていたメールが、〝送信済みメッセージ〟のフォルダーに移動していた。どうやら、並木祥子に宛《あ》てた坂井の車を発見した事を知らせるメールが、いつの間にか送信されていたらしい。

かわりに〝受信〟のフォルダーを開く。やはり祥子からの返信が入っていた。

〈――神山様。

お疲れ様です。送っていただいたメールと、添付されていた坂井の車の写真、確認しました。また塩屋崎で坂井らしき人物に出会ったという地元の方の証言など、貴重な情報をありがとうございました。

この先の行動予定が決まりましたら、教えてください。また何かお手伝いできることがありましたら、何でもいってください。もし危険でしたら、無理をなさらないように。

それでは、くれぐれも気を付けて。また連絡をお待ちしています。

並木祥子――〉

神山は文面を読み、溜息をついた。人にこんな仕事をやらせておいて、無理をなさらないように……もないものだ。だが、祥子には確認しなくてはならないことがある。

返信のメールを作成した。

〈――並木様。

昨日の夜、新たな情報により坂井の生存を確認。三日前まで福島県田村市の避難所に潜伏していたが、その後、相馬市に向かったとのこと。

理由は不明。こちらもこれから、相馬市に向かう。つきましては、以下の件について情報提供を願う。
1、坂井保邦の娘と、他に両親などが健在ならばその現況について。
2、坂井と原子力発電との何らかの関係の有無について。もしあれば、その内容についても。
3、なぜ坂井が弁護士活動を休止し、久保江将生衆議院議員の秘書になったのか。その理由について。
4、坂井が福島県相馬市以北のどこかに土地鑑があるかどうか。
以上、よろしく。

神山――〉

並木祥子は神山がこの仕事を引き受ける時に、把握している情報はすべて提供することを約束している。何かわかれば、特に隠す理由もないだろう。

メールを送信した。だが、送れなかった。いつの間にかまた、ディスプレイの中の電波のマークは消えていた。

まあ、いいだろう。そのうち電波のある所に行けば、メールは並木祥子の元に届くはずだ。神山は車のエンジンを掛け、また走りだした。

山の中の迷走を続けた。地図を見ると双葉郡の葛尾《かつらお》村から南相馬市に抜ける道があったが、やはりここも無人のバリケードが置かれ通行止めになっていた。そのひとつ先の国道一一四号も、二キロほど海側に下った所で検問にぶつかった。

仕方なく、道を戻る。こうしている間にも少しずつ貴重なガソリンを無駄にしている。苛立《いらだ》ちが募《つの》った。

原発で事故が起き、放射性物質が飛散したからといって、二〇キロ圏内を避難区域に指定して住民を追い出すのは簡単だ。だが、その避難区域を迂回しようとしても、そのための迂回路があるわけではない。道は避難区域の境界線によってあらゆる所で寸断され、山道に迷い込む。さらにその道も地震のための落石や崩落などで、行く手を阻む。しかも、情報は何もない。

半径二〇キロ、直径四〇キロの半円を迂回するのに、最低でも一〇〇キロ以上。道に迷いながら走れば一五〇キロ、丸一日は走らなくてはならない。この状況下で、ガソリンすら手に入らない。そんな被災地の実情を、政府の人間は何も理解していない。

国道三九九号線が浪江町に入り、細い山道に変わった。その先の県道も、やはり止められていた。さらに山道を走り、峠を越え、前方に飯舘村の全景が見えてきた所でガソリンのゲージに赤いランプが点滅しはじめた。

この先、どのくらい走れるのか。相馬市までは、直線距離であと二〇キロと少しなのだが……。

飯舘村は長閑《のどか》で、平穏な、日本の昔話に出てくるような美しい山村だった。だがこの村も、避難指示区域からは外れているが、屋内退避を原則とした半径三〇キロの緊急時避難区域には一部が掛かっている。

豊かな里山に囲まれた田園地帯の中を、ゆっくりと走る。春まだ浅い村の風景には人影もなく、閑散としていた。たった一人、どこに行こうというのか、背を丸めて電動車椅子に乗る老婆とすれ違った。

だが、この時すでに、飯舘村では路上で毎時二〇〇〇万ベクレル、大気中で五〇マイクロシーベルトという高い放射性物質を検出。後にIAEA（国際原子力機関）が日本政府に対し、早急の避難勧告を要請することなど、神山はまだ知る由《よし》もなかった。

国道は村の中央を進み、臼石《うすいし》の信号で県道と交差していた。この辺りが、村の中心地なのだろう。交差点の周囲には、何軒かの店舗が並んでいた。だが店は壁が崩れ、瓦が落ち、被害がないように見える建物もシャッターが閉まっていた。人影もない。

神山はその信号を、海の方角に右折した。この道は、行けるかもしれない。しばらく進むと、誰もいない店の前に福島県警のパトカーが駐まっていた。神山はそこに車を寄せ、エンジンを切った。

地図を持って車を降り、近くにいた警官に話し掛けた。

「この先の県道は、通れるかな。相馬市まで行きたいんだが……」

警官は理由も訊かず、気軽に応じてくれた。

「相馬け。それならこの真野《まの》ダムの上を通る草野大倉鹿島《くさのおおくらかしま》線が近いんだが、地震で落石があって通れねえんです。そうなるとこっちの原町川俣《はらまち》線を行って南相馬から回るしかねえんだが、原町の辺りで原発から三〇キロの緊急時避難区域に掛かるんで、そこから先はもう行けねえかもしれねえしな……」

地図を見ながら、警官が説明する。だが、八方塞がりだ。

「他に、行ける道はないかな……」

神山が訊いた。

「そうだな……。確実なのは、これだな。この下の草野まで下りて、この県道を海とは逆に左に向かってこの佐須《さす》峠まで登ってな。それで国道一一五号を右に曲がれば、相馬市には出られる。いまは、この道しかねえかもしんねえね……」

順調に行っても、海まで二〇キロちょっとの道程になる。はたしてガソリンが、もつかどうか。

「もうひとつ、訊きたいんだが……」

「何だね」

「この辺りで、ガソリンを買える所はないかな。もう残り少ないんだ……」

だが警官は、力なく首を横に振った。

「この村には、ガソリンは一滴も残ってないよ。相馬市に出ても、開いているスタンドは一軒もないだろうな。ガソリンだけじゃない。食料も、衣料も、薬も、この辺りの被災地にはまだ何も届いてないんだ。放射能が恐いからってよ……」

自分たちは、見捨てられたのだ。警官の言葉には、怒りが滲《にじ》み出ていた。

だが、それでも前に進むしかなかった。神山は車に戻り、エンジンを掛けた。

佐須峠までは、何とか登ることができた。だがここで、ガソリンゲージの針が完全に動かなくなった。赤いランプも、点灯したままになっている。

だが、まだエンジンは止まっていない。どこまで行けるかはわからないが、まだ車は走っていた。

この先は、海辺の相馬市までは下りだ。とにかく大きな町に出れば、何とかなるかもしれない。神山はなるべくガソリンを使わないように、時折ギアをドライブからニュートラルに入れて惰性《だせい》だけで道を下った。エンジンブレーキは利かない。危険なことはわかっているが、いまは仕方がない。

時間はすでに、午後四時を過ぎていた。あと一時間もしないうちに、日が暮れる。そしてまた、長く冷たい闇がすべてを支配する時間がやってくる。それまでに、何としても、相馬市に着きたかった。

やがて丘陵《きゆうりよう》の合間に、相馬市の市街地の明かりが見えてきた。

そうだ。明かりだ。この町には、電気がある。人々の生活が息衝《いきづ》いている。その事実に、神山は安堵の息を洩らした。

車は、走り続ける。街道の両側に、人家も多くなりはじめた。その一軒一軒にも、明かりが灯っていた。

ゆっくりと、静かな市街地に入っていく。相馬中村《なかむら》神社の前を通り、相馬市の中心に向かう。ここも、閑散としていた。だが、僅かだが人の姿があった。動いている車もあった。

市街地を通り過ぎて、国道六号線に入った。車は、少ない。どこに行く当てもなかった。まだ車が動くうちに、落ち着ける場所を探したかった。それだけだ。

特に理由もなく、神山は引き寄せられるように海の方に向かった。六号線を越え、静かな住宅地の中に入っていく。この辺りには、明かりが灯っていなかった。夕暮の沈むような光の中に、壊れかけた家々が亡霊のように影を投げ掛けていた。

だが、住宅地を抜けた瞬間に、風景が一変した。

神山は、道の脇に車を寄せて止めた。車を降りる。そして目の前に広がる、茫漠《ぼうばく》とした風景を呆然と見つめた。

何も無い。家も、車も、人々の生活もすべてが津波にさらわれ、奪い尽くされていた。

瓦礫の荒野は遠い海まで続き、その破壊の痕跡《こんせき》は陸続きの南北の遥か地平線まで延々と広がっていた。その地平線の一点に、津波に取り残された常磐《じょうばん》線の機関車だけがぽつんと躯《むくろ》を晒していた。

地を這《は》うような風が飄々《ひょうひょう》と吹き、海のものとも陸のものとも知れぬ死の臭いを運んでくる。

神山はただその風に吹かれ、虚無の光景を前にして身動きすることもできなかった。ここで何が起きたのか。何が失われたのか。現実を受け入れることもできなかった。直視することも、考えることもできなかった。

ただひたすらに畏《おそ》れ、打ち拉《ひし》がれた。足がすくみ、体が震え、それが止まらなかった。

風が、飄々と啼《な》き続ける。

黄昏が、すべての光を奪い去っていく。

神山は、静かに心を閉ざした。

第二章　荒野

1

男――坂井保邦――は、飄々《ひょうひょう》と吹く風に向かっていた。

風の冷たさに、汚れたバーバリーのコートの前を閉じる。背には、黒いナイキのリュックを背負《せお》っていた。

目の前に、瓦礫の荒野が広がっていた。波を巻き上げる海に沿って、延々と北に向かっている。どこまでも、どこまでも、途切れることなく続いていた。

風の音《ね》が、啼《な》いた。耳に刻まれるように、胸を抉《えぐ》るように啼いた。その啼き声が、いま自分の目の前に広がる大地の慟哭《どうこく》にも聞こえた。

男は時折、背後を振り返った。そしてしばらく、自分が歩いてきた茫漠《ぼうばく》とした荒野を見つめた。

遠くに、岬が霞《かす》んでいた。あの岬の遥《はる》か彼方《かなた》に、魔界がある。人間の欲と科学の慢心が生み出した、〝原子力発電所〟という名の〝怪物〟が息衝《いきづ》いている。

だが、〝怪物〟は、人間の鎖を断ち切り、檻《おり》を打ち破った。自らを、解き放った。もはや、人間の力では制御できなくなってしまった。

人間は、愚《おろ》かだ。こうなることは、予想し得たのだ。だが、それなのに、虚飾《きょしょく》の豊かさの代償に悪魔に魂を売り渡してしまった。

もう、手遅れだ。悪魔は永遠に、大地に毒を撒《ま》き散らし続ける。人間は、生きることも死ぬことも許されずに、業火に焼かれ続ける。

男は、魔界に背を向けた。そして背を丸め、飄々と吹く風の中を歩き続けた。

しばらく行くと、男は足を止めた。瓦礫《がれき》を寄せた道端に、軽トラックが一台、駐《と》まっていた。その背後の倒壊した家の上に人が二人、登っていた。夫婦なのか。それとも、兄妹なのか。まだ若い男女だった。

男はその場に立ったまま、しばらく様子を見ていた。二人は男の存在にも気付かず、無心に瓦礫の下を探っていた。潰れた屋根の下を覗《のぞ》き、二人で力を合わせて重い棟木《むなぎ》を動かす。

「どうしたんですか」

男が下から、声を掛けた。その声に、二人が手を止めて振り向く。最初は男を怪訝《けげん》そうに見ていたが、やがて疲れ果てたように小さく頷《うなず》いた。

「うちの娘がまだ見つからなくてよ。ここが家だったんだが、もしかしたら津波ん時、学校から戻ってたんかもしんねえと思ってよ……」

亭主らしき男が、額の汗を拭《ぬぐ》いながらいった。女が、無言で頷く。その表情に、焦燥《しょうそう》が浮かんでいた。

「自衛隊か、警察の人に助けてはもらえないんですか」

だが二人は、諦《あきら》めたように首を横に振る。

「無理だぁ。この辺りだけでも、何百人も流されちまってまだ見つかってねえんだ……。娘は、ここに居るかどうかも知れねえし。ここは原発が近いから、誰も助けに来てくれねえしよ……」

亭主らしき男がいった。横に立ち尽くす女の目から、大粒の涙がこぼれ落ちた。

「私が、手伝いましょう」

男はそういうと、リュックを軽トラックの荷台に投げ入れた。コートを脱《ぬ》いでそれも荷台に載せ、背広の袖をまくり上げる。そして瓦礫の上に登った。

「そんな格好で、だいじょうぶなのけ……」

亭主らしき男が、坂井に手を貸しながらいった。

「平気ですよ。もう、この背広も靴もぼろぼろだし。さあ、やりましょう」

坂井が手頃な廃材を大きな棟木の下に差し入れ、梃《てこ》の要領で肩に力を込めた。三人で、掛け声を掛け合う。重い棟木が、少しずつ動きはじめた。

何時間も、瓦礫の山と戦った。男の背広は汚れ、擦り切れ、所々が破れていた。だが、家一軒分の瓦礫の山は、三人の力ではどうにもならなかった。夫婦の娘は、見つからなかった。

三人で瓦礫の山に座り、海を見つめた。背後の山に、日が沈んでいく。そしてまた、長く冷たい夜が始まる。

坂井はリュックの中から使い古したペットボトルを取り出し、水を飲んだ。数日前に立ち寄った田村市の避難所で水道水を入れてきたものだった。大切に使ってきたが、その最後のひと口を飲み干《ほ》した。

「水は……あるのけ？」

見ていた女が、訊《き》いた。

「いや、もう、これで最後なんです……」

男はそういって、空《から》になったペットボトルを見つめた。

「ならば、これ持ってけ」女が、水がいっぱいに詰まったペットボトルを差し出した。「うちの実家には、井戸があんだ。水は、いくらでもあっから。セシウムとかはだいじょうぶだと思うけんど、ここじゃあこれしかねえから。そして、これも。何も食ってないんだべ……」

アルミホイルの包みをひとつ、渡された。

坂井は、その包みを開けた。中に、小さな握り飯が二つとジャガイモの煮物が入っていた。

「いいんですか……」

もう、丸二日近く何も食べていない。見ているだけで、腹が鳴った。

「いいから。残り物で悪いけど。うちは農家だから。米と芋《いも》くらい、いくらでもあっから」

夫婦に、この日初めて、少しだけ笑顔が戻ってきた。

握り飯に、かぶりついた。中に、小粒の梅干がひとつ入っていた。米の甘味が、口の中に広がる。

旨かった。梅干は子供の頃から嫌いだったはずなのに、とてつもなく旨かった。これまでの人生で、何よりも旨かった。

噛《か》み締める。噛み締める度《たび》に、味が口の中に広がる。そしていつの間にか、自然と涙が溢《あふ》れてきた。

「あんた、どこから来たんだね」

亭主が、坂井に訊いた。

「東京から……です……」

飯を食いながら、答える。

「今夜は、どうすんだい。どこか、行く当てでもあるのかい」

「いや、別に……。どこかその辺《あた》りで、寝られる場所を探します……」

「だめだよ」女房がいった。「東北の春は、凍《しば》れるから。外で寝たら、凍れて死んでしまうよ。うちに来な。泊まってけ」

だが、坂井は首を横に振る。

「いや、だいじょうぶです……」

誰かの家に泊まれば、人に迷惑を掛ける。

「いいから。泊まれって」亭主がいった。「ほら、トラックに乗りな」

坂井は夫婦に、無理矢理トラックの荷台に押し上げられた。二人が前に乗り、エンジンが掛かる。

軽トラックは瓦礫の中を走り、夕日が沈んだ西の山に向かって走り出した。

2

神山健介は、荒涼とした荒野に立っていた。

見渡す限り、何もない。家も、車も、人の生活も、そして命の気配さえも。ただあるのは、大地を埋め尽くす一面の瓦礫だけだ。

だが、その瓦礫の荒野の彼方に、ぽつんと一棟だけ建物が見えた。

何だろう……。

「カイ、行ってみるか」

神山はカイを連《つ》れ、瓦礫の中をその建物に向かった。鉄筋のビルなどではない。古い、日本の建築物の廃墟のように見えた。

建物に近付き、見上げた。太い何本もの柱に、大きく重そうな瓦《かわら》屋根が載っていた。壊れてはいたが、瓦もほとんどが残っていた。

屋根の下には、柱があるだけだ。津波が、この建物の中を通過したのだろう。壁も、畳《たたみ》も、建物の中にあったはずの家具もほとんどがなくなっていた。

だが、建物は津波に耐《た》えた。大人の腕でひと抱えもあるような頑丈な柱は、倒れなかったのだ。建物の周囲には、無数の墓石が散乱していた。その中に、腕の折れた古い仏像の半身が埋まっていた。

神山は、聳《そび》えるような寺の廃墟を見上げた。風が飄々と啼きながら、重い屋根と柱の間を吹き抜けていく。神山は静かに目を閉じ、耳を傾ける。その物悲しい風の音が、この大地に宿る無数の生き霊の読経のように、耳の中で鳴り続けた。

三月二一日——。

神山の車は相馬市に入った時点で、ガソリンが尽きた。以来、三日。そのまま足止めを食っていた。

町の噂《うわさ》によると、ガソリンのタンクローリーや支援物資を積んだトラックは郡山までは来ているという。道も、国道四号から一一五号を経由すれば一日も掛からない。だが、相馬市は福島原発から四五キロしか離れていない。タンクローリーやトラックの運転手は放射性物質を恐れ、すべて郡山で止まってしまっている。スタンドには長い列ができているが、ここ数日は動いていない。

町には、食料もなかった。米も、ミネラルウォーターすら手に入らなかった。市内に約三〇カ所ある避難所では、被災者が僅《わず》かばかりのアルファ米や梅干などを分け合って生きている。その食料も、尽きかけている。それが現実だった。

夕刻、神山は相馬市の尾浜《おばま》にある中村第二小学校の避難所に戻った。ここは海に近いが、多少高台になっているために津波の被害を免《まぬが》れた場所だった。いまも小学校から少し下れば、すぐ目の前に瓦礫の荒野が広がっている。

中村第二小学校は鉄筋コンクリートの一階建ての大きな建物で、この時点で近隣の一〇〇〇人近くの住民が避難していた。もちろん神山は、ここに入っていたわけではない。避難所の近くまで来たところで車のエンジンが止まり、動けなくなった。そのまま近くの空地に車を置き、車内で寝泊まりしているにすぎない。

だが、避難所の近くにいれば、様々な情報を得ることができる。ガソリンは、いつ届くのか。食料などの支援物資は、いつ入ってくるのか。原発は、安全なのか。そのほとんどは未確認の噂程度の風説にすぎなかったが、何もないよりはましだった。

このような災害があると、改めて思い知らされる。人間は、一人では生きていけない動物なのだ。

カイに餌《えさ》をやり、自分の食事の仕度を始めた。避難所に並んでいれば多少の食料は手に入るが、甘えるわけにはいかなかった。支援物資は、被災者にも行き渡らないほど窮乏していた。

だが、神山の手持ちの食料も底を突きかけていた。ここ数日は、一日に一食しか満足に食べていない。朝は、茹《ゆ》でたジャガイモを一個だけだ。それでもあと二日、もつかどうかだ。

幸い避難所には、水だけはあった。神山はこの日、残り少なくなったパスタを茹でた。これに最後の一個になった卵を使い、塩味だけで食べた。

「あんた、また変なもの食べてるな。だいじょうぶけ?」

神山が車の外に座って食事をしていると、安田《やすだ》という初老の男が声を掛けてきた。この避難所で知り合った男だ。地震と津波で家を無くし、妻と二人で避難しているが、いつも屈託《くったく》のない笑顔を絶やさない。

「だいじょうぶだよ。これでもけっこう旨いんだ」

「無理しねえで、避難所で分けてもらいなよ。それとも、おれがもらってきてやろうか」

安田が、カイの頭を撫《な》でながらいう。この男は自分が人生で一番大変な時なのに、いつも他人のことを気にしていた。その粘《ねば》り強さと優しさも、東北人気質なのだろうか。

「いや、いいよ。おれみたいな余所者《よそもの》が、ここにいる被災者の分を取るわけにはいかないだろう」

神山がいうと、安田は笑いながら首を横に振った。

「あんたも強情だな。まあ、好きにするさ。ところであんた、車のことには詳しいかね。もし詳しいなら、ちょっと頼みたいことがあんだけどな」

「何だい」

神山はパスタを食べ終え、プラスチックの皿をティッシュで拭った。ここでは、皿を洗う水も貴重だ。

「実は、女房の兄貴の車が見つかってよ。田んぼと瓦礫の中に、半分ほど埋まっちまってんだ……」

「その車を、どうするんだ」

津波に呑まれた車では、どうにもならないだろう。

「まあ、古い車なんでそっちの方はどうでもいいんだが、タンクにガソリンが残ってんだよ。乗用車だし、かなり入ってんじゃねえかっていうんだよ……」

ガソリン、か。ここではガソリンは、血の一滴に匹敵《ひってき》する。

「そのガソリンを、どうするんだ」

神山が訊いた。

「ガソリンを、抜きたいんだよ。給油口は埋まってるし、下手《へた》にタンクに穴を開ければ火花で爆発しちまうだろうし、どうしたらいいかわかんねえんだ。もしうまく抜けたら、あんたにも少しガソリンを分けてやれるんだが……」

悪い話ではなかった。このままでは、もし町にガソリンが入ってきてもスタンドまで行くこともできない。

「よし、やってみようか」

神山がいった。

翌朝の夜明けを待って、神山は安田が運転する軽のキャブバンで車を見に出掛けた。途中、別の避難所で安田の義兄を拾う。荷台は神山の車にあった工具一式や牽引《けんいん》ロープ、スコップ、灯油用のポリタンクやポンプ、古い水道のホースまで、使えそうなものは何でも積み込んできた。

安田の義兄の車は、新地《しんち》町の大戸浜《おおどはま》に近い瓦礫の中にあった。車種は二〇年近く前の古いマーチで、田んぼの中に横倒しになり、話に聞いたとおり給油口の部分が完全に汚泥《おでい》の中に埋まっていた。

「どうにかなるかね。おれらは、機械のことが苦手でね……」

神山は安田と共に、車の上に被《かぶ》っている廃材やトタンなどをどかした。

「ガソリンは、どのくらい入ってるのかな」

神山が、義兄に訊いた。

「そうだな……。まだスタンドに行って間がなかったから、三〇リットル近くは入ってると思うんだが……」

三〇リットルか。かなりの量だ。

ひとつは横倒しになって剝《む》き出しになっているガソリンタンクのドレーンから、直接抜くという方法はある。これが一番簡単だ。だが、位置が悪い。ドレーンを開ければ、大半が回収できずに流出してしまうだろう。ガソリンが無駄になるだけでなく、危険だ。

もうひとつは、エンジン側のポンプから抜く方法だ。電気系が生きていれば、これができるのだが。だが、義兄にキーを借りてセルを回してみたが、まったく反応はない。海水を被ったことを考えれば、当然だろう。

「どんな感じかね……」

二人が心配そうに神山の顔を見つめる。

「よし、タンクを外そう」

結局それが一番、手っ取り早い。

三人で力を合わせ、ナットとボルトを外し、ガソリンタンクそのものを車から取り外した。かなり、重い。給油口から来ているホースを切断し、そこから直接、安田の軽キャブバンにガソリンを移した。空に近かったキャブバンのタンクが、ほとんど満タンになった。

残りはポリタンクに移した。それを安田が、神山に差し出した。

「これ、少なくて悪いけんど、使ってくれ……」

少ないとはいっても、三リットルはあるだろう。それだけで、有り難《あがた》かった。

避難所に戻り、神山は自分の車にガソリンを入れた。久し振りに、エンジンが掛かった。だが、すぐにエンジンを止めた。

いまは、無駄にできない。これで、町にガソリンが来れば、少なくともスタンドまでは行くことができる。

3

午後、ｉＰｈｏｎｅともう一台の携帯を避難所で充電させてもらった。それまでは車のソケットから充電していたのだが、ガソリンが切れてからはそのままになっていた。久し振りに電源が復活すると、やはり何通かメールが入っていた。

薫から、一通。陽斗の生まれたばかりの子供の写真が添付されていた。他に、何人かの白河の仲間たちから。みんな、被災地に向かった神山のことを心配してくれている。

そして、東京の並木祥子からも一通。前回のメールの問い合わせに関する回答だった。

〈――神山様。

その後、ご無事でしょうか。

さて、先日のお問い合わせに関して、わかったことを以下に報告させていただきます。

まず、坂井の両親と娘について。坂井の両親は健在のはずですが、山口県の実家に電話をしても連絡が付きません。娘もそこにいるはずなのですが。坂井が事件を起こしたことで、身を隠していることも考えられます。引き続き、調べてみます。

次に、坂井と原子力発電との関係について。坂井は山口県の地元では、中国《ちゆうごく》電力が建設中の上関原発の反対運動に参加していたようです。ちなみに坂井の実家も、山口県の上関町にあります。さらに坂井が弁護士活動を休止し、議員秘書となった理由もそのあたりにあったようです。久保江将生衆議院議員は、地元でも有名な原発建設反対派でした。

最後に坂井が福島県相馬市以北に土地鑑《かん》があるかどうかというご質問ですが、いまのところは何も情報がありません。少なくとも坂井は東京以北には住んだことはありませんし、特筆すべき知人もいないようです。

以上、参考になりましたでしょうか。また何かありましたら、いつでもお問い合わせ下さい。連絡をお待ちしています。

並木祥子――〉

神山は、何度かメール文を読み返した。

〝上関原発〟か……。

確かに、ニュースなどで知ってはいた。迂闊《うかつ》だった。なぜ山口県の上関町と聞いた時に、気付かなかったのか……。

『上関原子力発電所』――。

中国電力が、山口県熊毛《くまげ》郡上関町に建設を計画している原発だ。予定では二〇一二年六月に着工し、二〇一八年三月の運転開始を目指している。だが、二〇〇八年一〇月に山口県知事の二井関成《にいせきなり》が中国電力に対し瀬戸内海に面した建設用地造成を許可すると同時に、反対運動が激化。地元住民からの意見書提出は一四五七通にも上り、同年一二月には県知事に対する訴訟も起こされた。現在も埋め立て許可の取り消しを求める裁判が継続。その中で中国電力は二〇〇九年四月、原子炉設置許可申請の前に地元住民の反対を押し切り、造成工事着工を強行していた。

坂井保邦が、その上関原発の反対運動に参加していた。実家が上関町にあり、また弁護士という立場を考えれば、十分にあり得ることだ。おそらく、ごく自然に巻き込まれていったのだろう。

問題は、どこまで深く係わっていたのかだ。最終的には弁護士を辞め、同じ反対派の久保江将生議員の秘書にまでなったくらいなのだから、どっぷりと漬《つ》かっていたのかもしれない。

その坂井が同じ久保江議員の秘書の同僚を殺害し、六〇〇〇万円もの金を持ち逃げした。なぜなのか。そしてその六〇〇〇万円は、何の金だったのか――。

最も事情を把握しているのは、久保江議員だろう。だが、六〇〇〇万円の件を警察に知られたくないくらいなのだから、絶対に話さない。話す訳がない。

他に事情を知る者がいるとすれば、坂井の両親か……。

だが、その両親の住む実家とは連絡が取れなくなっている。なぜなのか。並木祥子がいうように、本当に坂井の一件で身を隠しているだけなのか。

もうひとつ、謎がある。坂井はなぜ、事故が起きた福島第一原発に向かおうとしたのか。上関原発の反対運動と何か関係があるのか。それとも、弁護士の本能として、参考事例の現場を見ておきたかっただけだったのか。

しかも坂井は、福島県以北にほとんど土地鑑はないらしい。それならば、これから先、どこに向かうのか。

神山は、様々なことを考えた。その時ふと、頭に新たな疑問が浮かんだ。

坂井は、妻を六年前に癌で亡くしている。現在、坂井は四四歳だ。だとすれば当時の妻は、かなり若かったに違いない。おそらく、三十代の半《なか》ばくらいか……。

そのくらいの若い女性が癌で死ぬことは、絶対にないとはいえない。だが、確率からいえばかなり希《まれ》だ。本当に、癌だったのか。疑ってみる価値はある。

神山は、並木祥子に返信を打った。

〈――並木様。
三月一八日に相馬市着。ガソリンが尽き、すでに四日間身動きできず。以来、坂井保邦に関する新情報はなし。つきましては新たに以下の件に関し、情報提供を願う。
1、坂井の亡くなった妻に関して。特にその素性《すじよう》と、死因について。本当に、癌だったのか。
2、坂井が議員秘書になる以前に、弁護士として個人的に係わっていた事例があるかどうか。もしあるとすれば、どのような事例か。
3、引き続き、坂井の両親と娘の消息に関して。
以上、よろしく。
神山――〉

メールを送信した。だが、電波が途絶していて送れない。まあ、仕方がない。そのうちに電波状況が良くなれば、自動的に再送信されるだろう。

現状で最も問題なのは、相馬市に入ってから坂井の消息が完全に途絶《とだ》えてしまっていることだった。神山は連日のように市内や海沿いの被災地を歩き、行ける範囲の避難所を捜し、あらゆる機会に坂井の顔写真を見せた。にもかかわらず、確実な消息どころか、坂井らしき男の噂さえも聞かなかった。それ以前の問題で、いまの相馬市は人を一人捜すにはあまりにも茫漠としすぎていた。

この町は、混乱している。ここにいる者は、他人のことに係わっている余裕はない。自分がまず生きていくことに精一杯だった。それは、神山も同じだった。

それでも坂井を捜さなくてはならなかった。

坂井はどこに消えたのか。この相馬市から、さらに北に向かったのか。もしくは、福島第一原発の方へ戻ったのか。田村市の避難所にいた〝吉井〟と名告《なの》る背広姿の男は、本当に坂井だったのか……。

神山は、思う。もしこのまま坂井の消息が摑《つか》めなければ、これ以上の捜索は無駄だ。ガソリンが手に入った時点で、一度白河に戻るべきだ。そして、被災地が落ち着くのを待って出直した方がいい。

だがその夜、神山の元に、坂井らしき男の手懸りが舞い込んできた。

4

神山はその時、夕食の仕度に頭を悩ませていた。

例のごとく、朝は茹でたジャガイモを一個しか食べていない。最近は空腹にも馴《な》れてきたが、それでも辛《つら》いほどに腹が減っていた。時折、鏡やガラスに映る無精髭《ぶしょうひげ》姿の自分を見ると、別人のように痩《や》せていた。体重も、震災前よりも五キロは落ちているだろう。

何か、まともな物を食べなくてはならない。そうしなければこの寒さの中で、体がもたない。だが食料を入れた箱の中には、ろくなものは残っていなかった。

パスタも、前日の夜で終わった。卵もない。あるのは米が一合ちょっとと、ジャガイモが三個。他には小さなツナ缶が一個とタコの干物が僅かばかり残っているだけだ。

これで、何が作れるだろうか。そう思っているところに、安田が湯気の立つカップラーメンと菓子パンをひとつ持って歩いてきた。

「ほら、これもらってきてやったから。無理しないで食いな」

安田がそういって、神山に差し出す。

「しかし、これは……」

避難所のものは、受け取れない。

「いいんだよ。今日、少しばかり救援物資が着いたんだ。みんな、あんたのことは知ってんだよ。ここにいて、ガソリンがなくて動けなくて、それでも水しか持っていかないこともわかってんだよ。だから、無理すんなって。困った時はお互い様だって。ほら、食いなよ……」

神山は、しばらくカップラーメンを見つめていた。そして気が付くと、素直に頷いていた。

「すまない……」

カップラーメンの麺とスープをすすり、菓子パンを齧《かじ》った。味は、何もわからなかった。だが、胸の中の大きな痼《しこり》が解けていくように、温かかった。

「ところであんた……」無心にカップラーメンを食う神山に、安田が話し掛けた。「誰か、人を捜してるっていってたよな」

「ああ……。前に写真を見せた、あの男なんだが……」

安田にも一度、坂井の写真を見せている。

「あんた、その男のことを新地小学校の避難所の掲示板にも書き込んだろう」

この周辺の避難所には、どこでも情報交換のための掲示板のようなものが設置されていた。そこに誰とはなしに〝尋《たず》ね人〟の情報を貼り付けていったり、「自分は無事だ……」といったコメントを残していく。震災後、携帯も満足に繋《つな》がらない状態では、これが地元の人々の重要な連絡手段のひとつになっていた。

新地小学校は、海岸線沿いの道を北にかなり上がった所にある避難所だった。相馬市に入った二日後、海岸線の津波の被災地の中をカイと歩きながら、一度行ったことがあった。その時に〝尋ね人〟として、坂井の年齢や特徴、背広とコートを着ていることなどと連絡先の携帯番号を書いたメモを貼ってきた。

「ああ、書いてきた。それが？」

神山はカップラーメンを一気に食い終え、箸《はし》を置いた。

「そのメモって、これだろう。誰かがその下に、連絡先を書いていったらしい……」

安田がそういって、自分の携帯電話で撮ったメモの写真を見せた。

神山の〝尋ね人〟のメモに連絡先を書き込んだのは、相馬郡新地町杉目《すぎのめ》に住む福永敏夫《ふくながとしお》という男だった。携帯の番号が書いてあったので電話してみたが、通じなかった。相馬市の周辺ではまだよほど運が良くなければ、携帯は繋がらない。

神山のいる避難所からは、往復で約二〇キロ。自分の車では無理だ。だが、今朝ガソリンが手に入って気分を良くしている安田が、付き合ってくれることになった。

「新地なら、軽自動車で何ぼでもねえよ。行ってみんべ」

福永の家は、海岸線から四キロほど上がった小さな集落にあった。正確には、福永の妻の実家らしい。この辺りも津波の被害がかなりひどかったが、福永の家は少し高台にあっためにかろうじて助かっていた。

夜の突然の訪問だったが、福永は快く出迎えてくれた。後から、妻も顔を出した。

「私が新地小学校に残してきた尋ね人のメモに、ここの連絡先を書いてくれたのは福永さんですね」

神山は、最初に確認した。

「そうです。おれらが知ってる人に似てたもんだから、もしかしたらと思ってよ。あんたの携帯に電話してみたんだけんど、繋がらなくてよ……」

やはり、そうか。

「それは、この男ですか」

神山は、福永と妻に坂井の写真を見せた。二人が、玄関先の暗い明かりの下で写真に見入る。そして顔を見合わせ、頷いた。

「そうだな。間違いねえよ。この人だ」

「名前は。何と名告ってましたか」

「確か、吉井さんていったっけか……」

福永が〝吉井〟と名告る男に会ったのは、三月一八日の午後だった。神山が、相馬市に着いた日だ。隣の山元《やまもと》町にあった自分の家の倒壊現場で小学生の娘を捜していると、吉井がどこからともなくふらりと姿を現わした。背広姿で、コートを着ていた。事情を話すとコートを脱ぎ、娘の捜索を手伝ってくれた。その日は吉井を、この家に泊めた。

「それで、娘さんはどうしたんですか」

神山が訊いた。

「お陰さんで。次の日も家の周りを捜したんですが、そこに知らせがあって。別の所で助けられて、離れた所の避難所に友達の家族といたんです……」

「私が、メモを残した新地小学校の避難所ですか」

「いいえ、違うんです。あの掲示板には、おれらも娘を捜していると書いといたんで、翌日それを外しに行ったんです。それで、あのメモを見つけて……なあ」

福永がそういって、妻の顔を見た。

〝吉井〟と名告る男は娘が見つかったことを知り、その場で別れた。福島第一原発とは逆に、北に向かっていったという。それが、一九日の昼頃だった。三日前だ。

「その〝吉井〟という人は別れる時、何かいっていませんでしたか」

「そうだなぁ……」

夫婦がまた、顔を見合わせる。

「ここは原発から近いから。あんたらは小さい子供もいるし、しばらくどこか離れた所に逃げて、安全になるまで待った方がいいといっていたけど……」

妻がいった。

やはり〝吉井〟は、坂井保邦だ。上関原発の反対運動もそうだが、坂井は〝原発〟という存在そのものに極度な嫌悪感《けんおかん》を持っているようだ。その理由がどこにあるのかはわからないが。

「他には。これからどこに行くのかとか、そのようなことは聞きませんでしたか」

「特に聞かなかったよなあ」

二人が、首を傾げる。

「ただ……。ここから先に灯台はあるかって、そんなことはいってたけんど……」

妻の方がいった。

「灯台ですか？」

「そう、灯台。ここから先は、仙台の向こうまでないんじゃないかって、そういったんだけども……」

灯台か。いったい、坂井は何をしようとしているのか。

いくら考えても、わからなかった。

5

相馬市への補給が断《た》たれたのは、食料やガソリンなどの物資だけではなかった。〝情報〟

も、欠乏《けつぼう》しているもののひとつだった。

神山のいる中村第二小学校の避難所でも、ガソリン不足などの事情で新聞の配達も止まっていた。周囲で何が起こり、自分たちがどのような状況に置かれているのかすらわからない。その不安が様々な風説を呼び、さらに焦燥《しょうそう》を駆り立てた。

唯一の情報源は、避難所に二台あるテレビだった。テレビの周囲には絶えず人が集まり、ただひたすらに流れ続ける震災関連のニュースから何かを得ようとするように固唾《かたず》を呑んで画面を見つめていた。

だが、テレビで流れるのは、ほとんどが原発事故関連のニュースだった。

三月一七日、自衛隊は福島第一原発三号機にヘリコプターから海水三〇トンを投下。さらに五台の消防放水車により、計三〇トンを放水。一定の効果はあったとしながら、避難指示範囲を半径三〇キロに拡大。だがアメリカ政府は、原発から八〇キロ圏外への自国民避難勧告を発令した。

三月一八日、東京消防庁はハイパーレスキュー隊を中心とする消防救助機動部隊一三九人と特殊災害対策車など四〇台の車輌を福島第一原発に派遣。大量の放射能が漏《も》れる三号機に決死の放水を開始。だが、効果は確認できず。

三月一九日、東京電力の現場作業員により、福島第一原発の一号機、二号機の通電が再開。さらに四号機の原子炉などを製作した日立製作所は技術者やベテラン作業員中心のチーム六〇人を前日までに現場に派遣し、三号機、四号機の電力復旧工事を再開。さらに東《とう》芝《しば》も、技術者など六〇人以上を投入。一方で東京消防庁のハイパーレスキュー隊は、前日に引き続き放水を継続。記者会見に立った高山幸夫《たかやまゆきお》隊長は命懸けで作業に当たる隊員とその家族を気遣い、声を震わせて涙を流した。その中で原発周辺の双葉町、大熊町、浪江町、葛尾村、飯舘村などの町村民が、続々と埼玉県、栃木県、福島県中西部などへの遠方避難を開始した。

三月二〇日、福島第一原発二号機の通電に成功。その中で、消防ハイパーレスキュー隊と自衛隊は被曝覚悟の放水を継続。ここ数日、原発事務本館北側で毎時三〇〇〇〜五〇〇〇マイクロシーベルトを観測していた放射線量は、この日午後九時現在で二五四二マイクロシーベルトに低下。放水の効果が徐々に見えはじめた。

三月二一日、五号機に外部電源による電力供給が再開。原子炉の本格冷却を開始。だが、予断を許さない情況が続く。一方で福島県内や近県の農産物への放射性物質の汚染が深刻化。原乳やホウレンソウを中心に風評被害が広がり、市場が混乱していく。

三月二二日、福島原発三号機の制御室に点灯。これで電力供給と原子炉冷却へ、さらに前進した。だが、これで危険を脱したのか。本当に、安全なのか。さらなる水素爆発は起きないのか。情報は常に一方的、かつ断片的で、その裏にある真実が何も読めない。政府や原子力安全委員会の発表を、信用することすらできなかった。

神山も、この避難所にいる他の被災者たちも、これらのニュースを遠い世界の出来事のような感覚で見ていた。実感が、湧かない。原発の事故現場から四五キロしか離れていない場所にいながら、自分たちの姿が見えてこない。時として当事者であるはずの自分たちが忘れられ、置き去りにされているような、そんな奇妙な錯覚と不安に襲われることもあった。

自分たちはこれから、どうすればいいのか。逃げるべきなのか。それともこの場所に残り、助けを待つべきなのか。未来が何も見えなかった。

二三日の午後、安田が訪ねてきた。

「おい、神山さん。市内のガソリンスタンドの列が、動いてるらしいぞ。ガソリンが買えるらしい……」

「ありがとう。行ってみる」

神山は安田に手伝ってもらいながら急いでキャンプ用具を荷台に積み込み、カイと共に車に乗った。

「ガソリンが買えたら、そのまま行っちまうのか」

安田が訊いた。

「たぶん。北に向かうよ」

神山はすでに、白河に戻るという考えは捨てていた。

「この先はもっとひどいっていうから、気ぃ付けてな」

「ありがとう。いろいろ、世話になった。安田さんも、頑張ってな。縁があったら、また会おう」

国道沿いのガソリンスタンドには、長い車の列ができていた。一キロ以上はあるだろうか。神山は、その最後尾に並んで車のエンジンを切った。

だが長い車列は、確実に動いていた。前が動けばエンジンを掛けて少し進み、また止まる。そしてまた、車一台分ほど少し動く。神山の後ろにも次々と別の車が並び、さらに長い列を作る。

自分の番まで、いったい何時間待てばいいのか。たとえ待ったとしても、本当にガソリンが買えるのか。途中でガソリンが切れてしまう車があれば、他の車の者が手伝ってそれを押した。それでも人々の表情は、どことなく明るいようにも見えた。人間は、ガソリンを買えるかもしれないというだけで、少しだけ希望を取り戻すことができるのだ。

六時間近く待ち、やっと神山の番になった。買えるガソリンの量は、二〇リットルまで。供給量が十分ではないので、仕方がない。だがこれだけのガソリンがあれば、スバルのフォレスターならば二〇〇キロ近くは走ることができる。途中の道路状況はわからないが、少なくとも宮城県に入り、仙台市の先までは行くことができる。

神山はスタンドを出ると、国道六号線を北へと向かった。坂井が北へ向かったのは、三月一九日の午後だ。すでにそれから、丸四日以上が過ぎていた。

奴は歩きだが、途中で車に助けを求めたかもしれない。この四日間に、どのくらいの距離の差ができてしまったのかもわからない。一刻の猶予《ゆうよ》もなかった。

坂井は、どこに向かったのか。手懸りがあるとすれば、奴が相馬市を後にする時に残したという「ここから先に灯台はあるか」という言葉だけだ。

神山は、アクセルを踏《ふ》んだ。

闇の中に、坂井保邦の後ろ姿を追った。

6

鉛《なまり》色の空に、粉雪が舞っていた。

男──坂井保邦──は、松の防風林に囲まれた狭い空を見上げた。

岬の高台から、海は見えなかった。だが森の中には、白く巨大な無人の灯台が聳えていた。

男は灯台を見上げながら、自分も登ってみたいと思った。あの地震に耐えたこの灯台の上に立つことができたとしたら、その先に何が見えるのだろう。もしかしたら、視界の遥か彼方にまで、自分がこれから行くべき道が延々と続いているような気がした。

男は凍《こご》えるような冷気に耐えながら、しばらくその場に佇《たたず》んでいた。だが、やがて諦めたように溜息《ためいき》をつく。踵《きびす》を返し、元の道を下りはじめた。

しばらく行くと、小さな神社の前を通った。赤く塗りなおされたばかりの鳥居の先に、石段が続いていた。左手に石碑が倒れ、〝鼻節《はなぶし》神社〟と書かれていた。

奇妙な名前だと思った。男はしばらく石碑を眺めていたが、やがて鳥居を潜《くぐ》ると、石段を登りはじめた。間もなく、狭い境内《けいだい》に出た。だが、何もない。石灯籠《いしどうろう》などはすべて震災で倒れ、その奥に小さな社殿が建っているだけだ。

男は鈴を鳴らし、賽銭《さいせん》箱に賽銭を入れ、拝《おが》んだ。だが、拝みながら、いまの自分が何を願うべきなのかはわからなかった。ただ、残してきた娘の顔だけが、頭の中に浮かんでは消えた。

男は、賽銭箱の前の石段に腰を下ろした。ペットボトルから水を飲み、相馬市で世話になった家族が持たせてくれた梅干入りの握り飯の最後の一個を頰張った。腐ってはいなかったが、冷たく、乾いていた。

握り飯を食いながら、考える。自分はこれから、どこに行くのか……。

その時、背後から嗄《しわが》れた声が聞こえた。

「あんた……どこから来たんだね……」

振り返る。社殿の戸が開き、日に焼けた老人が顔を出した。

「東京の方からですが……」坂井がいった。「そんな所で何をしてるんですか」

老人が社殿から出てきて、坂井の隣に座った。腕と背筋を伸ばし、あくびをした。

「この下の代ヶ崎《よがさき》浜の方に住んでたんだが、津波で家も船も流されちまってよ。ここにいれば雨露だけは凌《しの》げるしな……」

老人が、他人事《ひとごと》のようにいった。

「避難所には行かないんですか」

坂井が訊いた。

「人の多い所は好きでねぇんだよ。婆さんでもいてくれればまだしも、年寄りの男一人じゃ周りにも迷惑だしよ……」

男の妻はどうしたのか、坂井は訊けなかった。ただ暗い空に、舞い落ちる粉雪を見ていた。

「この神社の名前は、〝鼻節神社〟というんですね。珍しい名前ですね……」

坂井が、話を逸《そ》らすようにいった。

「ああ……。この辺りの岬は海に突き出た鼻のような形をしてっから、昔は鼻節岬といったんだよ……」

「何の神を祀《まつ》る神社なんですか」

「猿田彦命《さるたひこのみこと》さ……」

なるほど、猿田彦命か。そういえば三重県の伊勢《いせ》神宮内宮《ないくう》の近くにも、猿田彦神社という有名な神社があった。サルタヒコは古事記や日本書紀に出てくる日本神話の航海の神で、日本全国にそれを祀る神社が点在する。また鼻が七尺もある異相の神としても知られている。

「この辺りには、面白い民話が残っててなあ……」

老人が話を続けた。

昔、親船が嵐の日に大根《おおね》明神の前を通ったところ、大根にぶつかって船底に穴を開けてしまった。穴から水が噴き出し、止まらない。そこで船頭が鼻節神社に向かって手を合わせ、「鼻節様どうぞ助けてけさえ」と一心に拝んだ。すると不思議なことに、噴き出していた水がぴたりと止まった。ようやく花渕《はなぶち》浜に着いて船底の穴を確かめると、大きなアワビがはり付いて穴を塞《ふさ》いでいた。以来、村の者は、大根でアワビを採ると一番大きなものを大根明神と鼻節神社に供《そな》えるようになったという――。

不思議な話だった。坂井は凍える指先に白い息を吹き掛けながら、老人の昔語りに耳を傾けていた。

「面白い話ですね……。その大根というのは、まだこの海にあるんですか」

坂井が訊くと、老人が頷いた。

「あるさ……。いまでも、大きなアワビが採れたさ……」

まるで遠い過去のように、老人がいった。

「そういえばこの岬の上に、灯台がありましたね。海も、大根も見えなかったけど」

「ああ、立派な灯台だべ。だけど、灯台が残っても、船が流されちまったらどうにもなんねえ……」

「この近くに、他の灯台はありますか」

「灯台を、見て歩いてるのけ」

「ええ……。灯台を見てると、自分の行く所がわかるような気がして……」

老人が笑った。

「変なことをいう人だな。それならこの先に多聞山《たもん》というのがあっから、登ってみれ。目の前に、地蔵島《じぞう》の灯台が見えっから。そこに行けば海も、松島《まつしま》の島々もぜんぶ見えっからよ」

「ありがとうございます。それなら、行ってみようかな……」

男はリュックを背負って立ち、粉雪が舞う中を歩き出した。

7

三月二四日——。

神山健介は仙台市に入った。

仙台は、東北一の大都市だ。宮城県の県庁所在地であり、政令指定都市であり、人口一〇〇万を超す大都会でもある。

名将伊達政宗《だてまさむね》の城下町として知られ、市の中心部には広瀬川《ひろせ》が流れる。青葉山《あおば》や街路樹の多い美しい街並から、〝杜《もり》の都〟とも呼ばれる。また中国の思想家、魯迅《ろじん》が留学して学んだことなどから〝学都仙台〟の呼称を用いられることもある。

だが、仙台もまた東日本大震災の被害が最も大きかった都市のひとつだった。海岸線沿いの仙台平野一帯は、津波のためにほぼ壊滅。地盤沈下と散乱する瓦礫や津波に呑まれた車の残骸で主要通路の県道一〇号線が封鎖され、近寄ることもできない。仙台空港も水没。復旧の見込みも立っていない。仙台港周辺も波高一二メートルの巨大津波に襲われ、キリンビールの工場や日石の仙台製油所、新仙台火力発電所などが破壊された。さらに港湾部を結ぶ臨海鉄道も線路や車輛、駅舎まで流され、仙台港は完全に機能を失った。

それでも市の中心部は、まだかろうじて都市としての機能を保っていた。アーケードの店はほとんど閉まっていたが、人が溢れるように行き来していた。時折、スーパーや大手のドラッグストアなどの開いている店もあり、その前には長蛇《ちょうだ》の列ができていた。店の中を覗くと、食料品やペットボトルの飲み物が山積みになっていた。

この町では贅沢をいわなければ、食べる物も飲む物も買うことができる。携帯もごく普通に繋がるし、ガソリンも並びさえすれば手に入った。考えてみればこれまで当たり前のことだったのだが、それがいかに有り難いことであるかを改めて実感できた。

神山はスーパーの列に並び、食料品を買った。缶詰、パン、パスタ、レトルトカレーとレトルトの飯、卵、コーヒー、ビスケット、ウイスキー、砂糖、塩、胡椒《こしょう》、ミネラルウォーター……。それも一人が買える個数には限りがあったが、町を出てもこれでまたしばらくは生きていけるだろう。

仙台の市内では、ホテルも営業していた。安いビジネスホテルなどはほとんどがマスコミやテレビ関係者で埋まっていたが、高級なホテルには空いている部屋もあった。神山は、『ウェスティンホテル仙台』に部屋を取った。このホテルも地震から四日間は被災者に部屋やロビーを開放し、パンやスープなどを無料で提供していた。

部屋に入り、まず風呂に浸《つ》かって体を温め、一週間分の汗を流した。そして、久しぶりの冷たいビール。たったそれだけのことで、体が生気を取り戻していくのがわかった。

だが、窓の外の風景を眺めながらビールを飲んでいる時に、また余震があった。地上三七階のタワーホテルが、大きく揺れる。仙台はやはり、被災地だ。深刻な情況は、まだ当分続くだろう。

久し振りに、ゆっくりと新聞を読んだ。三月二四日付の朝日新聞だった。

〈取り残された2万人
福島第一原発の周りにある街で、人の姿が次々と消えている。
原発の北にある福島県南相馬市。（中略）人口7万人の市に残るのは2万人――〉

南相馬市は、神山が前日までいた相馬市よりもひとつ南側の町だ。福島第一原発から、約二〇キロから三〇キロ。原発が近いためにガソリンや食料などの物資が届かず、相馬市よりもさらに窮乏《きゅうぼう》していると聞いていた。住民の大半は、新潟や群馬、長野などに避難したという。

関連する次のような記事もあった。

〈30キロ圏外　被曝予測
　国が公表「最も厳しい条件下」
原子力安全委員会は23日、福島第一原子力発電所の被災に伴う住民の被曝量や放射性物質が降る範囲を、ＳＰＥＥＤＩ（緊急時迅速放射能影響予測）システムで試算、結果を初めて公表した。原発から北西と南の方向に放射性ヨウ素が飛散し――〉

記事には小さな飛散予想図が添付《てんぷ》されていた。この図を地図と重ね合わせると、〝北西〟には神山が数日前に通ってきた飯舘村が、〝南〟には人口三三万人の大都市いわき市がある。さらに記事は、〈――30キロ圏外でも12日間で100ミリシーベルトを上回る甲状腺の内部被曝を起こす可能性――〉を指摘していた。

いったい、この範囲内に住む人々はどうなるのか……。

被曝の問題は福島だけではない。その魔の手は、すでに人口一三〇〇万人の東京にも伸びていた。

〈水道水「乳児は控《ひか》えて」

放射性物質　東京23区・多摩《たま》5市

東京都は23日、金町《かなまち》浄水場（葛飾《かつしか》区）の水道水から1キロあたり210ベクレルの放射性ヨウ素を検出したと発表した。乳児の飲み水についての国の基準の2倍を超えるため、同浄水場から給水している東京23区と多摩地域の5市を対象に――〉

神山は記事を読みながら、陽斗と有希の生まれたばかりの子供の顔を思い浮かべた。大人は、まだいい。だが、子供は別だ。生まれたばかりの赤んぼうには、何の罪もない。抵抗力もない。だが、いまの日本の政治が、これから何年にもわたり福島県やその周辺の子供たちの命を守るとはとても思えない……。

新聞はどこを開いても、悲観的な記事ばかりだった。

――福島第一原発の一号機から四号機では、まだ不安定な状態が続いている――。

――すでに放出された放射性物質の量は、旧ソ連のチェルノブイリ原発事故を上回っている可能性がある――。

――前日の二三日までの地震と津波による被災者数は、全国で死者九五二三人、安否不明一万八八三四人、避難二五万七九三五人。仙台市の若葉《わかば》区で新たに二〇〇人あまりの遺体発見――。

神山は溜息をつき、新聞を閉じた。

夕方から、街に出掛けてみた。市内のペットショップに預けてあるカイの様子を見て、国分《こくぶん》町に向かった。東北一の繁華街である国分町も、まだ閑散としていた。ほとんどの店がシャッターを下ろし、壊れている建物も多い。だが、中には営業している店もあった。

焼き物の匂いを嗅《か》ぐと、腹が鳴った。もう何日も、満足に食べていない。とにかく、まともな物を食いたかった。

牛タン屋を見つけ、入った。何も考えることなく、牛タン定食とビールを注文した。肉が焼かれるのを見ながら、運ばれてくるのを待つ。最初のひと口を食べる時に、体が震えた。

牛タンと麦飯を掻《か》き込み、テールスープで流し込む。そして、ビールを飲む。生き返った気がした。だが、胃が小さくなってしまったのか、一人前で腹が一杯になった。

店を出て、また街を歩く。バーを探したが、開いている店はほとんどなかった。だが、たった一軒だけ、雑居ビルの地下の入口に明かりが灯《とも》っていた。

『DOBRO』という奇妙な名前の店だった。だが酒さえあれば、名前などはどうでもよかった。階段を下りていくと、汚れた木のドアの向こうからかすかにブルースの音色が聞こえてきた。

ドアを開けた。ブルースと、人の話し声のざわめきが一気に神山を包み込んだ。入口は静かだったが、店の中は混み合っていた。人はこのような時だからこそ、酒を飲みたくなるのかもしれなかった。

薄暗い光の中に、タバコの煙が漂《ただよ》う。神山は店の奥へと進み、カウンターに座った。久し振りに——本当に何年振りかだった——ワイルドターキーの一二年のオン・ザ・ロックスを注文した。

神山はバーボンを口に含み、周囲のタバコの煙を見つめながら、坂井保邦のことを考えた。

奴はいま頃、この寒空の下のどこにいるのだろう……。

今日の日中に見てきた岩沼《いわぬま》市や若林区の、仙台湾沿いの惨状が、虚空《こくう》に去来《きょらい》しては消えた。あの風景の中を、背広姿の坂井が歩いているところを想像した。

だが、それは無理だ。地盤沈下で、まだ水も引いていないのだ。車も走れない。まして人が、歩いてこられる訳がない。

それならば奴は、どのルートで北に向かったのか。考えられる唯一の可能性は、歩いたのかヒッチハイクで車を拾ったのかは別として、国道六号線から四号線へと合流するメインルートだ。

奴は、この仙台にいるのだろうか……。

神山は、自分ならばどうするのだろうかと考えた。都会に、潜伏《せんぷく》するか。もしくは、近寄らないか。奴は、自分が追われていることをわかっているはずだ。いまの仙台では、余所者は目立ちすぎる。おそらく奴も、都会を避けるに違いない。

試しにバーテンに、坂井の写真を見せてみた。だがバーテンは、疲れたような表情で首を横に振った。他のカウンターの客にも見せてみたが、誰も坂井の顔に興味も持たなかった。

また、余震があった。一瞬、混み合っていたバーの中が静まりかえり、女の客が小さな悲鳴を上げた。そして地震が収まると、また少しずつざわつきはじめた。

8

部屋に戻ると、充電していたiPhoneにメールが入っていた。東京の並木祥子からだった。

〈――神山様。

その後、いかがでしょうか。

先日のお問い合わせの件、こちらでの調査結果が出ましたので、ご報告いたします。

まず坂井保邦の妻に関して。本名・坂井知子《ともこ》。旧姓・藤原《ふじわら》。一九六八年七月生まれ。二〇〇五年四月没。享年三六歳。広島県出身。死因は一般的な固形癌ではなく、白血病でした。ちなみに知子の母も、二〇〇二年に同じ病気で亡くなっています――〉

広島県出身？

死因は白血病？

母親も同じ病気で亡くなっている？

いったい、どういうことだ？

さらに、メールは続く。

〈――次に、坂井が弁護士として個人的に係わっていた事例に関して。いくつかありますが、主なものは以下の二つです。

①一九九六年に山口市内で起きた飲酒運転死亡事故の、被害者側の再審請求に関して。

②いわゆる原爆症認定訴訟に関して。広島地裁に起こされた原爆症認定の申請却下に対する処分取り消しを国に求めた訴訟の、弁護団に参加。

以上です。最後に坂井の両親と娘の消息ですが、いまだに情報がなく、現在調査中です。引き続きよろしくお願いいたします。

並木祥子――〉

原爆症認定訴訟……。

そのひと言で、坂井がなぜ事故直後の福島第一原発に向かったのか。その理由の一端が漠然と見えてきたような気がした。

日本にアメリカが世界初の原子爆弾を投下したのは、太平洋戦争末期の一九四五年。八月六日午前八時一五分、B―29エノラゲイが広島市に原子爆弾リトルボーイをハリー・S・トルーマン大統領の命令により投下。さらに八月九日午前一一時二分、B―29ボックスカーが原子爆弾ファットマンを長崎市に投下した。

この二発の原爆により、広島では同年末までに一四万人が死亡。長崎では七万四〇〇〇人近くが死亡したという記録が残されている。

だが、原爆の悲劇はそれだけでは終わらなかった。原爆投下の時点で爆心地の近くにいなくても、後に救援などで被災地に入ったり放射性物質を含んだ雨に濡れたりして被曝した者も多かった。中には、母胎《ぼたい》内で被曝して生まれた子供もいた。

こうした二次被曝者は、まだ放射線障害の知識がなかった日本で急性放射線症候群や不妊、放射線白内障、胎児の奇形、各種の癌や白血病、悪性リンパ腫《しゅ》、甲状腺腫、染色体異常などを次々と発症していった。その多くは被曝から二〜三年後に多発したが、中には一〇年、二〇年、被曝から六〇年以上経《た》った今世紀に入ってから発症した例もある。

こうした被曝者を保護するための法律が、現行の『原子爆弾被爆者に対する援護に関する法律』——被爆者援護法——である。これはある一定の条件（指定区域で直接被爆した人とその胎児、原爆投下から二週間以内に指定区域に入った人とその胎児、その他多数の死体の処理や被爆者の援護などに従事した者）に該当する者に被爆者健康手帳が交付され、無料で診療や入院ができることを保障したものだ。

だが、この被爆者援護法は、けっして完全なものではない。被曝者が医療給付や国からの特別手当を受ける場合には、厚生労働大臣による疾病・障害認定審査会で認定されなくてはならない。そのために、いくつかの基本条件を満たしていないという理由で、多くの被曝者が認定を却下されて黙殺されてきた。

『原爆症認定訴訟』とは、こうした被曝者が国からの認定を勝ち取るために起こした集団訴訟である。二〇〇三年四月から三〇六人の被曝者が広島、大阪、名古屋など一七地裁に提訴し、二〇〇六年以来ほぼ原告側が勝訴している。だが、その間にも、多くの被曝者が命を落としてきた。

一九四五年に広島と長崎に投下された一発の原爆の悲劇は、あれから六五年以上が過ぎ、世紀が変わったいまも決着されていない。それが、〝被曝〟の現実だ。

そしてここに、もうひとつの事実がある。福島第一原発の事故により放出されたセシウム137は、一万五〇〇〇テラベクレル。これは広島型原爆の八九テラベクレルの、実に一六八発分に相当する。さらにヨウ素131は二・五個分、内部被曝の原因となるストロンチウム90は二・四個分も放出している。この数値は、今後さらに増えるだろう。

それでも日本人は、政府が「安全」だという言葉を信じて汚染地域内に住み続けている。福島第一原発の本当の悲劇は、まだ目に見えてすらいない。結果が出るのは数年後、いや、数十年後なのだ。

坂井保邦は今回の地震と津波に遭遇し、福島第一原発の事故を知って、何を思ったのだろうか。広島の原爆や、奴が係わっていた原爆症認定訴訟と何かがリンクしたのだろうか。そして奴の亡くなった妻は、今回の一連の行動と何か関係しているのだろうか——。

何かが、見えてきたような気がした。だが、全体像はあまりにも漠然としている。

神山はｉＰｈｏｎｅを手に取り、返信を打った。


〈——並木様。

その後、相馬市で坂井保邦と思われる男の新たな情報を入手。坂井はさらに北に向かっている模様。

当方は三月二四日現在、宮城県の仙台市着。明日からこの周辺で、坂井の目撃情報を調査する予定。つきましては以下の件に関し、情報を求む。
１、坂井が係わっていた原爆症認定訴訟に関して。どのような経緯で係わっていたのか。何年から何年まで、その期間。亡くなった妻・知子と訴訟は、何か関連していたのか。細かい情報まで、どんなことでもすべて。
２、引き続き、坂井の両親と娘の消息に関して。
以上、よろしく。
神山——〉
メールを、送信する。ホテルにはＷｉ－Ｆｉが入っているので、今回は確実に送信できた。

数分後に、並木祥子から返信があった。

〈――神山様。
仙台にいらっしゃるのですね。少し安心しました。お尋ねの件、なるべく早く調べてお返事します。
よろしくお願いします。
並木祥子――〉

携帯のスイッチを切り、神山はソファーを離れた。冷蔵庫から、スコッチのミニボトルを出してオン・ザ・ロックスを作る。今夜くらいは少し飲んでも、神も許してくれるだろう。

グラスを手に、窓辺に立つ。ウイスキーを口に含み、遠い夜景を眺める。仙台の町はこんなに暗かっただろうかと思うほど、光は疎《まば》らだった。

その時また、余震があった。揺れは、一〇秒ほどで収まった。

だが、窓に映る町の光だけが、いつまでも揺れ続けているような錯覚があった。

9

翌日、神山は、仙台市内を回った。

坂井は六〇〇〇万円もの現金を持ち歩いている。もしこの町に潜伏しているならば、ごく当たり前に考えてホテルに宿泊するはずだ。

携帯で営業しているホテルをすべて調べ、一軒ずつフロントに坂井の写真を見せて回った。私立探偵として、最も古典的かつ基本的な作業だ。震災後ということもあり、尋ね人にはどのホテルも協力的だった。前日の担当者やレストランのマネージャー、他の系列店にまで連絡を取ってくれたホテルもあった。だが、やはり予想したとおり、坂井らしき男の情報は皆無《かいむ》だった。

奴は、この町にはいない。たとえ何日か前に通過したとしても、すでに北に向かっている。一刻も早くこの町に見切りを付け、奴を追わなくてはならない。

午後、神山はペットショップからカイを引き取り、仙台を後にした。途中で開いているラーメン屋を見つけ、遅い昼飯を食べた。またしばらくは、まともな物が食べられない旅が続きそうだ。

坂井は、どこにいるのか。唯一の手懸《てがか》りは〝灯台〟だ。奴は相馬市を出る時に、世話になった夫婦に「ここから先に灯台はあるか……」という謎の言葉を残している。

いったい、どういう意味なのか。〝原発〟と同じように、何か明確な目的があるのか。もしくは、旅の道標として灯台を目指しているだけなのか――。

神山は車を止め、地図を広げた。仙台湾の周辺には延々と長い浜が連《つら》なっている。灯台はありそうもない。もしあるとすれば、地形からして、塩竈《しおがま》市の南の七ヶ浜町あたりか。町全体が太平洋と松島に突き出すように半島状になり、その先端に吠崎《ほえざき》という岬があって灯台のマークが付いていた。

「カイ……ここに行ってみるか」

助手席のカイはわかっているのかどうか、ひと声吠えて尾を振った。

神山は仙台市街を出て、国道四五号線で北東へと向かった。間もなく宮城野区を過ぎ、多賀城市へと入る。仙台東部道路の高架を過ぎた辺りから、震災の爪痕《つめあと》が急にひどくなりはじめた。

国道四五号線は、完全に津波を被っていた。これまで神山が見てきた農村部や漁村部とも違う。市街地の、国道という大動脈が地震と津波で破壊された風景に、また別次元の恐ろしさを感じた。片側二車線の国道の両側は、自動車ディーラー、ガソリンスタンド、大型家電量販店、全国チェーンのレストラン、病院、工場、コンビニなど、すべての街並が壊滅していた。道の中央には大型トラックやタンクローリーが横転し、路肩や空地には津波で流され、押し潰《つぶ》された無数の車が山のように積まれていた。

道路には砂泥が打ち上げられ、路面を被《おお》い、走る車が褐色《かっしょく》の砂塵《さじん》を巻き上げる。目と、喉《のど》が痛む。さらに奥に進んで行き、塩竈市に入っていくと、また様相は一変した。被災の状況がひどくなり、入り組んだ街並は建物も車も本来は海上にあった船もすべてが破壊し尽くされ、瓦礫に埋まっていた。

路面を被う砂泥も、港湾部に無数に交差する水路から打ち上げられた黒いタールのような汚泥に変わった。いたたまれない悪臭が、辺りに充満していた。その中に、人々が呆然《ぼうぜん》と立ち尽くしていた。

道は大きな水路を渡り、七ヶ浜町に入った。半島の高台に登っていくと、まるでそれまでの風景が幻だったかのように津波の痕跡《こんせき》が消えた。道に迷いながらしばらく走ると、右に〝花淵《はなぶち》灯台〟と書かれた小さな看板が立っていた。細い山道へと、車で入っていく。道は途中で畦道になり、何度か曲がると、小さな神社の前で行き止まりになった。

神社の駐車場に車を駐め、地図を確認する。赤い鳥居の前に石碑が倒れ、〝鼻節神社〟と書かれていた。

「カイ、行くぞ」

車を降りて、森の中に続く細い林道を歩く。カイが走り、神山の前後を行き来しながら先導していく。一〇分程歩いたところで松の防風林が開け、その中央に白亜の巨大な灯台が立っている場所に出た。

誰もいない。無人の灯台だった。灯台はただつくねんとそこに佇み、遠い太平洋と松島の島々を見つめていた。だが神山の位置からは、海は見えなかった。

神山はしばらく、灯台の周囲を歩いた。ただ花淵灯台の概要が書かれた看板が、それだけがいやに立派に立っていただけだった。

位置は北緯三八度一七分二八秒、東経一四一度〇五分一七秒――。

光度赤三二万カンデラ、緑二〇万カンデラ――。

光達距離赤一八海里（約三三キロ）、緑一七海里（約三一キロ）――。

灯塔高二二・六メートル――。

神山はぼんやりと、いまの自分には意味もない数字を眺めていた。坂井もここに立ち、同じようにこの灯台を見たのだろうか。だが、坂井がここに居たことを示す痕跡は、何も残っていなかった。

冷たい風が岬の上を吹き抜け、防風林の梢《こずえ》がざわめく。その音が、遠い昔にどこかで聞いた誰かの話し声のように聞こえた。

「戻ろうか……」

カイに話し掛け、来た道を戻った。帰りは来た時よりも、道が長く遠いように感じられた。

駐車場まで戻ると、もう日が傾きはじめていた。そのまま行こうかと思ったのだが、神山はなぜか目の前にある神社が気になった。倒れた石碑の脇を通って赤い鳥居を潜り、細く急な階段を登っていった。

それほど広くない境内に出ると、奥に小さな赤い社殿が建っていた。地方の岬に建つ神社としては、立派な建物だった。

社殿に歩み寄り、賽銭を投げ、鈴を鳴らして拝んだ。何を拝めばいいかわからなかったが、白河の、生まれたばかりの陽斗の子供の顔が目蓋《まぶた》の裏に浮かんだ。その様子を、社殿の軒下に座る老人が見守っていた。

拝み終え、何げなく老人に訊いた。

「この神社は、かわった名前ですね。何を祀る神社なんですか……」

「猿田彦命さ。猿田彦は鼻が長くて大きくて、節があっただろう。だから、〝鼻節神社〟なのさ……」

老人がそういって、かすかに笑ったように見えた。

「どうかしましたか」

神山が訊いた。

「いや、何でもねえ。何日か前にも、ここで同じようなことを訊かれたな、と思ってよ……」

まさか……。

「同じようなことを訊いたというのは、男の人ですか」

老人が頷く。

「そうだ。ぼろぼろの背広とコートを着た、変な男だよ。東京から来たといっていたと思うが……」

神山がポケットから、坂井の写真を出した。

「それは、この男じゃありませんか」

老人が目を細め、写真に見入る。

「そうだ。確かにこの男だよ……」

坂井はやはり、ここに来たのだ。

「それはいつ頃の話ですか」

老人が、考える。

「いつだったかな……。寒くて曇った日で、時々粉雪が舞ってたような……」

それが三月の何日だったのかは、老人は思い出さなかった。ただ、三日か四日くらい前のことのような気がするという。

「その男と、他に何か話しましたか」

老人がまた、首を傾げる。

「いや、何も話さんよ。その男は汚れた背広を着て、ここで握り飯を食ってたんだ」

「これから、どこに行くとかは」

「そうだな……」老人が、曇った空を見上げる。「おらが昔話をしたのは覚えてっけど……。そしたら、この近くに他の灯台があるかとか訊かれたな……。この先の多聞山に登っと、地蔵島の灯台が見えっからって教えてやったんだが……」

やはり〝灯台〟だ。

神山は老人に礼をいい、神社を後にした。車に乗り、ナビと地図を確認しながら多聞山を探した。

多聞山は、歩いても行けるほど近い場所にあった。高台に登ると、頂上が公園になっていた。展望台に立つ。すぐ下に津波で破壊された仙台火力発電所が見えた。前方に、松島の入り組んだ海岸線と静かな湾が広がり、変化に富む島々の影が浮かんでいた。

眼下にも、小さな島がひとつ。その上に灯台が建ち、黄昏《たそがれ》に染まりはじめた海に回転する赤と緑の光を投射させていた。

神山はしばらく、その光を見つめていた。あれが、地蔵島だろうか。その時、ほんの数日前に、この場所に立って神山と同じように灯台の光を見つめている坂井の幻影が脳裏を掠《かす》めたような気がした。

何かがわかったような気がした。坂井はなぜ、灯台を訪ね歩こうとするのか。

特に、明確な目的があるわけではないのだ。ただ、灯台の光を眺めているうちに、何かが見えてくるような気がしてくる。自分は、どこに向かうべきなのか。坂井はただ、自分の目的の地を探そうとしているのではあるまいか——。

神山は、踵を返した。いまは、それだけでいい。

自分は確実に、坂井の後を追っている。その実感があった。

その時、ふと、誰かに見られているような気がした。振り返る。黄昏の中を、誰かがこちらに歩いてきた。

坂井ではなかった。黒いニットの帽子に、黒いダウンパーカーを着ていた。まだ若い女だった。

女は神山の前で小さく一礼し、だが立ち止まることなく、目の前を通り過ぎていった。そして神山と同じように展望台に立つと、暗い光の中に沈んで行く松島の島々と、地蔵島の灯台を眺めはじめた。

何か、事情がありそうだった。だが神山は、声を掛けなかった。カイを連れ、駐車場に戻った。

神山の車の隣に、あの女のものだろうか、東京ナンバーの赤いBMWミニが一台駐まっていた。

10

神山は、旅を続けた。

二五日には、松島の港を通過した。

松島は、日本三景のひとつだ。宮城県の松島丘陵の東端のリアス式海岸が沈下した地形で、かつての山頂が湾に島として残った多島海として知られる。

島の数は、大小二六〇以上。その島々と浅い海が天然の防波堤となり、この辺りでは東日本大震災による津波の被害が最も少なかったといわれている。それでも、港の周辺の街並には震災の爪痕がはっきりと残っていた。

海岸沿いのホテルや旅館はことごとく津波の直撃を受け、港の桟橋も壊れていた。通りには名物のカキを焼いて食わす店や土産物屋が並んでいたが、一階はすべて海水を被り店は閉まっていた。もちろん、観光客の姿はない。

だが、この町には観光地ならではの活気が残っていた。道路沿いに積まれた使い物にならなくなった備品や瓦礫の間に人々が働き、一刻も早く立ち直ろうとする確かな意志が見えた。それがいつのことになるのか、いまはまだ誰にもわからないとしても。

神山は町を歩き、町の人々に声を掛け、坂井のことを訊いた。だが坂井の写真を見せても、誰も知っている者はいなかった。彼らに見えているものは、目の前の現実と、自分たちが取り戻さなくてはならない未来だけなのだ。

神山は車に戻り、地図を広げた。自分はこれから、どこに向かうべきなのか——。

坂井の足跡を追う手懸りは、灯台という曖昧《あいまい》な道標だけだ。それはそれで、間違っていないのかもしれない。実際に坂井は海岸線に沿って北上しているし、各地の灯台にその痕跡を残している。

だが……。

神山は、思う。坂井と神山との間には、時間にして四日から五日の開きがある。このまま海岸線沿いの町や灯台を一カ所ずつ痕跡を探しながら坂井を追ったとしても、その差はいつまで経っても縮まらない。絶対に、追いつけない。そのうちに坂井の後ろ姿が遠ざかり、いつかは幻のように消えてしまうような気がした。

ならば、先回りをすべきだ。幸い、仙台の市内でもガソリンを入れることができた。いまならば、一気にかなりの距離を詰めることができる。

神山は、地図を見る。この先、松島湾に沿って行けば、宮戸《みやと》島の先の波島《なみしま》にも灯台がある。だが、この辺りは松島の多島海地形の末端で、地形が入り組んでいる。宮戸島に入り込んで坂井の痕跡を探せば、また半日以上は無駄にしてしまうだろう。

神山は、ここを迂回することにした。国道四五号線をさらに北東に進めば、東松島市を通過し、石巻市に入る。今回の震災でも最も津波の被害が大きかった辺りだ。だが、石巻の市街地の周辺には灯台はない。

さらに地図を追っていったところで、神山の目が留まった。

牡鹿半島……。

典型的なリアス式地形の、入り組んだ海岸線を持つ大きな半島だ。半島の西側は石巻湾に面し、東側は太平洋に面している。ほぼ全域が山地で道は険しく、離島の金華《きんか》山灯台などいくつかの灯台も点在している。

だが神山がここに目を留めた理由は、まったく別のところにあった。牡鹿半島の牡鹿郡女川町と石巻市の境界線上にある『女川原子力発電所』だった。

女川原発もまた、三月一一日の東日本大震災で被災した原発として有名になった。震度6弱の揺れの直撃を受け、一～三号機の内の一号機が外部電力を喪失。非常用電源で冷却するという事故が発生。さらに波高一三メートルの津波に襲われたが、海抜一四・八メートルに建設されていたために海水の僅かな侵入に止《とど》まった。その後、タービン建屋の地下で火災が発生するなどしたが、原子炉はすべて冷温停止し、寸前のところで大惨事には至らなかった。

女川原発が、現在どのような状態にあるのかはわからない。だが、坂井はここに向かう。絶対に、姿を現わすはずだ……。

神山は地図の女川原発の場所に、ボールペンで丸く印を入れた。

「さて……カイ。また長旅だぞ」

エンジンを掛け、松島を見下ろす道を北東へと走りだした。

11

男は長いこと、トラックの荷台で揺られていた。

仙台を出てから丸三日——。

最初の日は東松島市でトラックを拾い、石巻市まで乗った。避難所で救援物資の荷下ろしを手伝い、翌日はまた女川まで行くというトラックを探した。

荷台のキャンバスの幌《ほろ》の外に流れる風景は、行けども行けども殺伐《さつばつ》としていた。道の山側には人家が残っていても、道を隔《へだ》てた反対側には何もない。津波にすべてが奪われ、茫漠とした瓦礫の荒野がひたすらに続いている。人間の運命は、なぜ道一本の差で天と地のように変わってしまうのか。

やがてトラックは、女川の市街地に入っていく。だが、やはりここにも何もない。町は、原形すら止めてはいなかった。小高い丘の上にあった町役場の庁舎も、石巻線の女川駅も、すべて津波に呑み込まれて破壊し尽くされていた。

海抜二〇メートル以上の高さまで、漁船や漁具が打ち上げられていた。丘に登る道の両側には、潰れた車が何台も散乱していた。その遥か眼下に、暗く冷たい女川港の海面が光っていた。男はトラックの荷台で揺られながら、その感覚的に理解できない光景をぼんやりと眺めていた。

だが、視界の中の津波の痕跡が、唐突に消えた。トラックは曲がりくねった道を、さらに丘の高台へと登っていく。やがて『女川町総合体育館』と書かれた門の中に、ゆっくりと入っていった。

ブレーキが軋《きし》み、トラックが停まった。

「吉井さん、着いたぜ。おれたちはここまでだ」

運転席から降りてきた男がいった。

「ここが、女川の町ですか……」

男——坂井保邦——が荷台から顔を出し、周囲を見渡した。

「〝町〟っていっても、何もかも無くなっちまった……。残ってるのは、高台のこの辺りだけだよ……」

坂井が、リュックを持って荷台から降りた。体育館は、避難所になっていた。トラックが着いたのを見て、救援物資を下ろすために人が集まってきた。

「女川原発は、どちらの方向ですか……」

坂井が運転手に訊いた。

「ここから、もっと先だ。ちょっと戻ると交差点があったべ。そこを牡鹿半島の方に行けば、海沿いに一本道だが……あんた、本当に行くのけ」

「ええ、行ってみます」

「ここから、一〇キロはあるぜ。歩いたら、きついぞ。道も崩れてるし」

「だいじょうぶです。ありがとうございました」

坂井は、運転手に頭を下げた。リュックを背負い、海へと下る道を歩きだした。

道の両側には、数日前に降った雪がまだ残っていた。午後ももう遅い時間になり、空は暗く沈んでいる。

今日じゅうに、次の人里まで行き着けるのだろうか……。

ふと、そんなことを思った。

12

夕刻だった。

西の空は赤く染まりはじめ、その光が少しずつ奪われていく。

目の前に広い空白があり、その奥に焼けただれた小学校の校舎が聳えていた。火で焼けたのか、それとも津波を被ったのか。三階の建物の窓は、すべて割れ落ちていた。中央の主塔の時計は赤く錆《さ》び、針は四時を少し過ぎたところで止まっていた。

静寂《せいじゃく》だった。かつて子供たちの遊ぶ声で溢れていた校庭も、いまはすべてが幻だったかのように瓦礫に埋もれていた。その入口に、いくつかの花と菓子が手向けられていた。聞こえるのはかすかな風の音と、自分の歩く足音、そして空に舞うカラスの鳴き声だけだった。

神山は、振り返った。そこには、これまで通り過ぎてきたいくつもの町と同じように、ただ広漠とした瓦礫の荒野が広がっていた。

瓦礫の中に、津波で流された車の残骸が点々と残っていた。車のドアや屋根には、赤いスプレーで1や2などの数字や×印などが書かれていた。その数字が車の中にあった人の数であり、印は運び出されたかどうかを示すものであることを後で知った。神山は黙禱《もくとう》し、また車を先に進める。

松島から女川に向かうのは、考えていた以上に困難だった。救援物資を運ぶ自衛隊やボランティアのトラックの車列に並び、ただひたすら東へと向かった。だが国道四五号線から三九八号線へと続くメインルートは、渋滞でほとんど車が動かない。それでも何とか走れたのは石巻の市街地までで、ここでまったく進めなくなった。

石巻の市街地は海から二キロ以上も離れていたが、この辺りも津波で完全に破壊されていた。建物は残っていたが、開いている店は一軒もない。何とか一車線が確保された国道の両側には、まだ瓦礫や流された車などが山積みになり、信号機や電柱がたわんだ電線と共に道を斜《なな》めに塞いでいた。

動かない車から降りて、女川までの道路情況の情報を人に訊く。だが、この先は国道三九八号線もあらゆる所で寸断され、町の外れに流れる旧北上川《きゆうきたかみ》を渡ることすら難しいことがわかった。国道の内海《うつみ》橋は津波で落橋。その上の河口から三キロ近く上流の新北上大橋も落橋していた。北上川の河口部は津波が土手を越え、道も、橋も、すべて押し流されてしまっていた。

唯一、北上川で渡れる橋は、石巻漁港の上に架《か》かる県道二四〇号線の日和《ひより》大橋だった。全長一・二キロ、橋梁長七一六・六メートルのこの巨大な橋だけは、北上川の最河口部にありながら津波にも耐えた。だが、橋で北上川を渡ったとしても、国道はその先どこまで行けるかはわからない。

もしくは国道四五号線を北上し、さらに上流で川を越えて迂回するか。いずれにしてもこの先は、道路は寸断されている。明かりもない。夜、闇の中を走るのは危険すぎる。

神山は、茫漠とした荒野に佇む。遥か彼方の病院のような建物の廃墟の先に、アーチ状の巨大な橋が見えた。その西日を受けて輝く姿は、まるで史実の証人としてのモニュメントのようだった。だが、その光も、一瞬たりとも留まることなく闇の中に奪い去られていく。

「カイ、行こうか……」

神山は、カイと共に車に乗った。エンジンを掛け、穴だらけの崩れた道をゆっくりと走りはじめた。だが、特に行く当てがあるわけではなかった。

被災した市街地に戻っても、余所者の神山のいる場所はなかった。かといって津波がすべてを破壊し尽くしたこの辺りの闇の中で、一夜を明かせるほど強靭《きようじん》な精神を持ってもいなかった。どこでもいい。落ち着ける場所が欲しかった。

周囲から、黄昏のかすかな光も消えていく。ここには明かりはない。人の気配もない。すべてが重い闇の中に包まれていく。

だが、その時、前方の高台の上に小さな光が見えた。車のナビを確認すると、〝日和山〟という文字が見えた。山の上に、誰か人がいるらしい。

神山は小学校の廃墟の裏手に回り、山に登る道を探した。山の上は、公園になっていた。駐車場に、自衛隊の甲機動車が一台。下から見えた光は、この車だったのかもしれない。だが、神山が車を駐めると、それと入れ換わるように山を下りていった。

誰もいなくなった。

神山はコールマンのランタンで明かりを灯し、食事の仕度を始めた。カセットコンロで湯を沸かし、レトルトのカレーと飯を温めた。その間に、カイに餌をやった。

最近、神山は、カイの様子の変化に気付いていた。何日か前から、そうだった。被災地の、特に津波の被害が大きかった所へ行くと、何かを考えるかのように物静かになることがある。

今日もそうだった。荒漠とした風景を前にして、カイは何かを考えていた。そして時折、瓦礫の中に走って行き、鼻から切なげな声を出しながら何かの気配を探す。

「カイ……お前、わかるのか」

神山は、カイに言葉をかけた。だがカイは、無心で餌を食べ続ける。

食事を終え、ランタンの光の中でウイスキーを少し飲んだ。辺りは静かで、冷たく、何も気配を感じなかった。カイは、車の下で体を丸めて眠っている。

凍えるような寒さに耐えられなくなり、車に乗った。周囲の大気から隔絶されると、たったそれだけのことで全身が弛緩《しかん》するほどの安堵《あんど》を感じた。人間はやはり、何かしらの殻《から》を持たなければ生きていけない動物なのだ。

コッヘルの中の、ウイスキーをすする。もう一杯、注ごうとした時に、携帯がメールを受信した。東京の並木祥子からだった。

〈――神山様。

坂井が係わっていた原爆症認定訴訟に関して、元同僚の弁護士より新たな情報が入りましたのでお知らせいたします。それによると坂井が弁護団に参加したのは一九九八年の夏頃からで、その時の原告の一人が坂井の妻知子の母親の藤原清子《きよこ》だったようです。それが縁で知子と二〇〇〇年の六月に結婚し、その二年後に一人娘の亜美華《あみか》が生まれています。
しかし、母親の清子は孫の誕生を待たずにその三カ月前に死亡。翌二〇〇三年四月に原爆症認定訴訟は広島、大阪、名古屋など一七地域に提訴され、広島は二〇〇六年八月四日に結審となり原告勝訴の判決が下されました。しかし坂井の妻の知子は、前にお伝えしたようにその一年前の二〇〇五年四月に亡くなっています。
以上、取り急ぎ報告まで。

並木祥子——〉

神山はこれまでの情報も含めて、ここ数年に坂井の身辺に起きた事例を時系列に手帳に整理してみた。

一九九八年夏——原爆症認定訴訟の弁護団に参加。原告団の一人、藤原清子と知り合う——。
二〇〇〇年六月——清子の娘の知子と結婚——。
二〇〇二年春頃——清子が白血病にて死亡——。
二〇〇二年夏頃——坂井と知子の間に娘の亜美華が誕生——。

二〇〇三年四月——広島地裁に原爆症認定訴訟を提訴——。
二〇〇五年四月——坂井の妻、知子が白血病で死亡——。
二〇〇六年八月——原爆症認定訴訟が結審、原告勝訴——。
二〇〇九年夏頃——坂井は『マークリー法律事務所』を辞め、山口県の『上関原子力発電所』の建設反対派の久保江将生衆議院議員の秘書へ——。
こうしてみると、ここ一〇年以上の坂井保邦の人生は〝原発〟もしくは〝原爆〟を中心にして動いていたことがわかる。同時に、なぜ坂井が福島原発に向かおうとしたのかも漠然とわかるような気がしてくる。だが反面、奇妙な違和感を覚えた。この一連の事例の中に、殺人の動機となるような確固としたものは何も見えてこない。
そして二〇〇六年八月の結審から、二〇〇九年夏頃に『マークリー法律事務所』を辞めるまでの丸三年間の空白……。
この空白は、単なる偶然なのか。それとも、この三年間に何かがあったのか。
神山は、並木祥子に返信した。
〈——並木様。
現在、石巻市にいます。明日は女川原発に向かう予定。しかし、この先は道路事情が悪く、どこまで行けるかは予想できず。

さて、坂井保邦の原爆認定訴訟関連の情報ですが、以下について補足願います。
1、訴訟の結審から議員秘書に転職するまでの三年間の空白について。この間に坂井の身辺に何かあったのか。
2、山口県の久保江将生衆議院議員の秘書になった経緯について。できれば久保江自身と、第三者の二人以上の証言がほしい。
3、引き続き、坂井の両親と娘の消息に関して。
以上、よろしく。

神山健介――〉

メールを送信した。しばらくすると、返信があった。

〈――神山様。
了解しました。このような時ですので久保江議員に直接話を聞くのは難しいかもしれませんが、やってみます。
お気をつけて。

並木祥子――〉

携帯のスイッチを切った。

周囲は、漆黒《しっこく》の闇だ。車内に灯したLEDのランタンの光以外には、何もない。風も、止んだ。異様なほどに、静寂だった。ラジオのスイッチを入れてみたが、何も放送をやっていない。チューナーを操作しても、時折、雑音で聞き取れないような電波を拾うだけだった。自分だけが、未知の惑星に漂着したかのような錯覚に苛《さいな》まれた。

だが、その時、周囲の風景が光の中に浮かび上がった。かすかな、エンジン音が聞こえる。車、だ……。

間もなく山頂の公園に、車が一台登ってきた。赤いBMWのミニだった。多聞山の駐車場で見た車だ。運転手の顔は見えなかったが、神山は黒いニット帽に黒いダウンパーカーを着た女の姿を思い出した。

車は公園内をゆっくりと一周すると、また元の道を下っていった。行ってしまったのだろうか。だが、しばらくするとまた戻ってきて、駐車場のそれほど離れていない場所に停まった。

ライトが消え、エンジンが切れた。ルームランプが灯る。やはり、あのニット帽の女だった。

彼女も、被災地を旅しているのだろうか。二日で二度も見掛けたのは、偶然なのだろうか。だが、お互いにひとつの海流に乗って漂流していれば、何かに導かれるように同じ場所に漂着することもあるのかもしれなかった。

おそらく彼女も、自分の落ち着ける場所を探していたのだ。この荒涼とした環境の中で、そのような場所はここしかなかった。それだけのことなのだ。

神山はリアシートに移り、寝袋に潜《もぐ》り込んだ。彼女は、食べ物と水を持っているのだろうか。そんなことを考えながらルームランプの小さな光を見つめていた。

やがて、その光も消えた。

13

いつの間にか、眠りに落ちていた。

浅い眠りの中で、長く暗い夢を見ていた。

ここのところ、毎日のように見る同じ夢だった。

神山は一人で、瓦礫の荒野をさ迷っている。昼間であるはずなのに、辺りは夜のように暗い。見上げると、空に黒い太陽が光っている。

誰かの名を呼ぶが、人はいない。耳を澄《す》ましても、誰も答えない。ただ自分の声だけが、瓦礫の荒野に虚《むな》しく木霊《こだま》するだけだ。

神山は誰かの名を呼びながら、さ迷い続ける。気が付くと、また同じ場所に戻ってきてしまっている。迷路に迷い込んだように、抜けることができない。

やがて、どこからか、地響きのような音が聞こえてくる。神山は立ち止まり、振り返る。背後に、山のように巨大な津波が迫っている。

神山は、走る。何かを叫びながら。だが、逃げられない……。

目を覚まし、また眠りに落ち、同じ夢を繰り返す。

夜明け前に、車のエンジン音を聞いた。

目映《まばゆ》い朝日で目を覚まし、曇った窓ガラスを拭う。女の乗った赤いミニは、もういなくなっていた。

車から降りて、体を伸ばした。朝日の中に吐く息が白い。足元にまとわりつくカイの頭を撫でた。気持ちのいい朝だった。

だが、ふと振り返った瞬間、神山は周囲に広がる光景を見て我に返った。引き寄せられるように、頂上の斜面へと足を向けた。やがて眼界に、広大な――あまりにも広大な――茫漠とした大地が広がった。

左手には、石巻市の象徴ともいえる旧北上川が流れていた。だが水は土手も中州もすべてを呑み込むように広がり、その周囲を家や車、船の残骸《ざんがい》が埋め尽くしていた。

目の前には、かつては住宅地だった瓦礫の荒野が遠い海まで続いていた。その間に、まるで墓標のように鉄筋やコンクリートの大きな建物の廃墟が点々と残っていた。この視界の中にかつてはどれだけの家があり、家庭があり、人々の生活と人生があったのか。だがいまは何もない。すべてが津波によって流されてしまった。

遠い太平洋の水面だけが、以前と変わることなく朝日に輝いていた。何ごともなかったかのように静かで、そして美しかった。いまはこの穏やかな海原を見ていても、二週間前の巨大津波のことなど想像すらできなかった。あの時、この山の上に逃れて町が津波に呑まれる光景を見ていた人々は、いったい何を思ったのだろう。

神山は仕度をすませ、車で山を下った。昨日と同じ小学校の廃墟の前を通り、瓦礫の間の道を海へと向かう。道はほとんどが津波によって破壊され、アスファルトが剝《は》がれて大きな穴が空き、まるで浅く広大な湖のように水没していた。その中を、海を航海する船のように車が進んでいく。

途中で、何台もの自衛隊の車と何人もの隊員に出会った。彼らはそれぞれが僅かな希望を胸に、瓦礫の山と戦っている。彼らこそは、いまは本当の意味で、国を守るための兵士だった。

海岸線の道に出て、神山は進路を東へと取った。目の前に、津波に耐えた日和大橋が聳えた。あの橋を渡り、とにかく東へと進めば、やがては女川町に行き着けるはずだった。

自衛隊と救援物資を運ぶトラックの列に連《つら》なり、壊れかけた橋で北上川を越えた。しばらく進むと、水産工場の廃墟の前の中央分離帯に、津波で流された巨大な鯨《くじら》の缶詰の絵柄が描かれた貯蔵タンクがころがっていた。その現実のものとは思えない奇妙な光景が、津波の破壊力を物語っていた。

だが、順調に進めたのもこの辺りまでだった。まだそれほど行かないうちに、道は湊《みなと》地区で海水に水没していた。しかも石巻漁港では重油タンクが倒壊し、その重油が潮で打ち上げられ、目に染みるほどの悪臭が辺りに充満していた。

神山は、車を道路の脇に寄せて停めた。この先は、まるで海のようだ。自衛隊の大型トラックは次々と渡っていくが、普通の車ではとても走れない。

途方に暮れた。石巻のこの辺りから女川の市街地までは、僅か十数キロ。道路に沿って女川原発までの距離を測っても、三〇キロはないだろう。たったそれだけの距離が、果てしなく遠く感じた。

国道三九八号線は、やはり至る所で寸断されていた。地盤沈下のために市街地まで冠水し、泥と瓦礫に埋もれ、路面は津波によって流出していた。復旧しているのは市街地周辺の生活道路の一部と、国道四号線と各市町村を結ぶ物資の輸送路だけだった。

海岸線沿いの道は、ほぼ壊滅していた。地元の人間や警備中の警官に訊いても、誰も確かな情報を持っていなかった。女川がどうなっているのかさえ、誰も知らなかった。

仕方なく神山は、旧北上川沿いに山側を大きく迂回した。だが、どの道も、確かな情報はない。行ってみるまでは、通行できるかどうかわからない。

東北のこの辺りの海辺は、リアス式の海岸線だ。その地形が、さらに災害を大きくしていた。各市町村は深い湾と険しい半島に阻《はば》まれ、完全に孤立している。周囲を石巻市に囲まれ、太平洋に突き出た牡鹿半島に位置する女川町は、正に陸の孤島だった。

それでも神山は何とか県道一九二号線に出て、自衛隊のトラックと共に真野の集落から山を越えた。この道も途中で何カ所か崩落していたが、応急に復旧され、女川町への唯一の補給路として通行が確保されていた。

女川町を迂回し、雄勝《おがつ》町の辺りで再度国道に下りる。ここから女川町の市街地まで、また一〇キロ以上も戻らなくてはならない。

雄勝町も、ほぼ壊滅していた。高台を見上げると、公民館らしき大きな建物の屋根の上に、大型の観光バスが載っていた。あの建物を完全に呑み込む高さまで、津波が到達したことがわかる。だが神山は、いくら想像してもその脅威を感覚として理解できなかった。

夕刻に、女川の市街地に入った。神山は、その光景に目を疑った。町が、何も無くなっていた……。

石巻には、まだ惨状を物語る廃墟や、瓦礫に埋もれた市街地が残っていた。たとえ打ちのめされていても、人々の生活の片鱗《へんりん》を感じることができた。だからこそ、被害の大きさは悲劇の実態を実感することができた。

だが、ここには何もない。人間の理解の基準となるものが、存在しない。女川の市街地が、人々の生活や気配と共にすべて消失してしまっていた。

神山は瓦礫の中に車を停め、降りた。周囲を見渡し、自分の行くべき道を探す。夕刻の空に、ただウミネコの群れが、けたたましく鳴きながら舞っていた。

14

女川原発は、市街地から遠く離れた牡鹿半島の大貝崎《おおがいさき》と寄磯崎《よりいそざき》の間の飯子浜《いいごはま》の近くにある。

神山は、地図とナビでルートを探した。本来ならば県道二二〇号線——通称コバルトライン——がメインルートになるようだ。だが、牡鹿半島の険しい尾根伝いに行くこの道が、この状況の中で機能しているとは思えなかった。

とにかく、情報が必要だった。神山は、壊滅した市街地から高台へと向かった。津波の届かない高台に登れば、必ずそこに人が避難している。

やはり高台には、人家や建物が残っていた。女川の市街地の周辺で、人の気配が残っているのはここだけだった。その一角に、女川町総合体育館の避難所があった。神山は地元の警察官を掴まえ、女川原発までの道を訊いた。

「コバルトラインはダメだな。途中で何カ所も崖崩れがあって、全面通行止めになってるよ……」

初老の警官は神山の差し出した地図を指さしながら、懸命に道を説明してくれた。

「他に、行ける道がありますか」

「本当は渡波《わたのは》まで戻って、県道二号線で小積浜《こづみはま》から野々浜《ののはま》に抜ける道があるんだけどね。この道も路面が崩れたり陥没《かんぼつ》したりしてるから乗用車じゃ無理だけど、4WDなら行けるって聞いたな。自衛隊はこの道で、原発まで物資を運んだらしいよ」

だが、渡波まで戻れば、大幅に遠回りになる。また一日が無駄になる。

「他に、道はないですか……」

神山が訊いた。

「そうだな……。あとは行けるとしたら、この東側の海岸線沿いに行く県道四一号線かな……。この道も谷川浜《やがわはま》の辺りで津波にやられて水没してるんだが、原発の辺りまでなら復旧してるかもしれんね。行ってみなくちゃわからんが……」

いずれにしても、今日は無理だ。神山は、腕時計のカレンダーを見た。明日はもう、二七日になる。こうやって、また一日が無駄に過ぎていく。その間に、坂井の背中がさらに遠くなっていくような気がする。

それにしても坂井は、本当に女川原発に向かったのだろうか。もし向かったとしたら、この陸の孤島にどのようにして行き着いたのか。だが、坂井が女川に向かった確証など、何もないのだ……。

その日は避難所の駐車場に車を入れ、泊まった。周囲に人がいるだけで、心が安らいだ。だが、携帯を開くと、また電波が途切れていた。これからさらに北へ向かえば、またしばらくは携帯は使えなくなるかもしれない。

翌日、神山は早朝に避難所を出て女川原発に向かった。迷ったが、海沿いの四一号線を行ってみることにした。もし走れれば、現状ではこの道が最も近道だ。

仙台で手に入れたガソリンは、すでにゲージの針が半分以下にまで下がっていた。おそらく、女川の周辺では、ガソリンは手に入らないだろう。これ以上はガソリンも、時間も、無駄にするわけにはいかなかった。

石巻線の女川駅——かつては駅だった場所——まで戻り、県道四一号線に入る。しばらくすると道は高台へと登っていき、周囲から津波の痕跡が消えた。

四一号線は、牡鹿半島の東側の複雑なリアス式海岸の断崖の上を走る険しい道だった。左手の眼下には常に女川湾の紺碧《こんぺき》の海面が輝き、彼方には切り立った桐ケ崎《きりがさき》や出島《いずしま》が霞んでいた。おそらく、こんな時でもなかったら、絶景のドライブコースなのだろう。

道は、やはり何カ所も崩れ、路面もひび割れて陥没していた。この先に原発があるからか、崩れている場所には必ず自衛隊が入り、復旧工事が進められ、片側車線だけでも通行が確保されていた。

途中で道は海面近くまで下り、大石原浜《おおいしはらはま》、野々浜と小さな集落を通過する。だが、山と海の間にしがみつくような小さな集落は、津波でほとんどの建物が消え失せていた。

道はまた、高台へと登っていく。海岸線から離れ、大貝崎を迂回する。しばらく行くと、左手の眼下に、巨大な二本の鉄塔が聳えていた。それが、女川原発だった。

東北電力『女川原子力発電所』――。

福島第一原子力発電所と共に、今回の東北地方太平洋沖地震の被害を最も大きく受けた原発だった。

三月一一日一四時四六分の時点で、女川原発は震度6弱の激震に襲われた。この時点ですでに一号機、二号機、三号機の地盤は約一メートル沈下。一号機の外部電源が使用不能となり、非常用ディーゼル発電機を稼働させて冷却を行なった。

だが、ここに、設計上の想定限度である最大九・一メートルを遥かに上回る波高一三メートルの津波が直撃。そのために二号機の原子炉建屋の地下三階、約一五〇〇立方メートルまで海水が浸水。三号機の冷却システムにも海水が浸入し、全原子炉が自動停止した。

それでも女川原発は、福島第一原発のようにSBO（全交流電源喪失状態）には至らなかった。紙一重のところで、重大な原発事故を回避することができた。その理由は、女川原発の一号機から三号機までの原子炉が、通常より高い海抜一四・八メートルという位置に設置されていたからだった。

当日の約一メートルの地盤沈下を計算すると、海面からの高さは一三・八メートル。ここに、想定外の一三メートルの巨大津波が襲った。つまり、たった八〇センチの差で、大事故を回避したことになる。

神山が報道で知っていたのは、そこまでだった。その後は新聞も満足に手に入らない状態が続いていたので、女川原発がどうなったのかはわからなかった。だが、深い森の向こうに見える二本の白い鉄塔は、何事もなかったように静かに佇んでいる。

神山はまず、県道沿いにある〝女川原子力PRセンター〟に寄ってみた。原発よりも標高の高い高台にある、二階建ての近代的な大きな建物だった。少なくとも外見上は震災の被害の痕跡はまったく感じられなかった。

センターは開放されていて、駐車場にはマイクロバスや自衛隊のトラックなど何台かの車が駐まっていた。明かりはついていないが、人もいるらしい。

神山は車を駐め、建物に入っていった。中から、職員らしい男が出てきた。

「何か、御用でしょうか」

男が、訊いた。

「実は、人を捜しているんです。知人が旅先で今回の地震に遭遇して、連絡が取れなくなっているんです。それで捜しているんですが、女川原発に行くといい残したと聞いたもので……」

神山が、事情を簡単に説明した。

「どのような方ですか。年齢や、性別は……」

「男で、四十代の後半くらいです。もし行方不明になった時と同じだとしたら、背広にコートという姿だと思いますが……」

男の表情に、小さな変化があった。何か、思い当たる節があるらしい。

「その方の、名前は」

「吉井と名告っていると思います。この男です」

神山がそういって、坂井の写真を見せた。

「見たことがあるような気がするなあ……。しかし、ここにはいませんよ」

「どこにいるか、わかりませんか」

「いるとすれば、原発の方だと思いますが……」

男が、事情を説明した。

三月一一日の震災当日以来、牡鹿半島のこの辺りの住民が次々とセンターに助けを求めてきた。牡鹿半島は、陸の孤島だ。海沿いに点在する集落はすべて津波で壊滅し、ライフラインを失い、孤立していた。この辺りで無事に残っている大きな建物は、原発の施設くらいだった。女川原子力PRセンターは、その被災者をすべて受け入れた。

「しかしPRセンターの方は、ごらんのように電源を失っているんです。明かりもつかないし、暖房も入らない。そこでいまは、原発本体の方の体育館が避難所になっているんです」

〝原発が避難所〟と聞いても、神山は実感が湧かなかった。本来、原発は、一般人が立ち入ることとすらできない。だが、人道的な手段として、被災者の無条件の受け入れを決めたという。

その人数は、子供も含めて三〇〇人以上。原発ならば、電源や水のライフラインも確保されている。事故さえ回避できていれば、非常事態時のシェルターとして原発ほど安全な場所は他にないのかもしれない。

「その体育館に、この男がいるんですか」

だが、男は首を傾げる。

「わかりません。何日か前に、スーツにコートを着た人を見たような気がするんです。行ってみたらどうですか。ここから専用回線で、入れるように連絡しておきますよ」

女川原子力発電所の入口は、県道を少し戻った所から海の方に降りた所にあった。高い門で閉ざされ、警察が警備に当たっていたが、センターから連絡が入っていたらしく名前と住所を書いただけですぐに通された。

センターの職員がいっていたとおり、体育館が避難所になっていた。ここには電気も、水も、最低限の食料も揃っていた。

避難所の担当者をはじめ、被災者の何人かにも坂井の写真を見せた。全員が、坂井の顔を覚えていた。ここでも坂井は、吉井と名告っていた。やはり坂井は、女川原発に来ていたのだ。

だが、坂井はいま、ここにはいなかった。坂井が避難所に来たのは二二日の夜で、県道を一人で歩いている所を地元の軽トラックに拾われてきた。避難所にいたのは一日だけで、翌二三日には女川町の別の避難所に向かう車に便乗して出ていったという。もう、四日も前だ。

一〇歳と八歳の子供を連れた若い夫婦が、坂井のことをよく覚えていた。やはり坂井は、放射性物質のことを気にしていたらしい。「女川原発はだいじょうぶだ」といっても納得せずに、できるだけ早くここを出るようにといっていた。

だが、坂井がその後どこに向かったのかは、誰も知らなかった。女川の別の避難所に送ったという男にも訊いてみたが、坂井は何もいっていなかったという。ただ礼をいい、国道三九八号線を南三陸町の方に向かって歩き去った。

坂井は、どこに行くつもりなのか。このままさらに、北へと向かうつもりなのか。だがここから先は、津波の被害はさらに大きくなる。宮城県北部から岩手県にかけては、局地的に自衛隊の救助隊すら近寄れない状態だと聞いている。

神山は県道に出た所で車を止め、地図を開いた。

「さて、どうしようか……」

助手席のカイに、何げなく話し掛けた。カイは鼻から声を出し、不思議そうに首を傾げながら、地図を覗き込む。

あらためて地図を見ても、女川から北の太平洋岸はあまりにも広大で、漠然としすぎていた。険しく、複雑なリアス式海岸の地形が、岩手から青森へと二〇〇キロ近くも続く。そこに南三陸、気仙沼、陸前高田、大船渡、釜石、宮古と、今回の震災で津波により壊滅的な被害を受けた町が点々と続く。

もちろん、町から町を結ぶ道もない。食料も、ガソリンも手に入らない。情報も、通信手段もない。その中を、車でどのようにして移動していけばいいのか。ただ、途方に暮れるしかなかった。

神山は、坂井のことを思った。奴は何を考え、何を目指して北へ向かっているのか。目的があるのか。それとも、ただ時空を漂流しながら、自分が落ち着ける場所を探しているだけなのか――。

ひとつだけ確かなのは、このまま坂井を闇雲に追い続けるのは不可能だということだ。一度、大きな町に戻り、ガソリンと食料を補給しなくてはならない。いまならばまだ、内陸の美里町《みさと》か大崎市の辺りまで行き着けるくらいのガソリンは残っている。

神山は、また車を走らせた。いずれにしても、これ以上は遠回りはできない。前日に女川の避難所で地元の警官に聞いたとおり、野々浜から小積浜へと半島を横断する道を探し、県道二号線で渡波まで戻ることにした。大崎に出るならば、これが一番近道だ。

県道二号線は、思っていたよりもひどい状態だった。路面は波打ち、割れて陥没し、路肩や山が崩れて車線を塞いでいた。だが、鉄板や土嚢《どのう》で応急措置が施《ほどこ》され、何とか走ることはできた。

崩れかけた道を、ゆっくりと慎重に進む。他の車には、ほとんど出会わない。集落もない。途中で一度だけ、自衛隊の偵察車輌とすれ違っただけだ。

だが、路肩が崩れているコーナーに差し掛かった時、カイが突然、吠えはじめた。

「どうしたんだ、カイ……」

神山はそのまま、車を走らせた。それでもカイは、止めようとしない。助手席から後部座席に飛び移り、背後に向かって吠え続けている。

何かがあったらしい。神山は、少し道幅が広くなっている所に車を停めた。車を降り、リアドアを開けると、カイが道路を走りだした。そのまま路肩の崩れた場所まで行くと、渓《たに》に向かって下りていった。下から神山を呼ぶように吠え続けている。

「わかった。いま行く……」

神山も、走った。道が崩れた場所から、渓を見下ろす。カイが神山を見上げ、吠えている。その下の植林の森の中に、何か赤いものが見えた。

車、だった。多聞山や石巻の日和山公園でも見掛けた、あの赤いＢＭＷのミニだ。車は太い木の根元に突き刺さるように、斜めになっている。

「誰かいるか――」

神山は、大声で呼んだ。だが、返事はない。路肩の崩れた場所から、急な斜面を渓へと下る。途中でもう一度、声を掛けたが、やはり返事はない。

カイと共に、車のある場所まで下りた。泥を被り、ひび割れたガラス越しに車内を覗き込む。運転席に女が一人、蹲《うずくま》っていた。あの黒いニット帽を被った女だった。

「おい、だいじょうぶか」

ドアを叩きながら、呼んだ。カイもボンネットの上に飛び乗り、吠えている。女が、ゆっくりと目を開けた。

ドアを開け、もう一度、声を掛けた。

「だいじょうぶか」

「ええ……。たぶん……」

女が、神山を見上げた。放心したように、視線が漂っている。

「怪我《けが》はしてないのか。どこか、痛むところはないか」

「たぶん……」女が、自分の手足を確認する。「腕が少し痛いけど……」

「出られるか」

神山が、ドアから手を差し出す。女がそれを握り、体を支える。ハンドバッグを取り、車から這《は》い出した。

どうやら、動けるようだ。車の外に立ち、少しよろけ、神山にもたれ掛かった。体が、震えている。カイが吠えながら、辺りを走り回る。

「あの犬……。昨日の朝、公園で見たわ……。ビスケットをあげたの……」

女が、カイの頭を撫でた。これでカイが吠えた理由もわかった。

「何があったんだ。いつから、ここにいるんだ」

神山が訊いた。

「昨日の夜……。車で走っていて、あの道から落ちたの……。恐くて、体が動かなくて……」

「とにかく、上まで登ろう。自分で歩けるか」

「ええ……」

歩こうとした女が、よろけた。神山が、女の体を支える。肩を貸しながら、崩落した急な斜面を登った。

斜面の途中で、振り返った。女の車は、エンジンルームが大破していた。引き上げたとしても、もう使えないだろう。大きな怪我をしなかっただけ、運がいい。

それでも一度、女を病院に見せた方がいい。だが、しばらくは携帯も通じない。どこか大きな町の病院に運ぶしかない。

女を道の上に引き上げ、神山の車に乗せた。もう一度、渓を下り、女の荷物を運び上げた。女はまだ何が起きたかわからないように、ぼんやりと周囲を見渡していた。

「おれは、神山健介だ。君の名前は」

車を走らせながら、神山が訊いた。

「渡辺裕子《わたなべゆうこ》といいます……」

「前に、二回ほど会ってるな。たまたまここを通りかかったからいいが……」

「すみません……。助けていただいて、ありがとうございます……」

「なぜ夜に、こんな危険な道を走ってたんだ」

「人を、捜してるんです……」

女が、小さな声でいった。

第三章　北上

1

男は、自分がどこにいるのかもわからなかった。

もう何日も、夢の中で同じ場所をさ迷っているような気がした。

ここはどこなのか。そしていまは、何月の何日なのか。日時の感覚もすでになくなっていた。

女川を出てからしばらくの間は、男——坂井保邦——は海沿いの道を歩いていた。風は体を刺すように冷たく、時にはどんよりとした空に雪が舞い、凍《こご》えるように寒かった。

何日か前から、風邪《かぜ》をひいていた。咳《せき》が出て、悪寒《おかん》が止まらず、体が震えて足がふらついた。熱があることは、自分でもわかっていた。

もしかしたら、自分は死ぬのかもしれない。今夜、もし瓦礫《がれき》か廃屋《はいおく》の中で凍えながら眠れば、おそらく明日の朝は目が覚めないだろう。だが男は、それでもいいと思った。

男は、歩き続けた。ただひたすらの荒野を、冷たい風に向かいながら。何かに、取り憑《つ》かれたように。

男の横を、時折、自衛隊の車輌や物資輸送のトラックが砂塵《さじん》を巻き上げて通り過ぎていく。だが、誰も男を見ていない。気にも留めない。

それでよかった。自分は、この世には存在しないのだから。このまま静かに、誰に知られることもなく消えていけばいい。

男は、歩き続ける。やがて道は海岸線を離れ、リアス式の半島を横断する山道になった。ゆるやかな坂を峠《とうげ》へと登っていき、長いトンネルを抜けた。そしてまた、ゆるやかな坂を下っていく。

坂を下り切った所に町があり、そのむこうに大きな川が流れていた。だが、河口からかなり上流にあるこの町も、いまは跡形もなく消え去っていた。町は川から溢《あふ》れ出た泥と水と瓦礫に埋もれ、僅《わず》かに残った鉄筋コンクリートの廃墟だけが墓標のように軀《むくろ》を晒《さら》していた。

男は、町へと下りていった。泥と水の中に巨大な鉄板が敷かれ、その上を自衛隊のトラックや消防車輛が行き来していた。道の横を歩くと足は踝《くるぶし》まで水に浸《つ》かり、トラックの撥《は》ね上げる泥を全身に被《かぶ》った。

それでも男は、歩き続けた。背を丸め、咳をしながら。一歩ずつ足を前に出し続けた。背中のリュックが、重くのし掛かる。こんなものは、捨ててしまいたい。ふと、そんなことを思った。

やがて泥の中の道は、川に行き当たった。男はその川が、北上川であることも知らなかった。彼方《かなた》に対岸が見え、大きな緑色の鉄の橋が架《か》かっていた。

だが、橋は川の中程で落橋していた。その先端が、泥で濁《にご》った川の流れに無惨《むざん》に突き出していた。川の中央には、コンクリートの橋脚だけが残っている。

男の心の中で、何かが折れた。もう、これ以上は進むことはできない。力尽きたように、その場にあったコンクリートの瓦礫の上に座り込んだ。

冷たい風が、急速に体温を奪っていく。居たたまれないような寒さが、全身を襲った。凍え、体が震え、歯が鳴った。だが、もう、動く力も残っていなかった。

男の背後の川沿いの道を、路面に敷かれた鉄板を鳴らしながらトラックが走り過ぎていく。その度に、泥と水を被った。それでも夕刻の暗い光の中の男の存在に、誰も気も留めなかった。

いまも一台、男の背後を地元の軽トラックが走り過ぎていった。だが、その軽トラックのテールランプは少し先で赤く灯《とも》り、瓦礫に車体を寄せて停まった。しばらくすると泥しぶきを上げてターンし、男の方に戻ってきた。

軽トラックが停まり、小柄な老人が一人、降りてきた。

「あんた……こんなところで、何をやっとるんだね」

老人が体を屈《かが》め、男に訊《き》いた。

「……いや……別に……」

男が、小さな声で答えた。

「別にって、体じゅう泥だらけじゃないか。それに、濡《ぬ》れとるし」

「……はい……」

「体が震えとるぞ。熱でもあるんじゃねえのか」

老人の手が、泥だらけの男の額に触れた。その手が冷たく、心地好《ここちよ》かった。

「すごい熱だぞ」老人がいった。「あんた、こんな所にいたら死んじまうぞ」

「……はい……」

「ほら、立って。車に乗りな」

「しかし……車が汚れますから……」

「そんなことはかまうもんか。ほら、早く乗りな」

老人に手を引かれ、男はやっと軽トラックの助手席によじ登った。ドアを閉じ、車がターンして元の方向に走り出す。暖房の穏やかな熱が体を包み込む。

急速に、眠気に襲われた。

男はいつの間にか、意識を失っていた。

2

神山が宮城県大崎市古川《ふるかわ》に入ったのは、三月二七日の夕刻だった。

女川からここまでの道程は、思っていたよりも順調だった。国道一〇八号線を内陸に進んでいくと、美里町の手前あたりから人家に明かりが灯りはじめた。古川の市街地に入ると、開いている商店も少なく閑散《かんさん》としていたが、街並に震災の痕跡《こんせき》はあまり見られなかった。

神山は町に入ると、まず病院を探した。

女川原発の近くの山道で助けた渡辺裕子という女は、どこか放心したように助手席に蹲《うずくま》っていた。自分では「だいじょうぶ」だといっているが、あれだけの事故の後だ。目立った外傷はないが、頭や腹などどこを打っているかわからない。

それでも女は、女川から古川までの車中で、断片的にいろいろなことを話していた。年齢は、三二歳。一見して地味だが、理知的な顔をしていた。職業を訊《たず》ねると少し考えた後で、「ある事務所の職員をしている……」と答えた。だが、その団体名に関しては何もいおうとしなかった。

神山は女を助けた直後に、「人を捜している……」ということは聞いていた。そのために車で東京を発《た》ち、車の中で野宿しながら、ガソリンや食料さえも満足に手に入らない被災地を回っていた。女性が一人でそこまでして捜さなくてはならない人間とは、いったい誰なのか。

神山はステアリングを握りながら、事情を訊いた。女は、やはり少し考え、「以前世話になった人です……」とだけ答えた。誰かに打ち明けて楽になりたいが、すべてを話すわけにはいかないという雰囲気だった。いずれにしても、何か深い事情があることは確かなようだった。

古川の町内は津波に襲われた沿岸地域に比べればまだライフラインは復旧していたが、ここも震度6強という地震の直接被害を受けていた。市街地は地震のために地盤沈下したのか、目が馴《な》れてくると、町全体が歪《ゆが》んでいるように見えた。道はいたる所がひび割れ、波打ち、駅周辺の交差点にも陥没《かんぼつ》して大きな穴が空《あ》き、マンホールが浮き上がっていた。店舗や人家も傾き、屋根が落ちて、中には倒壊している建物もある。

その中で病院を見つけるのは、思っていた以上に難しかった。地震で建物や設備に被害を受け、復旧していない病院も多かった。たとえやっていても、重症者以外は受け付けないという病院がほとんどだった。

何軒か病院を回り、女川から交通事故にあった女性を運んできたと事情を話し、やっと市民病院で受け入れてもらえた。だが、入院するベッドは空いていなかった。ひととおりの検査はするが、もし問題がなければ翌朝には病院を出なくてはならない。

神山はとりあえず女を病院に預け、外に出た。とにかく何かまともなものを腹に入れて、少し眠りたかった。町を駅の方に戻ってみたが、やっている店は何もない。まだ夜もそれほど遅い時間ではないのに、町はまるで深夜のように静まり返っていた。

しばらく車を流していると、街道沿いにたった一軒『みそ伝』というチェーン店のラーメン屋が開いていた。この店にだけは、人や車が集まっていた。カウンター席に座り、辛い味付けの味噌ラーメンを注文した。

温かいラーメンをすすりながら、ふと津波に襲われた被災地の風景を思った。あの荒野には、いまも明かりは灯っていない。人々の生活はすべて奪い去られ、ストーブさえ満足にない闇の中で肩を寄せ合いながら、不安と寒さに凍えている。

だからといって、この内陸の町が恵まれているとはいえない。あの大地震に被災し、自分たちの町を破壊され、人生の大切なものを失った。いまも不安と直面しながら、一日も早く立ち直ろうと現実に対峙《たいじ》している。

神山は、わからなくなっていた。人間は生きることの価値観を、何に求めるべきなのか。弱者と強者の違いは、どこにあるのか――。

唐突に、白河のことを思い出した。あの町も、ここと同じだった。自分も、自分の仲間たちも紛《まぎ》れもなく被災者だった。弱者だったはずだ。これまで見てきたあまりにも巨大な悲劇の前に、そんな事実さえも忘れていた。

誰かの声を聞きたくなった。

神山はラーメンを食べ終え、店を出た。車に乗り、携帯を取り出した。この町では普通に、携帯が通じる。

神山は、白河の薫に電話を入れた。三回ほど呼び出し音が鳴ったところで、薫が出た。

——健ちゃん……だいじょうぶなの？　いまどこにいるの？——

神山が何かをいう前に、薫の不安げな声が聞こえてきた。

「だいじょうぶだ。元気だよ。いま、宮城県大崎市の古川という町にいる。そっちは、どうだ」

——もう水も出るし、食料も買えるようになってきたよ。ガソリンはまだ何時間も並ぶけども——。

「みんな元気か。親父さんの怪我《けが》はどうした」

——お父さんはだいじょうぶ。たいした怪我じゃなかったから。有希ちゃんと生まれた赤ちゃんも退院してきて、元気にしてるよ。それで健ちゃんは、いつ戻るの——。

「まだ、わからない。みんなに、よろしくいってくれ」

——気を付けてね。また連絡してね——。

「わかった。それじゃあ……」

電話を切った。

ほんの数分の会話だったが、心と体が少し温まったような気がした。

次に、ホテルを探した。東北新幹線の古川駅の周辺には何軒かホテルがあり、震災後も営業していた。ほとんどのホテルは沿岸部の被災者を受け入れ、満室だったが、運良く大手のビジネスホテルに部屋を取ることができた。

カイを裏庭に繋《つな》がせてもらい、部屋に入った。ベッドに倒れ込み、メールをチェックした。並木祥子から新しいメールが入っていた。


〈――神山様。

その後、いかがお過ごしでしょうか。しばらく連絡が取れなかったので、心配しております。

さて、先日の問い合わせに関していくつか情報が入りましたので、以下に報告いたします。

まず、原爆症認定訴訟の結審から、坂井が久保江議員の秘書になるまでの三年間の空白について。これは情報というよりも、当時の同僚であり、公私共に相談を受けていた私が最も事情に詳しいかもしれません。

実はあの頃、坂井はどうしても山口県の郷里に戻りたいという深刻な理由があったようです。理由とは、一人娘の亜美華ちゃんのことです。あの子はお母さんに似てしまったのか体があまり丈夫ではなく、小さい頃から深刻な病気を抱えていました。その治療《ちりよう》と、空気の良い田舎《いなか》で育てたいということから、郷里の上関で暮らしたいと考えていたようでした。そこにたまたま久保江議員の秘書の話が持ち上がり――〉

神山はベッドに横になり、ビールを飲みながら並木祥子からのメールを読んだ。眠い目が閉じそうになるのを我慢《がまん》しながら読んでいるうちに、六年前の夏の風景を思い出していた。当時、坂井が勤めていた法律事務所のバーベキューパーティー。あの時、坂井は三歳くらいの小さな女の子を連れていた。

色白の、美しい顔立ちをした女の子だった。だが表情に陰《かげ》のようなものがあり、どこか儚《はかな》げでもあった。坂井はその娘を溺愛《できあい》して気遣っていたが、それは母親を亡くしたという理由だけではなかったのだ。

神山は、メールを読み続けた。

〈――つまり、二番目の質問の久保江議員の秘書になった経緯についてもそのあたりにあるようです。議員本人には話を聞けませんでしたが、今回の調査依頼の窓口でもあるもう一人の秘書の福田公一《ふくだこういち》さんという方に確認しました。それによると久保江議員は元来原発反対派であり、原爆症認定訴訟においても原告側の立場で活動していたことから、坂井とも裁判が始まる以前から親交があったようです――〉

神山はメールを読みながら、首を傾《かし》げた。

何かがおかしい。坂井が議員秘書になった経緯があまりにも自然すぎて、そのことにかえって違和感を覚えた。もしそれが事実ならば、坂井と久保江議員はある種の信頼関係で結ばれていたはずだ。それがなぜ、殺人から六〇〇〇万円持ち逃げという〝事件〟に発展していったのか。その流れと、坂井の動機が何も見えてこない。

さらにメールは続く。

〈――最後に、坂井の両親と娘の消息に関してです。関西の興信所に調査を依頼しましたところ、次のような回答が得られました。

1、坂井の実家は、山口県熊毛郡上関町大字《おおあざ》長島《ながしま》に現存している。そこに坂井の両親と娘の住民票もあり、移転されていない。

2、約二カ月前の一月中旬から、近所の人は誰も坂井の家の者を見ていない。ちょうどその頃に近所の新聞店でも配達を休止してほしいという連絡を受けている。

3、郵便物は他の住所に転送しているらしく、ポストにはチラシ以外何も入っていない。

以上です。参考になれば幸いです。次の連絡をお待ちしています。

並木祥子――〉

それだけだった。

奇妙だ。坂井の両親の一家は、なぜ姿を消したのか。上関町からいなくなったのが一月の中旬頃だとすれば、坂井が殺人を犯して金を持ち逃げする二カ月近くも前のことだ。事件が原因で、身を隠したわけではない。

何か他に、理由があったことになる。近所の誰にも行き先を告《つ》げずに、姿を消さなくてはならなかった理由が。その理由とは、いったい何だったのか……。

疲れと睡魔のせいで、頭が回らない。だが、神山は考えた。

原爆症認定訴訟――。

坂井の妻の死――。

病弱な娘――。

上関原発――。

そして坂井の両親と娘の失踪《しっそう》――。

パズルを組み合わせているうちに、ぼんやりと何かが見えてきたような気がした。それは全体像ではなく、すべての要素を繋ぎ合わせるキーワードのようなものだ。

坂井の妻の知子は、二〇〇五年に白血病で亡くなった。そして母も、その三年前に同じ病気で死んでいる。まさか、娘も……。

神山は、並木祥子にメールを返信した。

〈――並木祥子様。

今夜は宮城県大崎市の古川という町にいます。

さて、先程のメールに関する質問です。まず最初に、坂井の娘の病名はわかりませんか。次に、坂井の妻の知子は、生前どこの病院で治療を受けていたのか。

以上二点に関し、至急報告願います。

神山健介――〉

数分後に、返信があった。

〈――神山様。
この件に関しては以前、坂井から口止めされていたのですが。娘の亜美華ちゃんの病名は、小児リンパ性白血病だと聞いております。亡くなった奥様が治療を受けていた病院に関しては、至急調べてみます。
並木祥子――〉

そういうことか。

広島、長崎の原爆研究者の間でも、さらにチェルノブイリに関する元ソ連科学アカデミーの研究結果においても、被曝《ひばく》二世の白血病や癌の発症率が二倍、三倍になることは暗黙の常識だった。その事実を頑として認めないのは、アメリカと日本の学閥と政府だけだ。

これでやっと、坂井がなぜ原発にこだわるのかもわかってきた。

3

翌朝、神山は久し振りにテレビを見た。

内容は相変わらず、震災の続報と原発事故に関することばかりだった。

各チャンネルの報道番組によると、福島第一原発は海水を注入しはじめて以来、小康状態にあるらしい。だが二四日の時点で、タービン建屋内に溜《た》まった汚水の放射性物質濃度が、通常の原子炉内冷却水の約一万倍であることが判明。この水に作業員三人が触れ、被曝したことを告げていた。

一万倍……。

そのあまりにも超然とした数字が何を意味しているのか。神山には理解できなかった。放射性物質は、水の中であれ空気中であれ人間の目には見えない。その本当の恐ろしさがわかるのは、子供たちに甲状腺の異状が発生しはじめる二年後。いや、三年後か。だが、その時にはすでに手遅れになっている。

神山は、並木祥子からのメールを確認する。坂井の娘の病名が、頭の中に焼き付く。子供たちは常に、無抵抗な弱者だ。ただ自分の運命を受け入れることしかできない。

生まれたばかりの陽斗の子供、勘太郎の顔を思い浮かべた。病院で見た赤んぼうは、小さな手を握り締めて健《すこ》やかに眠っていた。あの無垢《むく》な命は、これからどれほど苛酷《かこく》な運命を背負《せお》って生きていかなくてはならないのか。

神山は、ぼんやりとテレビを見つめた。画面の中に、淡々とニュースが流れていく。

津波の被害が大きかった岩手、宮城、福島の三県の内、岩手県知事選、各県議選、一四市町村長選、四〇市長村議選が名簿流出と多数の避難、不明者が確認できないために半年間延期――。

原子力安全・保安院と原子力安全委員会の両トップは、福島第一原発の「電源喪失《そうしつ》は想定できなかった」と弁明――。

栃木県宇都宮《うつのみや》市の浄水場の水から、乳児の飲用基準を超える放射性物質を検出――。

枝野《えだの》官房長官が首相官邸で記者会見を行ない、福島第一原発から二〇～三〇キロ圏内の屋内退避市町村に対し、住民の自主避難を要請したと発表――。

被災地では「外国人の窃盗《せっとう》団が横行」、「電気が一〇年間は復旧しない」、「各地で暴動が発生している」などのデマが飛び交《か》っている――。

二六日現在で震災と津波による確認された死者は一万四〇〇〇人を超え、安否不明者はまだ二万人近くにも及んでいる——。

そしてニュースの間には、人々の空虚な心に何かを刷《す》り込もうとするかのような、ACジャパンのコマーシャルが流れ続けている。

神山は、テレビを消した。

シャワーを浴び、ホテルを出て病院に向かった。まだ診療の始まっていない早朝の病院は、あまり人気《ひとけ》もなく静かだった。

渡辺裕子は、急患の待合室で待っていた。神山の姿を見ると長椅子《ながいす》から立ち、頭を下げた。どうやら、それほど大きな怪我はしていなかったらしい。

「検査の結果は？」

神山が訊いた。

「はい……。レントゲンやCTを撮ってもらいましたが、骨や内臓に異状はないとのことでした。ただ、全身の打撲《だぼく》と精神的なショックで、体のバランスが崩れているのではないかと。お薬を出していただきました……」

「それならば、行こう。駅の近くのホテルに、部屋を確保してある。風呂にでも入って、少し休むといい」

「ありがとうございます……」

ホテルに戻り、女が休んでいる間にコンビニを探した。何軒かは開いていたが、弁当などの食料はほとんど手に入らなかった。握り飯と、菓子パン、他にはインスタントの味噌汁やカップラーメンがあるくらいだ。だが、これだけあれば贅沢《ぜいたく》はいえない。

女に電話を入れ、風呂から上がったことを確かめてホテルに戻った。部屋に入り、ドアを開けた時の女の顔は少し生気が戻ったようだった。改めて見ると、化粧《けしょう》をしていないせいか見た目は地味だが、美しい顔立ちをしていた。

部屋で一緒に食事をしても、女はただ何度も礼を言うだけでそれ以外のことは話そうとしなかった。一人で被災地を人を捜しながら旅していたことも含め、何か深い事情がありそうだった。たまたま事故にあったところを助けてしまっただけで、神山には関係のないことだったが。

「さて、食事が終わったらチェックアウトをすませてホテルを出よう。古川の駅は、すぐ近くだ。新幹線や東北本線はまだ復旧していないが、陸羽東線《りくうとう》で山形まで出れば何とか東京まで戻れるだろう。いずれにしても、一度出直した方がいい」

神山も、これ以上は見ず知らずの女に係わっている余裕はなかった。

「はい……」だが女は、思い直したように神山を見た。そして、いった。「神山さんはこれから、どうなさるんですか」

神山が私立探偵で、仕事で被災地を回っているということは、すでに女にいってある。

「これから南三陸町に向かって、沿岸部を北上していくつもりだ。どうしてだ」

これから南三陸、気仙沼、陸前高田と、津波の被害が最も大きかった地域へと入っていく。坂井も、いま、そのどこかにいるのだろうか。

「お願いがあるんですが……」

女が、意を決したようにいった。

「何だ」

「私も連れて行っていただけませんでしょうか……」

「無理だ。ここから先は泊まる所もないし、食料やガソリンも手に入らない。北に行けば行くほど、寒さも厳しくなる。連れて行くわけにはいかない」

だが、それでも女は諦《あきら》めなかった。

「だいじょうぶです。私は学生時代から登山をやっていましたから、寒さには馴れてます。野宿も平気です。絶対に、迷惑は掛けませんから……」

確かに、そうなのだろう。女が着ているフリースは冬山用の本格的なものだし、車から持ち出した大きなスポーツバッグにはナンガ社のフォーシーズンのシュラフが入っていたことも覚えている。だが、それとこれとは話が別だ。

「それでも、だめだ」

「わかってます。でも、東京に戻って出直してくる余裕はないんです。私の捜している人は東北の被災地のどこかにいるはずなんですが、連絡が取れないんです。東京から大金を持ち逃げしていて、早く見つけないと自殺してしまうかもしれないんです……」

大金を持ち逃げ……。

そのひと言を聞いて、神山は妙な胸騒ぎを覚えた。

「その、君が捜しているという男の人の名前は？」

神山が訊いた。女が一瞬、息を呑んだのがわかった。

「もし教えたら、連れて行ってもらえますか」

女が、神山の目を見つめる。

「事と次第《しだい》によっては」

しばらく、女は迷っていた。だが、自分を納得させるように頷《うなず》き、いった。

「坂井保邦という人です……」

神山の予感は、当たった。

4

神山は渡辺裕子という女を連れ、南三陸町に向かった。

今日はもう、三月二八日だ。

古川の町内で開いているスタンドを見つけ、三時間並んで二〇リットルだけガソリンを入れられた。食料や水も、できる限り買いたした。

このような旅の途中で女と道連れになるとは、想定の範囲外だった。だが、彼女が捜している人間が坂井保邦だとわかれば、連れて行かないわけにはいかなかった。もしかしたら彼女は、神山が知り得ない坂井の情報を持っている可能性がある。

それにカイは、彼女を気に入っているらしい。前日から、車の中でも、常に彼女のことを気遣っている。

あれから彼女は、いろいろなことを話すようになった。もう神山にも、あえて何かを隠そうとする様子はない。その話の内容から、少しずつ彼女の事情がわかってきた。前日に職業は事務員だと聞いていたが、その〝事務所〟というのは久保江将生衆議院議員の事務所だったようだ。彼女は、同じ事務所の秘書の一人から、坂井が「東北の被災地にいるらしい……」ということを聞いていた。神山の報告が並木祥子から巡り回って、彼女まで話が届いていたのだろう。つまり、神山と渡辺裕子が何度も遭遇《そうぐう》していたのは、偶然ではなかったということになる。

だが彼女は、その秘書――福田公一――がなぜ坂井の居場所を知っていたのか。その理由までは聞かされていなかった。もちろん、神山が坂井を追っていることも知らない。

福田公一という秘書の名前は、前日の並木祥子のメールにも出てきていた。何となく、気に掛かる。

「君が、その坂井という人のことを心配しているのはわかる。しかし、だからといって、一人で車に乗って被災地に向かうというのも無茶な話だ」

「そうでしょうか……」

だいたい、よく事務所の方で被災地に行くことを許したものだ。いくら山口県出身の議員とはいえ、このような大災害の後では人手が足りないはずなのだが。

もしくは、その福田という秘書がわざと彼女を行かせるように仕向けたのか……。

「ところでなぜ、その坂井という男が自殺するかもしれないと考えてるんだ」

神山が訊いた。

「先程いったように、お金を持ち逃げしたからです……」

答えにはなっていない。普通、金を持ち逃げするような人間は自殺などはしない。金を使い果たすまで、人生を楽しむものだ。

「君が迎えに行けば、坂井という男が自殺を思い止《とど》まると思う理由は？」

あえて事務的に訊いた。

「特に、理由があるわけではありません……。でも、彼は私のことを信頼してくれているから……」

女は坂井のことを〝彼〟といった。そのいい方に、単なる事務所の同僚という関係以上の親しみのようなものを感じた。

だが、女は、それ以上はまた何も話さなくなった。神山のことを、警戒しはじめたのか。また元のように、自分の殻《から》の中に閉じ籠《こも》ってしまった。

しばらくすると女は、助手席で携帯を操作しはじめた。誰かに、メールを送ったらしい。だが、坂井ではないだろう。だとすれば、福田という議員秘書か。

神山も市街地からあまり離れないうちに車を停め、休憩《きゅうけい》し、女が見ていないところで並木祥子にメールを入れた。

〈——並木様。
以下について確認を願う。
1、久保江議員の東京の事務所に、渡辺裕子という事務員がいるかどうか。
2、昨日のメールにあった福田公一という秘書は、どのような男なのか。事務所内のポジションと、できれば簡単な経歴について。
以上、このような問い合わせがあったことは、先方には内密に。
神山——〉

二〇分ほどで、返信があった。

〈――神山様。
渡辺裕子という女性は、確かに久保江議員の事務所にいるようです。福田公一というのは久保江議員の現在の第一政策秘書です。年齢は五十代の半《なか》ば。東大法学部の出身で、元通産省の役人。一〇年ほど前から保守系の議員の秘書をやっていましたが、その議員が落選。二〇〇九年八月に久保江議員が初当選した後に、事務所を移ってきたと聞いています。
でも、なぜ神山さんが渡辺裕子という事務員を知っているんですか？　なぜ、福田公一のことを知りたいのですか。
取り急ぎ。
並木祥子――〉
文面からすると、少なくとも並木祥子は渡辺裕子が被災地に来ていることは知らないらしい。神山は、返信を打った。
〈――理由は後で説明する。とにかくこのことは、福田には報告しないでくれ。
神山――〉

並木祥子から報告されなくても、すでに渡辺裕子から福田にメールが行っているはずだ。神山と行動を共にしていることは、先方も知っているだろう。だが、それでいい。福田という秘書が今回の件で何らかの役を演じているならば、いずれはっきりとした動きがあるはずだ。

それにしても、奇妙だ。久保江議員は、上関原発の建設反対派だったはずだ。それなのになぜ、元通産省の役人の、しかも保守系議員の秘書を務めていた男が懐《ふところ》に潜り込んでいるのか。本来ならば、立場はまったく逆のはずだ。

何か、裏があるような気がする……。

古川から南三陸町に向かう道は、予想していたよりは順調だった。国道四号線はすでにすべて復旧していたし、その先の道路情報もインターネット上に出はじめていた。

神山はiPhoneで情報を検索しながら、ルートを決めた。本来ならば国道一〇八号線を涌谷まで戻って東浜《ひがしはま》街道に抜けるのが近道だが、このルートは陸前戸倉《とぐら》から先が通れないという情報があった。仕方なく、国道四号線を北上して三九八号線に迂回することにした。かなり遠回りになるが、これが現在、内陸部と南三陸町を結ぶ唯一の輸送ルートにもなっている。

古川を出た時にはすでに昼を過ぎていたので、登米《とめ》から三九八号線に入る頃には午後も遅い時間になっていた。こうして時間が、また無駄に過ぎていく。

神山は運転しながら時折、女に話し掛けた。だが女は何かを答えることもあったが、ただ黙っているか、曖昧《あいまい》に相槌《あいづち》を打つ程度のことが多かった。

だが、たった一度だけ、強い口調で反論したことがあった。神山があえて、坂井の悪口をいった時だった。

「それにしてもその坂井というのは、ひどい男だな。世話になった事務所の金を持ち逃げして、連絡もしてこない。自殺するというなら、放っておいた方がいい」

「違います」

「何が違うんだ」

「坂井さんは、悪い人ではないんです。誠実で、真面目《まじめ》な人なんです」

「真面目な人間が、なぜ金を持ち逃げして姿をくらますんだ」

「事情があったんです……。そうしなければ、ならなかったんだと思います……」

女は、それ以上は話さなかった。だが、坂井が金を持って失踪した理由を知っているような口振りだった。

神山は、女の顔を見た。何かに怒っているような表情で俯《うつむ》いている。だが、それでいい。相手から本心を聞き出すためには、たまには怒らしてやることも必要だ。

北上川を渡って登米市から南三陸町に入る手前で、日没を迎えた。ここから志津川《しづがわ》駅のある海岸線沿いまでは、十数キロしかない。だが、夜に津波で壊滅した被災地に入っても、ただ危険なだけだ。

仕方なく佐沼《さぬま》まで戻り、宿を探した。町内には数軒のビジネスホテルがあったが、どこも閉まっているか、被災者やボランティアでいっぱいだった。旅館を何軒か回り、やっと素泊まりならという条件で部屋が見つかった。食料は持っているので、それで十分だった。

この町ではまだ、何とか携帯が通じた。手持ちの食料で食事をしたが、女はその間も誰かとメールのやり取りをしていた。まるで自分がどこにいて、何をやっているのか。それを誰かに報告しているかのようだった。

「誰にメールしてるんだ。例の、事務所の福田という秘書か」

神山は、鎌を掛けてみた。

彼女は一瞬、驚いたような表情を見せ、携帯のスイッチを切った。

「いえ……。友達です……。心配してくれているので……」

そういって口元にぎこちなく笑いを浮かべ、神山から目を逸《そ》らした。その様子で、彼女が嘘《うそ》をいっていることがわかる。

彼女は明らかに、神山のことを警戒しはじめていた。世間話をしても、話を合わすだけであまり乗ってこない。そして食事が終わると、自分の部屋に戻ってしまった。確かに彼女は、神山から見ても疲れているようだった。だが、それだけではない。

　ふと、小さな疑問が湧いた。

　彼女の本当の目的は、何なのか。本当に、坂井を捜すためだけに被災地にいるのか。もしくは、神山を監視するためなのか。それとも、坂井が持ち逃げした六〇〇〇万円という金が狙いなのか……。

　だが、神山も疲れていた。考えがまとまらない。最後に、並木祥子にメールを入れた。


〈――並木様。

　先程の件。

　実は女川原発の近くで渡辺裕子と出会い、以後同行している。彼女も坂井を追っているとのこと。感触として、久保江の秘書の福田公一の指示で動いている可能性がある。

　一応、報告まで。

神山――〉

　すぐに返信があった。

〈――神山様。

それで事情がのみ込めました。こちらも気付かれないように、少し福田の周辺を調べてみます。

お気を付けて。

〈並木祥子──〉

並木は、神山の考えていることを理解してくれている。いまはとりあえず、これでいい。

三月二九日──。

この日は早朝から行動を開始した。

朝食を終えて車に乗り、三九八号線を東へと向かう。だが、市街地は朝から渋滞していた。町内の迫《はさま》川を渡る橋が通行止めになり、北上川に架かる三つの橋の内の二つが落橋していた。

自衛隊のトラックの車列に並び、国道四五号へと迂回。北上川を渡り、また三九八号へと戻る。空は気持ちよいほどに晴れ渡っていた。だが、明るい日差しの中で見ると、あらためて街道沿いに倒壊した建物などの震災の痕《あと》が目に付いた。

道はゆるやかに登り、短いトンネルで水界《みずさかい》峠を越える。ここで、南三陸町に入った。

あとは太平洋岸の市街地まで、ただひたすらに山道を下るだけだ。

車列は、淡々と走り続ける。対向車も、走ってくる。むしろ平穏な、何気ない風景だった。だがその風景が、何の前触れもなく、唐突に変化した。

「いったい、どうしたの……」

助手席の彼女が、怯《おび》えるような声でいった。

まだ海は遠いはずだった。だが、突然、道の両側が瓦礫に埋まりはじめた。建物が、ことごとく破壊されている。曲がりくねりながら下っていく道の右手には、電線のなくなった電柱だけが点々と残っていた。

ここまで、津波が来たのか。だがここは、まだ海抜数十メートルはあるはずだ。この高さまでの市街地がすべて海に沈む光景を想像しても、どうしても実感が湧かなかった。

やがて、前方に風景が開けた。

南三陸町の、市街地だ。

それはいままで被災地を回り続けてきた神山にも、現実とは思えないような光景だった。

5

家の中は、薄暗かった。

窓には段ボールや青いビニールシートが張られ、その隙間《すきま》からかすかに陽光が差し込んでいた。

ガラスが割れているのか、どこからか隙間風が入ってくる。だが、部屋の中は、意外と温かかった。土間では古い鋳鉄《ちゅうてつ》のストーブの中で薪《まき》が赤々と燃え、その上でアルマイトの薬缶《やかん》が湯気を出していた。

男――坂井保邦――は、ぼんやりと天井を眺めていた。古い杉の天井板に、年輪の煤《すす》けた紋様が浮かんでいる。その年輪が、何かの生き物や人の顔に見えてくる。節穴が巨大な生き物の目のように、自分をじっと見つめている。

男は重い蒲団《ふとん》を掛けたまま、天井の目を見ていた。目蓋《まぶた》を閉じても、うとうとと浅い眠りに落ちても天井の目は消えなかった。そして蒲団の重さに耐えかねて目を覚《さ》ますと、前と同じように節穴が自分を見つめていた。

部屋に、誰かが入ってきた。

「どうした。目が覚めたべか」

声の方を、ゆっくりと振り向く。老人が男が寝ている横に座り、手にしていた盆を枕元に置いた。

「有り合わせの雑炊《ぞうすい》だけど、食いな」

「すみません……」

男が掛け蒲団を外し、上半身を起こした。いつ着換えたのか、汚れたシャツを脱《ぬ》いで寝巻を着せられていた。体を腕で支え、途中で一度、息をつく。

「一人で起きれっか」

「だいじょうぶです。すみません……」

「あんた、いつも〝すみません〟て謝ってんな。そんなこといいから、ちゃんと飯食って薬飲みな。〝置き薬〟があって、本当によかったべし……」

男の枕元には、家庭配置薬の箱が置いてあった。富山県内の薬販売業者が箱に入った医薬品を置いていき、一年後に使った分だけを精算、補充していくシステムだ。古くから〝富山の置き薬〟として日本全国で親しまれ、いまも東北などの医療過疎《かそ》地で利用者が多い。今回の震災でも、ライフラインの途絶えた被災地で、多くの人々が置き薬によって命を救われていた。

「じゃあ、足りなかったら飯はまだあっから」

老人が掛け声を掛けて立ちあがり、土間に下りていった。

男は、器を手に取った。卵と大根葉《だいこんば》が入っただけの、醬油《しょうゆ》味の雑炊だった。男手の料理のために、けっして旨いとはいえなかったが、凍《つめ》たい心の芯が温まるような味がした。

食べながら、ストーブに薪を焼《く》べる老人に訊いた。

「すみません……今日は、何月何日になりましたか……」

「さてな……」老人が手を止めて、考える。「いまは新聞もねえし、ここはまだテレビも映らんからよくわからんのだが……。たぶん、三月の二八日か二九日か……。そんなもんじゃねえかと思うけんど……」

老人が、遠い昔に忘れてきた何かに話しかけるようにいった。

男が宮城県の釜谷《かまや》という村で老人に拾われてから、三日が過ぎていた。だが、男がそのことを自分で記憶していたわけではなかった。時間の感覚も、自分がどこにいたのかもあまり覚えていなかった。ただ老人から、そう聞かされていただけだ。

坂井が覚えているのは自分が熱があり、意識が朦朧《もうろう》としながらあてもなくさ迷っていたこと。寒さに凍え、死を意識したこと。老人に拾われ、手厚く看病されたことだけだった。それ以外のことは、あまり覚えていない。ただ熱にうなされながら、長い時間を昏々《こんこん》と眠り続けていた。

老人の名は、〝永浦《ながうら》〟といった。それもいつ、どこで聞いたのかは思い出せない。本当の家は北上川の近くにあったが、津波で跡形もなく流されてしまった。いまは以前父親が住んでいた高台の古い家で、一人で暮らしているという。

家族のことを、老人は話そうとしない。ただ日中は軽トラックに乗ってどこかに出掛け、しばらくすると帰ってくる。ストーブに廃材の薪を焼べ、自分と坂井のために簡単な飯を作る。

「顔色がよくなってきたな。熱も下がってきたし、飯も食っとる。これなら、だいじょうぶだ」

老人は時折、坂井の様子を見にきて、声を掛けていく。そしてまた、どこかにいなくなる。

確かに老人のいうとおり、坂井の体調はだいぶよくなりはじめていた。便所に立つ時などはまだ少しふらつくが、熱は下がっていた。空腹を感じるようになってきたし、食べ物の味もわかるようになってきた。

部屋の中の様子も、見えてきた。壁には、老人が洗濯《せんたく》してくれたのか、坂井の紺《こん》のスーツとコートが掛かっていた。ブルックスブラザーズの高価なスーツとバーバリーのコートだったが、いまはその片鱗《へんりん》もないほどにぼろぼろになっていた。

だが、いまの坂井には、それがかえって自然に見えた。ブランド物のスーツやコート、靴などは、単なる虚栄にすぎない。人間が生きていく上で、何の役にも立たない。それならば、一枚の安物の毛布の方がよほど役に立つ。

スーツの下には、泥だらけになった黒いナイキのリュックサックが置いてあった。その中に入っているはずの数千万円もの現金を、坂井はまだ一度も数えていなかった。いまはもう、金にも興味はない。この世にそんなものがあるから、人間は悪魔に心を売り渡してしまうのだ。

もし金などというものが存在しなかったら、人間は原爆や原発などというものを作らなかっただろう。その利権を貪《むさぼ》る者もいなかったし、社会の中で格差などというものも生まれなかっただろう。弱者もなければ、強者も存在しなかった。

夕刻に、老人がまた飯を運んできてくれた。ジャガイモの煮物と大根の漬物、あとは冷めた白い飯があるだけだった。煮物の味は濃く、けっして旨くはなかったが、どこか懐かしいような味がした。

「こんなもんしかなくて、悪いべな。でも、まだあっから。足りなかったらいってけれよ」

老人がそういって、戻っていった。

日が暮れれば、部屋は暗くなる。明かりは、古い灯油ランプがひとつあるだけだ。だが、その火を消しても、坂井はいつまでも寝つけなかった。

家の中に、老人の気配は感じられなかった。

どこに行ったのだろう……。

ふと、そんなことを思った。

坂井はもう一度ランプに火を点《つ》け、寝巻を着換えた。スーツの上に、コートを羽織《はお》る。土間にあったサンダルを履《は》き、ランプを持って外に出た。

見上げると、満天の星だった。天の川《あまがわ》が、天を横切るように流れていた。吐く息が、凍るように白かった。

辺りを、見渡す。深く濃い闇の先に、火が揺らいでいた。

何だろう……。

坂井は、暗い足元に気遣いながら火に向かって歩きはじめた。近付くと、それが焚《た》き火であることがわかった。火の前に、小柄な老人の影が座っていた。

老人が、坂井の気配に気付いて振り返った。

「どうしたい……。もう、具合はいいのけ……」

「ええ、お陰様で。もう熱も下がりました……」

坂井はそういって、火の近くの木の切り株に腰を下ろした。

「あんたも飲むかい」

老人が、一升瓶を手にした。

「ええ、いただきます……」

坂井は、酒が好きだった。だが、もう何日も飲んでいないことを思い出した。

「じゃあ、いま茶碗を持ってくっから」

老人が焚き火場を立ち、しばらくすると茶碗を持って戻ってきた。片方の手にもうひとつ、上着を手にしていた。

「ほら。その恰好《かっこう》じゃ寒いべ。これ、着とけ……」

老人がそういって、上着を渡した。襟《えり》にボアが付き、中に綿の入った厚手の作業着だった。袖《そで》を通すと、寒さが和《やわ》らいだ。老人は小柄なはずなのに、長身の坂井に大きさもちょうどよかった。

「これは……」

坂井が訊いた。

「息子のだ……。ここの畑やるのに、置いてあったんだ……。でも、もう息子は帰ってこねえから……。あんたにやるべ……。ほら、これ」

茶碗を手にし、一升瓶から酒を受ける。口に含むと、凍るほどに冷えた酒は、喉を滑るように落ちていった。

遠くを見ると、眼下に広く深い闇が広がっていた。その闇の中に、ぽつぽつと小さな明かりが見える。あの辺りが、釜石の町だったのだろうか。

「他の御家族は」

坂井は初めて、老人に家族のことを訊いた。

老人が茶碗から酒を飲み、溜息《ためいき》をつく。

「女房がおったんだけどね……。まだ、見つかってねえんだ……。ここは高台にあっから、下から見えっからよ。夜でも火を焚いてれば、女房がわかるんじゃねえかと思ってよ……」

坂井は、茶碗から酒を口に含む。何かをいおうと思ったが、言葉が思いつかなかった。

その気持ちを察したように、老人が訊いた。

「あんた、結婚はしてんのかね」

「はい……」

坂井が、暗い茶碗の中を見つめながら答える。

「奥さんは」

酒を、口に含む。

「はい……。病気で、亡くなりました……。六年前です……」

「そうか……。すまんことを訊いちまったな……。まあ、あんな所で一人でいたんだから、あんたの人生もいろいろあったんだろうな……」

二人は、焚き火を見つめていた。その顔が、炎で赤く染まっていた。

焚き火の中で、薪が小さな音を立てて爆《は》ぜた。

翌日、坂井は老人と共に家を出た。バーバリーのコートと壊れたイタリア製の靴は、置いていった。かわりに老人からもらった厚手のジャンパーを着て、長靴を履いていた。そのお礼に札束をひとつ、老人にはいわずに蒲団の中に残してきた。

午前中は北上川の近くにあった老人の家の跡地に行き、周囲の瓦礫の山の中を探した。辺りは川から打ち上げられた泥に埋《う》もれ、その上に点々と写真が落ちていた。

誰が、いつ撮った写真なのかはわからなかった。なぜこれほど沢山《たくさん》の写真が目に付くのか、その理由もわからなかった。写真はどれも泥と水に汚れていたが、その中で子供や、恋人同士や、家族たちが笑っていた。

坂井は瓦礫の中を探しながら、目に付く写真を拾い集めた。そしてそれを、老人に託《たく》した。

午後になり、老人の知り合いの男がバンに乗って通りかかった。男はガソリンと灯油、食料を買うために、内陸の美里町まで行くという。坂井は〝美里町〟がどの辺りにあるのか知らなかったが、そのバンに乗せてもらうことにした。

「それじゃあ、これで。いろいろ、お世話になりました」

坂井がいった。

「気いつけてな。無理すんでねえぞ」

突然の別れだったが、老人がいったのはそれだけだった。

リュックを背負って、車に乗った。老人は坂井を見つめながら、何度か頷いた。車が、走り出した。振り返ると、老人はいつまでも走り去る車を見送っていた。やがて、その姿が瓦礫の山の陰に隠れ、見えなくなった。

理由もなく、ただ涙が溢れてきて、それがいつまでも止まらなかった。

6

茫洋《ぼうよう》とした風景が、果てしなく続いていた。

瓦礫と泥の荒野が、視界の中に広がっている。その中にぽつんと、赤い鉄骨の骨組みだけになった三階建ての建物が、悲劇の記憶の語り部《かたりべ》のように青空に聳《そび》えていた。

神山は廃墟《はいきよ》の前に立ち、見上げた。拉《ひしや》げた鉄骨の間を風が吹き抜け、笛の音のように啼《な》いた。

この三階建ての建物は、どのくらいの高さがあったのだろう。ふと、そんなことを思った。一〇メートルか、もしくはそれ以上か。その頂点を越えるほどの津波が押し寄せ、この町の全体を呑み込んだ光景を想像しても、それが現実であるという実感が湧かなかった。

建物の前の瓦礫の前には、花や菓子が供《そな》えられていた。神山はそれに手を合わせ、また歩きだした。瓦礫の中からカラスが群れを成して飛び立ち、けたたましく鳴いた。

神山は、海の方に向かって歩いた。後ろから、ブルドーザーで瓦礫の山を寄せただけの道路を、自衛隊の大型トラックや甲機動車が走っていく。その度に、路面に敷かれた鉄板がけたたましく鳴り響く。その横を、泥飛沫《どろしぶき》を浴びながらカイが神山の後を追ってくる。

南三陸町に入って二日目――。

すでに日付は、三月の三〇日になっているはずだった。だが、いまだに坂井がこの地に立ち寄った痕跡は見つかっていない。それらしき人物を見掛けたという情報にも、まったく接していない。

神山は、歩き続ける。

遠くで自衛隊の重機が轟音《ごうおん》を立てて瓦礫を砕《くだ》き、その周囲では何人もの自衛隊員や消防隊員がかすかな望みを捨てずに生存者を捜索する。瓦礫の山の中で、流されてしまった自分の家や、家族を捜す人々もいる。

誰もが、戦っていた。誰もが、焦燥していた。そして誰もが目の前の現実に絶望し、疲れ果て、体力的にも精神的にも限界を超えて途方に暮れていた。

神山はそれらの人々を前にして、何も声を掛けることができなかった。ただ助けが必要な者があれば、黙って手を貸した。いま、神山にできるのは、それだけだった。

いまも目の前の瓦礫の山の上で、潰《つぶ》れた家の梁《はり》を懸命に動かそうとしている初老の夫婦らしき人たちがいた。神山が近付いていくと、諦めにも似た表情で小さく頷いた。力を合わせ、梁を持ち上げた。二人が何を見つけようとしているのか、誰を捜しているのかは訊けなかった。

カイが瓦礫の隙間から、中へ入っていく。何かを見つけたように、吠《ほ》える声が聞こえてくる。しばらくすると戻ってきて、神山に何かを訴えるように、鼻から声を出して小さな声で鳴いた。

夫婦に別れを告げ、歩く。

神山は、歩きながら思った。ここに、坂井は来ていない。もし来たとしても、このあまりにも茫漠とした虚無の空間でどのようにして捜せばいいのか。いくら考えても、その方法を思いつかなかった。

夕刻、神山は高台にある上《うえ》の山《やま》公園に登った。前日からここに車を置いてテントを張り、ビバークしていた。

上の山公園は、南三陸町の志津川地区の津波災害時の指定避難場所の緑地だった。三月一一日の地震と津波の当日には、ここに三〇〇人もの市民が避難していた。標高は、一六メートル。だがこの高台にも、フェンスが倒れるなどの津波が到達した痕跡があちらこちらに残っていた。

神山は、高台の上に立つ。振り返り、いま歩いてきたばかりの南三陸町の全景を眺める。黄昏の光の中に遥《はる》か彼方の山の麓《ふもと》まで瓦礫の荒野が広がる。

その中央に、志津川の流れがきらめく。さらにその先に、赤い鉄骨の骨組みだけになった三階建ての建物の廃墟がぽつんと残っていた。この風景のすべてを呑み込み、家や車や漁船を押し流し、自分の足元まで到達した波高一六メートル以上の津波を頭の中に想い描く。だが、やはり、実感が湧かなかった。

キャンプに戻ると、渡辺裕子が食事の仕度をして待っていた。水は古川の町で十分に補給してきた。パスタを茹《ゆ》で、もうひとつの鍋でジャガイモを煮ている。学生時代から登山をやっていたというだけあって、手際《てぎわ》がいい。

「どうですか。何か、わかりましたか」

女が煮物の味を醬油で調えながら、神山に訊いた。

「だめだな。何の手懸りもない」

神山は溜息をつき、タープの下の折りたたみの椅子に腰を下ろした。

そうだ。何の手懸りもない。坂井はどこにいるのか。この南三陸町に来たのか。もしくは、これから来るのか。女川原発以来、完全にあの男の足跡を見失ってしまっている。

「これから、どうするんですか」

女が茹で上がったパスタをざるに上げ、フライパンを火に掛ける。オリーブオイルをひくと香ばしい匂いが漂いはじめるが、食欲が湧かなかった。

「これ以上、ここにいても無駄だな。他の場所を捜した方がいい……」

前日は、南三陸町志津川地区の志津川中学校、志津川高校、入谷《いりや》地区の入谷小学校、歌津《うたつ》地区のニュー泊崎荘《とまりざきそう》、平成の森、黒崎《くろさき》地区のホテル観洋《かんよう》などすべての避難所を回った。だが、坂井が立ち寄った痕跡はまったくなかった。だいたい、現在の道路状況では女川から南三陸町に入ること自体がきわめて困難だった。

この町には、物資もライフラインも何もない。被災者は、いま次々と県外に脱出しはじめている。坂井が北に向かおうとしているとしても、何の目的もなく、この町に向かうと考える方が無理なのかもしれなかった。

「他の場所というと……。どこに向かいますか」

神山は、考えた。正直なところ、これからどこに向かえばいいのかわからなかった。

「とりあえず一度、内陸に向かって大きな町に出よう。ここは携帯も通じないし、ガソリンも補給しないとならない……」

今回の旅で、常に障害になっているのがガソリンの問題だ。車で行動している自分たちよりも、歩きとヒッチハイクで移動している坂井の方が、むしろ身軽に動けているのかもしれない。

海岸線に沿って北上する国道四五号線は、南三陸町から気仙沼の間でも瓦礫や落橋、路面の崩落などで数カ所で寸断されている。現時点では、ほぼ全面通行止めだ。もしこのまま北上するにしても、一度は内陸に戻らなくてはならない。

神山はランプの明かりの下で、地図帳を広げた。岩手県の一関市《いちのせき》に向かうか。もしくは一度、美里町に戻るか……。

「大きな町に出た後は、どうしますか」

女がタマネギと共に炒《いた》めたパスタをプラスチックの皿に分け、アルミのテーブルの上に置いた。さらに、煮物も盛りつける。この状況下で考えられる最良の食事であることは、確かだった。

「一関あたりに出て、気仙沼に向かうか。もしくは一度、戻って出直すか……」

「出直すというのは？」

女が訊いた。

「坂井の足跡は、女川で途絶《とだ》えている。もしかしたら、まだ女川の辺りに残っているのかもしれない。もう一度あの辺りを捜してみて、もしだめだったら……。一度、白河に戻って出直そうかと思っている……」

神山はペットボトルから水を飲み、パスタに箸《はし》を付けた。だが、腹は減っているはずなのに、やはり思うように喉《のど》を通っていかなかった。

「私は、反対です……」

女が、パスタを食べながらいった。

「なぜだ」

「坂井はもう、女川にはいないと思います……」

「どうして、そう思う」

「〝彼〟は、北に向かう旅を続けていると思います。この南三陸に立ち寄るかどうかは、わかりません。でも、次は……。きっと気仙沼か、陸前高田に姿を現わすような気がするんです……」

女は、食事を続けた。

なぜ、坂井が気仙沼か陸前高田に姿を現わすのか。その理由については何もいわなかった。

神山はパスタを口に詰め込み、それを水で無理に胃の中に流し込んだ。

7

翌日、神山は南三陸町を離れた。

早朝にキャンプを撤収し、国道三九八号線で北上川を越えた。さらに国道三四二号線に分かれて北に向かい、岩手県内に入る。そして一関市を目指した。

白河を出てから、すでに二週間以上。特にここ数日間に何度か経験したことだが、沿岸部の津波の被害を受けた被災地を離れる度に、とてつもない重圧と緊張から解放されたように感じる瞬間がある。それまで止まっていた呼吸が、何かの拍子に吹き返したような感覚といってもいい。

今回は、北上川という結界を越えた瞬間にそれを感じた。それまでの呪縛《じゅばく》が解けたように、急に体が楽になる。全身から、力が抜けていく。

だが、一方で、ここ数日間に見てきた風景は目の裏に焼き付いている。あの苛酷な環境の中で、いまも生きようとしている人々のことを思う。そして自分だけが、あの現実の中から逃れてきたことへの後ろめたさを感じる。

おそらく、彼女もそうなのだろう。渡辺裕子は助手席に座り、黙って周囲の風景を見ていた。だが、その表情には、かすかに安堵《あんど》の色が浮かんでいた。

内陸に入っても、震災の爪痕《つめあと》は至る所に残っていた。瓦葺《かわらぶ》きの家はことごとく屋根が壊れ、青いビニールシートが掛けられていた。倒壊している家も、少なくない。だが、道は順調に流れていた。自衛隊や消防の車輌、物資を輸送するトラックが引っきりなしに往き来している。

運転をしながら、神山が訊いた。

「坂井というのは、どういう人間だったんだ……」

もう何度も、同じ質問をしたような気がする。彼女は怪訝《けげん》そうに、神山を見る。

「本当に真面目で、誠実な人なんです。誰もが信頼できるような……」

やはり、いつもと同じような答えが返ってきた。

「そうじゃないんだ……」神山が、少し考えた。そして続ける。「昨日、君は、坂井はもう女川にはいないといった……」

「ええ……」

「そして次に坂井が姿を現わすのは、気仙沼か、陸前高田だといった……」

「そう思います……」

「しかし、なぜなんだ。君は、坂井が最終的にどこを目指しているのかを知っているわけじゃない。それなのになぜ、北に向かうと信じているのか。その理由が、わからないんだ……」

今度は、彼女の方が考えた。自分で、自分が何を信じているのかを問い掛けるように。

そしてしばらくすると、何かに納得したように話しだした。

「坂井という人を本当によく知っていれば、誰でもそう考えると思うんです。実は私、坂井とは古くからの知り合いなんです。私の出身地は、神戸《こうべ》の長田《ながた》区でした。私が初めて彼に会ったのは、一九九五年一月の神戸なんです……」

一九九五年一月、神戸——。

あの〝阪神・淡路大震災〟があった時間と場所だ……。

彼女は、遠い過去を思い出すように淡々と話し続けた。当時、彼女はまだ高校一年生だった。だが、その年の一月一七日、早朝。平穏な暮らしを突然、マグニチュード7・3、震度7の巨大地震が襲った。この兵庫県南部地震により東灘《ひがしなだ》区、灘区、中央区、兵庫区、長田区、須磨《すま》区の神戸市市街地はほぼ壊滅。中でも長田区は地震の直後に大規模な火災が発生し、その大半を焼失した。

渡辺裕子は、長田区に父と母と弟の家族四人で暮らしていた。幸い、家族は全員無事だった。だが家は地震と火事によって焼失し、近所の中学校の避難所に避難していた。そこに、山口県からボランティアの一人として入ってきたのが、まだ弁護士になったばかりの坂井保邦だった。

「最初は、不思議な人だと思ったんです。ボランティアというのは学生さんとか、若い人が多かったですから。その中で、坂井だけが妙に大人に見えたんです。他の人は競《きそ》うように仕事をするのに、坂井だけはなぜか飄々《ひょうひょう》としているというか……。どちらかというと、ボランティアというよりも、被災者の間に入って話ばかりしていて……」

神山は静かに、渡辺裕子の話に耳を傾けていた。女川で出会って以来、彼女が本音で神山に話をするのはこれが初めてのような気がした。

坂井は、そのうちに、彼女の家族の元にも話をしにきた。話とはいっても世間話程度のものだった。彼女の父親は長田区で小さな町工場を経営していたが、それも焼けてすべてを失っていた。父親に、これから仕事をどうするのかとか、住む家はどうするのかとか、そんなことを訊いていたことを覚えているという。

「ある時、体育館の裏に行った時に、一人でぼんやりしてる坂井に会ったんです。その時、坂井が声を掛けてくれて……。それで、何となく話しはじめて……。その時、私、思い切って訊いてみたんです……」

神山は、彼女の表情を見た。なぜだかわからないが、彼女の口元にかすかな笑みが浮かんだような気がした。

彼女が続けた。

「あなたはここに、何をしにきたのかって。そう訊いたんです。とても、ボランティアには見えないって。まるで、遊びにきたみたいだって。きっと、生意気《なまいき》な小娘だと思ったでしょうね……」

「彼は……坂井は何といっていた」

神山が訊いた。

「最初は、笑ってました。そして、こんなことをいいました。本当は、ボランティアに来たわけじゃないって。でも、遊びに来たわけでもないんだって。いま、神戸で何が起きているのか、見に来たんだと……」

「見に来た？」

「そうです。見に来たって……。自分は体力がないから、いまここで他のボランティアの人たちと同じことをやっても、たいした助けにはならないって……。でも、自分は弁護士だから。いまここで起きていることを目に焼き付けておけば、将来もっと大きなことが、被災者たちのためにできるかもしれないと思ったんだって……」

彼女が、何をいいたいのか。少しずつわかってきた。

「それで、彼は何かをやったのか。被災者のために」

「ええ、たぶん……。彼があの地震の件で、何かの訴訟に係わったというようなことは聞いていません。でも、お年寄りが災害援助金を受け取る手続きだとか。家を失った人が、公営住宅に入居する手続きだとか。失った家の住宅ローン返済の銀行との交渉だとか。いろんな人が、坂井の世話になったことは確かです。うちの父親も地震で倒産した工場の借金を、彼に相談に乗ってもらってました。その後は大阪の大手の機械メーカーに、技術職の就職まで世話してもらって……」

彼女のいっていることに、嘘はないように思えた。

「それで、坂井が沿岸部の被災地を北上すると思ったわけか……」

「そうです。坂井は、自分自身が今回の地震と津波を福島県のいわき市で体験しています。彼が生きていて、どこかでニュースを見れば、宮城県や岩手県の沿岸部はもっと被害が大きかったことも知っているはずです。あの人ならば、まず最初に、自分の目で何が起きているのかを確かめようとするはずなんです。そして現場を目にして、自分が将来、弁護士として何ができるかを考えるはずなんです……」

将来、弁護士として……。

神山は、彼女がなぜそういったのか、現実から逃避しようとするかのような違和感を覚えた。

「君と坂井が、同じ久保江将生議員の事務所にいる理由は」

神山が訊いた。

「はい。実は私、二年前に離婚したんです。大学時代から東京に出てきていましたから、神戸に帰る気にもなれなくて。それで、何年か振りで坂井さんに連絡してみたら、自分がいま勤めている議員事務所に来ないかと誘われて……」

すべて、話の辻褄《つじつま》は合っている。嘘をいっているようにも思えない。だが、心の中の違和感は消えなかった。

「坂井は、誰か困っている者を見かけると、絶対に放っておけない人なんです……」

神山の心の動きを読んだように、女が小さな声でいった。

8

岩手県一関市は、二〇〇八年六月一四日に発生した『岩手・宮城内陸地震』で大きな被害を受けた地区として知られている。

この時、国道三四二号線の鬼越沢《おにこしざわ》に架かる祭時《まつるべ》大橋が崩落。二〇一〇年に新橋が完成した後も、災害遺構として保存されている。だが、今回の地震では、少なくとも周辺道路の機能は維持されていた。

昼過ぎに、市街地に入った。一関の町も三月一一日の地震当日には、電気や水道などのライフラインに大きな被害を受けたと聞いていた。だが、あれから僅か三週間足らずにもかかわらず、町としての機能はかなり復旧していた。コンビニやスーパーなど営業している店舗も多く、車も普通に走っていた。途中に一関インターチェンジの標識が出てきたが、東北自動車道の通行止めもすでに全面解除されていた。

驚いたのは、どこのガソリンスタンドも営業していて、ほとんど並ぶことなくガソリンが買えたことだ。しかも、二〇リットルまでというような数量限度もない。少なくともこれで、しばらくはガソリンの心配をしなくてすむ。

街道筋や駅の近くには、ラーメン屋やファミリーレストランも開いていた。ガソリンを入れ、コンビニで新聞を買い、手頃なレストランに入る。ランチのメニューを目にした時、自分がどこにいるのかわからなくなるような、奇妙な感覚があった。

新聞の日付を見て、改めて今日が三月三一日であることを思い出した。自分の感覚の中で、永遠に終わることがないと思っていた二〇一一年の三月が過ぎていく。明日からは、四月だ。そんな当たり前のことが、なぜか新鮮だった。

注文したランチを待つ間に、朝日新聞を開いた。

〈東電会長　廃炉認める

1～4号機「会社存続厳しい」

東京電力の勝俣恒久《かつまたつねひさ》会長（71）が30日、入院した清水正孝《しみずまさたか》社長（66）に代わって記者会見し、福島第一原子力発電所の事故について陳謝。同原発の1～4号機について「廃止せざるをえない」と言明した。（中略）会社の存続が「大変厳しい状況」にあるとの現状認識も示した――〉

神山は記事を読みながら、首を傾げた。いまさら、という感がある。一～四号機の廃炉は、原子炉に海水を注入した三月一二日の時点で明らかだったはずだ。

さらに、次のような記事が続く。

〈既存炉に未練
（前略）ただ、5、6号機や福島第二原発については「基本機能は維持している。どう対応するかは、国と地域の皆様のご意見などをうかがいながら」と述べるにとどまった。
背景には、使える可能性が残る原発を簡単には放棄できない事情がある（後略）――〉

まだそんなことをいっているのか。呆《あき》れて開いた口が塞《ふさ》がらない。

「どんな記事が載ってました？」

渡辺裕子が訊いた。

「福島第一原発の一号機から四号機までの廃炉が決まったと書いてある」

「いまさらですか……」

やはり彼女も、神山と同じことを思ったらしい。

「しかし東電は、五号機や六号機、それに福島第二の方はまだ動かすつもりでいるようなことをいっている」

「やはり、そうなんですね……」

彼女の答えが、心に引っ掛かった。〝やはり、そう〟というのは、どういう意味なのか。

普通ならば、意外に思うはずだが……。

食事が運ばれてきた。平凡な定食だが、サラダが付いていることが有り難かった。考えてみると、もう何日も新鮮な生野菜を食べていなかった。食べはじめると、前日よりも食べ物が喉を通るようになっていた。

食事をしながら、彼女に訊いた。

「もし坂井なら、どうするだろう……」

「どうする、というのは……」

女が不思議そうに神山の顔を見る。

「原発のことさ。もし東電が、まだ原発を動かそうとしていることを知ったら……」

女はしばらく、何もいわなかった。ただ黙って、食事を口に運ぶ。だが、しばらくすると、言葉を選ぶように話しはじめた。

「もし彼ならば、怒ると思います。徹底的に反対して、法律の許す範囲内で戦うと思います……」

法律の許す範囲内で……か。

だが坂井はいま、その法律を犯して逃げているのではなかったのか。

「そう思う根拠は」

女はまた、少し考える。

「彼は、いつも弱者の味方なんです。特に子供を、何としても守ろうとするから。今回の原発事故で、最大の犠牲者は子供たちだから……」

神山は、生まれたばかりの陽斗の子供、勘太郎の顔を思い浮かべた。これから、何年何十年という時間を掛けて、今回の事故で撒《ま》き散らされた放射性物質に蝕《むしば》まれていくのは子供たちだ。それでもなおかつ、金のことだけを考えて原発を動かそうとしている奴らの感覚に吐き気を覚えた。

また、飯が喉を通らなくなった。

女が食事を終え、いった。

「彼は、元々が原発反対論者なんです。故郷の山口県でも、上関原発の建設反対運動に参加していました。だから彼は、原発反対派の久保江議員の秘書になったんです」そして、付け加えた。「神山さんも、その辺りの事情は知っているのかと思ってましたけど……」

女が神山を見つめ、口元に笑みを浮かべた。

神山はまだ、自分が私立探偵として坂井を追っていることを女には話していない。だが、暗黙の了解として、お互いの目的が同じであることは察していたようだ。

神山は調査の経緯を弁護士の並木祥子に報告し、並木はそれを久保江の秘書の福田公一という男に伝えている。渡辺裕子は、その福田と連絡を取り合っている。考えてみれば、いつまでも隠しておけるわけがない。

「さて、今夜の宿を探そう」

神山がテーブルの伝票を取り、席を立った。

一関の市街地周辺には五軒のビジネスホテルがあったが、震災で被害を受けて閉まっているか、営業していたとしても部屋は満室だった。どうやらこの一関市が、南三陸町や気仙沼、陸前高田などの沿岸の被災地への救援の後方基地になっているようだった。

仕方なく、市街地を少し外れて旅館を探した。一関は平泉《ひらいずみ》の中尊寺《ちゅうそんじ》が近いこともあり、安い旅館や温泉宿が多い。運よく、かんぽの宿で部屋を取ることができた。ここも東京の警視庁の救助隊を受け入れていたが、沿岸部から避難してきた被災者も多かった。

ここには、温泉もある。風呂がこれほど有り難いものだと感じたのは、初めてだった。ゆっくりと湯に浸《つ》かると、溜まった疲れと共に、体に染み込んだあの被災地のいたたまれない異臭が抜けていくような気がした。

部屋に戻ると、渡辺裕子も風呂から上がっていた。まったくの他人同士の男女が旅館の同室で過ごすのは気まずいものだが、部屋が空いていない。このような非常時では、それも仕方がない。

ここは、携帯も問題なく通じた。東京の並木祥子に、〈――岩手県の一関市にいる――〉という報告のメールを入れた。すぐに、返信があった。

〈――神山様。

お疲れ様です。

しばらく連絡がなかったので、心配していました。ちょうど、こちらからメールをしようとしていたところでした。

実は今日、坂井の両親と娘の消息がやっとわかりました。ところが、そのことで重大な問題が起きていまして……〉

神山は、さらにメールを読んだ。だが、次の一文を読んだ瞬間に、思わず息を呑んだ。

まさか、そんなことが……。

9

もう、四月だ……。

男は唐突に、そう思った。

カレンダーを見たわけではなく、誰に教えられたわけでもなかった。ただ風向きが変わり、一瞬、春の気配を感じた。

もう、四月になる……。

だが、男――坂井保邦――の目の前には、ただ荒涼《こうりょう》とした風景が広がっていた。直視できないような風景だった。その現実を受け入れようとしても、理解するまでには時間が必要だった。

ここにはかつて、南三陸町という町があった。リアス式海岸の美しい景観を持ち、豊かな海と山の自然に囲まれた宝石のような町だった。その町で、一万八〇〇〇人近い人々が平穏に暮らしていた。

だが、三週間前の大地震と巨大な津波がすべてを破壊し、町を一変させてしまった。

この町に、何が起きたのか。この町に住む人々に、何があったのか。坂井は逃亡の旅の途中で、避難所のテレビのニュースや新聞である程度は知っていたつもりだった。だが、伝聞と、現実に目の前にある風景が同じものだとは、とても思えなかった。

坂井は、瓦礫の中を歩いた。自分の目で、何が起きたのかを確かめるために。自分が、何をすべきかを考えるために。

空は、忌々《いまいま》しいほどに晴れていた。だが春の風は大地を被《おお》う砂塵を巻き上げ、抜けるような空を褐色に染めた。乾いた大気の中に、遠くの自衛隊の重機の音がかん高く響いていた。

瓦礫の荒野の彼方に、陽光を反射して光るものがあった。最初は、それが何かわからなかった。だが坂井は、自然と導かれるようにその光に向かっていた。

光が近付くにつれて、それが建物であることがわかってきた。津波を受け、骨格だけが残った建物の廃墟だった。赤い鉄骨からは漂流物が皮膚《ひふ》のように垂《た》れ下がり、褐色の空に聳えていた。

坂井は、建物の前に立ち、見上げた。

どこかの避難所のテレビで、この建物を見たことがあった。建物の前には、花束や缶コーヒー、ビールなどが供えられていた。この場所で何が起きたのかは知らなかったが、それだけでこの廃墟が語る声や叫びが聞こえてくるような気がした。

坂井は、廃墟に祈った。言葉は何も思い浮かばなかったが、いまはそうするしかできなかった。自分がいかに無力な存在であるかを、ただ思い知らされただけだった。

その時、ふと、奇妙な錯覚が心の片隅《かたすみ》を掠《かす》めた。自分が南三陸町に来るのは、初めてだったはずだ。だが、いまのこの風景を、以前にもどこかで見たことがあるような気がした。

思い出すまでに、それほど時間は掛からなかった。

最初に見たのは、もう三〇年以上も前、坂井が中学二年生の夏だった。町立中学の修学旅行で、広島に行った時だ。あの時もいまと同じように、坂井の目の前に悲劇の目撃者としての巨大な廃墟が聳えていた。

二度目に見たのはそれから一五年後……確か自分が原爆症認定訴訟の弁護団に入る前の一九九六年頃だったか。あの時、坂井は初めて、妻の知子と知り合った。

それからも幾度《いくど》となく、坂井はその光景を見た記憶があった。広島の原爆ドームは常に超然としてそこに存在し、時空を超えて人々を見守り、何かを語り続けていた。だが坂井はいくら耳を澄《す》ましてもその言葉を聞き取ることができず、その場に立ち尽くしていただけだった。そして、ただ、祈り続けることしかできなかった。

原爆ドームといま目の前にある鉄骨の廃墟は、どこかが似ていた。形や大きさはまったく違っても、明らかな共通点があるような気がした。いずれも惨禍《さんか》の語り部としてそこに存在したとしても、人々の心を救うことはできない。

坂井は踵《きびす》を返し、現実から逃れるように歩きだした。あてがあったわけではない。ただ、その場から、一刻も早く遠ざかりたかっただけだった。

足は自然と、海の方に向かった。志津川の流れに沿って、下っていく。間もなく瓦礫に埋もれた国道を越えると、前方に陽光に煌《きら》めく志津川湾の水面が広がった。

海は三週間前の出来事が嘘であったかのように、静かだった。だが漁港の岸壁や防波堤は破壊し尽くされ、地表から瘡蓋《かさぶた》が剝《は》がれたようにコンクリートの瓦礫と化していた。遠くには三陸鉄道の海沿いの鉄橋が崩落《ほうらく》し、その橋脚だけが点々と残り仏塔のように並んでいた。その光景は、自然が長年に及ぶ人間の開発を拒絶し、自らの力で再生しようとする反旗のようにも見えた。

坂井は瓦礫のコンクリートの塊《かたまり》の上に座り、海を見つめた。小さな波が足元に打ち寄せ、空では海鳥が鳴いていた。

この三週間で、自分の人生の価値観は大きく変わった。それまで信じていたものは跡形《あとかた》もないほどに崩壊し、消えてなくなっていた。だが、その後に何が生まれるのか。新たな価値観は、まだ杳然《ようぜん》として片鱗さえも見せず、ただぽっかりと心に大きな穴が空いたままになっていた。

坂井は、海に背を向けた。内陸へと向かって、また歩きはじめた。しばらくすると道は、次第に高台へと登りはじめた。やがて周囲から、瓦礫や壊れた車などの津波の気配が消えた。

この辺りにはまだ、人々の生活が残っていた。家が建ち、草木が生え、道には車も走っていた。人も歩いている。

さらに進むと、町立の小さな小学校の前に出た。門から中を覗《のぞ》く。校庭には防災用のテントが建ち並び、自衛隊車輌やトラックが駐まっていた。その間を、何人もの人が行き来していた。避難所だった。

坂井は何げなく、門の中に入っていった。だが、余所者《よそもの》の坂井を見ても誰も気に留めない。一瞬、自分が、透明人間になったような錯覚を感じた。

避難所の中を歩く。校庭の奥にある体育館が、避難住民の居室になっていた。段ボールと青いビニールシートの壁で小さく区画が仕切られ、そこに数十人の人々が寝泊まりしていた。

館内では何台かの灯油ストーブが焚かれていたが、外とあまり変わらないほどに寒かった。老人や、子供連れの家族が多い。囲いの中で、蒲団や防寒着に包《くる》まって横になっていた。眠っているか、たとえ目を開けていても、不安そうに虚空《こくう》を見つめていた。

坂井は、幾度となくこのような光景を目にしていた。かつては一九九五年一月の神戸で。また今回の震災後にも、この三週間に何度も同じような人々に出会っていた。

その度に、同じような疑問が頭に浮かぶ。なぜ日本は世界第三位の経済大国でありながら、このような不安に怯える人々に手を差し伸べることができないのだろう。弁護士という仕事をしている坂井にも、理解できなかった。

坂井は、体育館の外に出た。元の門へと向かう。だが、校舎の入口まで来た時に、その掲示板の前で足を止めた。

様々なメモや写真が貼り付けてあった。

〈――父さん、母さん、私は平成の森の避難所にいます。無事なので心配しないで。〇〇〇〇――〉

〈――〇〇君、〇〇君、無事ですか。私は家に戻っています。〇〇〇〇――〉

〈――お姉ちゃんは、無事でした。私もだいじょうぶ。これを見たら連絡ください。〇〇〇〇――〉

人々の、懸命な思いと願いが綴《つづ》られていた。震災から三週間が経っても、家族や友人の消息さえもわからない人々がいる。それが、いまの東北の現実だった。

坂井は、次の写真に目を留めた。

まさか……。

そこに、スーツ姿の坂井本人の写真が貼ってあった。

〈――尋ね人。

坂井保邦、もしくは吉井と名告《なの》っている可能性もあり。

年齢・四十代半ば。身長・一七五センチくらい。体重・六五キロくらい。スーツを着ている可能性もあり。見かけた方は、下記まで連絡下さい。

０８０―４６３２―〇〇〇〇

神山健介――〉

神山健介――。

坂井はその名前を、よく知っていた。以前、勤めていた東京の『マークリー法律事務所』で、調査員として使っていた男だ。特に保釈中の人間が失踪した場合には、地の果てまで追い詰めると聞いたことがあった。

そうか……あの男が自分を追っているのか……。

しかも神山は、〝吉井〟と名告っていたことまで知っている。噂《うわさ》どおりの嗅覚《きゆうかく》で、ひたひたと自分を追ってきている。逃げられないような気がした。

この写真とメモを残したのは、三日前か。二日前か。もしくは、今日か。いまにも神山が自分の背後に立っているように思えてきて、思わず振り返った。

この避難所の人間らしき男が一人、坂井を怪訝そうに見つめていた。一瞬、目が合い、お互いに視線を逸らした。

気付かれたかもしれない。坂井は掲示板から自分の写真とメモを剝ぎ取り、それをジャンパーのポケットに捩《ね》じ込んだ。

足早に門に向かい、避難所を出た。

坂井はこの時、改めて、自分が逃亡者であることを意識した。

10

同じ頃、神山健介は宮城県気仙沼市に入っていた。

現実のものとは思えないような、凄絶《せいぜつ》な風景だった。漁港から背後の山際に続く市街地のすべてが津波によって破壊され、瓦礫と残骸《ざんがい》に化していた。その茫漠とした荒野に、排水量一〇〇トン以上の巨大な漁船や貨物船が点々と打ち上げられていた。

その数は、視界の中にあるだけでも十数隻《せき》。家や建物の瓦礫に乗りかかるようにして傾き、躯を晒《さら》していた。

いま、神山の目の前に聳える巻き網漁船は、ひと際大きかった。大きさは、おそらく三〇〇トン以上はあるだろう。青く塗られた船体には、『第十八共徳丸《きょうとくまる》』と書かれていた。

漁船は、国道沿いの瓦礫の中に巨大建築物のように横たわっていた。海からは、五〇〇メートルは離れている。これだけ巨大な船を、津波がここまで内陸に押し上げたのだ。

気仙沼市は、水産業の町だ。人口は、約六万八〇〇〇人。市の中心に近い気仙沼漁港には大型のサンマ漁船やカツオ漁船が集まり、世界三大漁場のひとつである〝三陸沖〟の沖合漁業や、遠洋漁業の基地として栄えていた。だが三月一一日の震災の津波、地盤沈下、また沿岸部の石油コンビナートの大火災により市街地が火の海になり、壊滅的な被害を受けていた。

市街地にはまだ、石油が燃えた悪臭が漂っていた。わずか三週間前に津波に襲われ、大火に焼かれた無数の車の残骸は、すでに赤く錆《さ》びて朽《く》ち果てようとしていた。建造物は崩壊し、すべては灰燼《かいじん》に帰している。

それはもはや、ひとつの天災の痕跡の域を超えていた。この風景の中を人々は、どのようにして生きてきたのか。おそらく、自分が生きていることとさえ奇跡だと思えたことだろう。

神山は、車の運転席に戻った。エンジンを掛け、また瓦礫の中をゆっくりと走りはじめる。だが、為《な》す術《すべ》は何もない。

「どうでしょうか……」

助手席で女――渡辺裕子――がいった。

「どうでしょうか、とは」

神山が、訊き返す。

「坂井のことです……。彼は、ここに来るのかしら……」

「わからないね。坂井が気仙沼に現われるといったのは、君だ」

神山は、自分の口調に、いつになく苛立《いらだ》ちを覚えた。

車をゆっくりと進めながら、周囲を見渡す。どこまでいっても、瓦礫と漂流物だけの殺《さつ》伐《ばっ》とした風景が続く。

沿岸部の被災地に入ると、いつも同じ思いが頭を掠める。この風景の中に、坂井がいるわけがない。いたとしても、捜せるわけがない。自分がやっていることは、徒労にすぎないのではないか――。

「これから、どうしましょうか……」

女が、訊いた。

「別に、あてはないな。この辺りを少し回ってみて、収穫《しゅうかく》がなければまた市内の避難所を当たってみよう……」

神山がそういって、溜息をついた。

だが、もう夕刻だ。その前に、今夜の泊まる場所を探さなくてはならない。避難所を回るとしても、どっちみち明日になる。

それに、もし避難所に行ったとしても、坂井の足跡が見つかるとは思えなかった。

これまでにも、各地で数えきれないほどの避難所を回ってきた。坂井の消息を確かめるだけでなく、すべての掲示板に奴の写真と尋ね人のメモを残してきた。だが、坂井を見たという情報はほとんどなかった。

これまでに坂井の消息らしきものがあったのは、福島県の田村市、相馬郡新地町と宮城県の七ヶ浜町、あとは女川の避難所だけだ。だがこの内の二カ所は、福島第一原発と女川原発が関連していた。それ以外の避難所に、坂井が立ち寄った形跡はない。

神山は、思う。もしかしたら自分は、的外れな追い方をしているのではないか。坂井はまったく別な目的を持ち、想定外の行動を取っているのではないか――。

神山は、前日の並木祥子からのメールを思い出していた。

〈――実は今日、坂井の両親と娘の消息がやっとわかりました。ところが、そのことで重大な問題が起きていまして……。

神山さんがいったとおり坂井の奥様が治療を受けていた広島の広島市民病院を調べてみたところ、その小児科病棟の入院患者のリストに娘の亜美華ちゃんの名前がありました。坂井の両親も付添いのために、一月の中旬頃から市内の旅館に投宿していました。

しかし亜美華ちゃんは三月八日の時点で小児リンパ性白血病の合併症で脳内出血を起こし、植物状態に至っていました。その後はＩＣＵで生命維持装置を付けて治療を受けていましたが、昨日、三月三〇日に亡くなったとのことです。おそらく坂井は、まだそのことを知らずに逃亡しているのだと思います――〉

坂井が事件を起こし、久保江議員の事務所から六〇〇〇万円もの大金を持って失踪したのは三月一〇日だった。その二日前に、娘が脳内出血により植物状態に陥《おちい》っていた。坂井の犯行は、娘の病状の悪化が引き金になったのであろうことは十分に考えられることだ。

娘は、もう助からない。その絶望感が、坂井を犯行に疾《はし》らせたのかもしれない。

神山はその時、ひとつの最悪の可能性を頭に想い描いた。

坂井は、逃亡の末に、本当に自ら死を選ぶのではないか……。

だが、坂井は、まだ自分の娘の死を知らない可能性がある。奴を、捕えられるかどうかは二の次だ。もしまだ奴が生きているなら、一刻も早く娘の死を知らせてやらなくてはならない。

神山は、助手席を見た。女は、昨夜から目を赤く腫《は》らしていた。女に坂井の娘の死のことを教えたのは、神山だった。以来、女は、塞ぐように泣き続けている。

神山は、車を高台に向けた。とにかく、今夜の寝る場所を探さなくてはならない。いまの気仙沼で営業しているホテルなどがあるわけがない。携帯も通じない。高台にある公園でも見つけ、キャンプするしか方法が思い浮かばなかった。

車のナビを見ながら、市内の大峠《おおとうげ》山へと登った。この鹿折《ししおり》地区には〝鹿折みどりのふれあい広場〟という公園がある。

だが、行ってはみたが、ここで一夜を過ごすわけにはいかなかった。近くには斎場があり、隣接する墓地で一週間ほど前から犠牲者の土葬がはじまっていた。地元の人間ではない神山たちが、近寄るべき場所ではなかった。

被災地を回っていると、いつもそうだ。余所から流れてきた自分の、居場所が見つからない。自分がこの空間に存在しているという事実にさえ、罪悪感を覚える。

おそらく、坂井も同じだろう。まして奴は、犯罪者だ。被災地を放浪しながら、片時も安息は得られないはずだ。この生きていくことさえ厳しい環境の中で、車もなく、どうやって過ごしているのか……。

神山は、公園を後にした。すでに、日は暮れていた。津波に襲われた市街地まで下り、唐桑《からくわ》半島に向かう道を登っていった。特にあてがあるわけではなかった。

道は内陸を走っているために、震災の被害はそれほど大きくはなかった。闇の中に時折建物の影が浮き上がり、小学校や中学校らしき避難所もあった。

しばらくすると、左側に小さなチェーン装着場があった。車は、一台も駐まっていない。いまは、無人の方がありがたかった。神山は一度その前を通り過ぎ、戻ってきて、車を駐めた。

「今夜は、ここにしよう」

「はい……」

車を降りると、カイが森の中に走っていった。戻ってきたところで餌《えさ》と水をやり、テントを設営した。神山がテントで寝て、女は車の荷台を使う。それが女と出会ってから、暗黙のルールになっていた。車とテントの間にテーブルを出し、ＬＥＤのランタンを灯す。

「食事を作りますけど、何にしますか」

女が訊いた。

「何でもいい……」

どうせあまり、食欲はない。

近くに、穴の空いた錆びた一斗缶が置いてあった。中には燃え残った薪が入っていた。

今日はよく晴れていたせいか、薪は乾いていた。

神山は周囲から廃材を集め、薪をたして火をつけた。ランタンの火以上に、周囲が明るくなったような錯覚があった。火は体だけでなく、凍えた心も温めてくれる。

夕食はレトルトの牛丼と、ジャガイモの味噌汁だった。上等な食事だ。不満はない。

黙って飯を食い、火の前でウイスキーを飲んだ。飲みながら、焚き火に廃材の薪を焼べる。炎の中に、様々な顔が浮かんでは消えていく。

いま頃、坂井はどこで何をしているのだろう……。

ふと、そんなことを思った。

11

「少し話しませんか……」

先にそういい出したのは、渡辺裕子の方だった。

彼女は食事の片付けを終え、自分のコッヘルにウイスキーを注いで火の前に座った。

「話すって、何をだ」

神山が、ウイスキーをすすりながら訊いた。一関市のスーパーで手に入れたブラックニッカだった。高級品ではないが、外気でよく冷え、滑るように喉を落ちていった。

「これからのこと……いえ、その前に私たちのことをです。私はまだあなたに話していないことがあるし、あなたの目的も何となくわかってきたし……」

「おれの目的?」

「そうです……」女が、ウイスキーを口に含む。「あなたは私立探偵か何かなんでしょう。そして、坂井を追っている……」

神山は、焚き火に薪をたした。

「そうだ。おれは、私立探偵だ。しかし、職業上の守秘義務がある。すべてを話すわけにはいかない」

「わかってます……」女が、頷く。「でも昨夜、亜美華ちゃんが亡くなったことを私に話してくれたわ……」

「そうだったな……」

「なぜ、話したんですか。それだって、守秘義務の中のひとつなんじゃないですか」

女が、訊いた。

「君の反応を、見てみたかった。坂井と君の、本当の関係を知るためだ」

神山が、炎を見つめたまま答えた。

「それで……何かわかりましたか。私と坂井との関係について……」

「ある程度はな。聞きたいか」

彼女は、坂井と明らかに男と女の関係だ。しかもかなり深い関係だろう。昨夜の、坂井の娘が死んだと聞いた時の彼女の反応を見れば明らかだ。おそらく、娘とも何度か会っているに違いない。

「別に、聞きたくありません……」

女が小さな声でいって、両手で温めるようにしてウイスキーを口に含んだ。

「今度は、おれの方が訊きたい」

神山がいった。

「何でしょう……」

「坂井が持ち逃げした〝大金〟というのは、どのくらいの額なんだ」

女は、少し考えた。だが、特に隠そうとする様子もなく答えた。

「六〇〇〇万円くらいだと思います」

神山が、頷く。並木祥子から聞いているのと、同じ金額だ。嘘はついていない。

「前に、坂井が金を持ち逃げしたのには理由があるといったな。その、理由とは？」

また、女が少し考える。

「実は、私はよく知らないんです……」

「知らないのか」

「ええ……。ただ、坂井が失踪する何日か前に、確かこんなことをいっていた覚えがあります。この〝金〟は、無い方がいいって。こんなものがあるから、間違ったことが起きるんだって……」

金があるから、間違ったことが起きる——。

いったい、どういう意味だ？

「だから、金を持ち逃げしたというのか」

女が、頷く。

「だと思います……」

「それならなぜ、坂井は人を殺したんだ」

神山がいった。その時、彼女の表情に明らかな変化があった。首を傾げ、怪訝そうに神山を見た。

「人を殺した……。いったい、何のことですか?」

意外だった。

「坂井は、久保江議員の秘書の一人の小野寺正太郎という男を殺したと聞いている。違うのか」

女が、驚いたように目を見開いた。

「どういうことですか。私、そんなこと知りません……」

どうやら、嘘をついているようではなかった。彼女は、久保江議員の東京の事務所に勤めている。山口県の〝地元秘書〟に小野寺という男がいることは知っているし、東京に出てきた時に何度か顔を見たことはある。だが、その男が死んだとはまったく聞いていないという。

奇妙だ……。

確かに並木祥子は、最初に神山にいっていた。今回の事件は久保江議員のスキャンダルになることを恐れ、消えた六〇〇〇万円の金のことも含めて対外的には秘密にされている。だが、同じ事務所の事務員にまで小野寺の死を隠していたことは、意外だった。

不意に、疑問が浮かんだ。

事務所の秘密をすべて打ち明けられていない渡辺裕子のような事務員に、なぜ坂井を追わせたのか――。

「君は町に出ると、時々誰かと連絡を取っているな。相手は、誰なんだ」

神山が、訊いた。女が一瞬、戸惑ったような表情を見せた。

「東京の、事務所の人です……。こちらでのことを、定期的に報告しています……」

「久保江議員か？」

「違います。秘書の方です……」

「その男に、おれのことも報告しているわけか。それでおれが、坂井を追っていることも聞いたんだな」

女が手の中のマグカップに視線を落とし、無言で頷いた。

「その男に、坂井を追えと命令されたのか」

「……命令されたわけではありません……。私の方から〝行きたい〟といって……許可をもらっただけです……」

同じことだ。それならば、確かめておかなければならないことがある。

「君とおれが出会ったのは、〝偶然〟だったのか」

「どういう意味でしょう」

女が、神山を見た。

「最初に君を見掛けたのは、確か三月二五日、七ヶ浜町の花淵灯台の多聞山の公園だった」

「はい……」

「二度目は、その日の夜だった。石巻の日和山公園だった。そして三度目は、さらにその二日後……」

「すみません……」女がいった。「偶然とはいえないかもしれません。坂井を私立探偵が追っていることは、聞いて知っていました。その探偵を見つけて追っていけば、坂井に出会えるとも思っていました。神山さんに初めて会った時、きっとこの人がそうだと思って……」

「女川での事故は」

「あれは、偶然です。神山さんが女川原発に行くと聞いて、先回りしようと山道に入っていって……」

神山は、焚き火に薪を焼べた。

彼女のいっていることは、すべて辻褄が合っている。そういえば事故の前日に、並木祥子に〈――明日は女川原発に向かう予定――〉とメールを入れた覚えもある。やはり、神山と並木祥子とのやり取りは、すべて筒抜けだったということか。

だが、なぜこの女を操って坂井を追わせ、神山を監視させるのか。考えられるとすれば、理由はひとつだけだ。

神山の今回の報酬は、坂井が持ち逃げした六〇〇〇万円の二〇パーセント。つまり、一二〇〇万円。その金を払うのが、惜《お》しくなったのか。もしくは、六〇〇〇万円全額を神山に奪われるとでも思っているのか。いずれにしても、〝金〟だ。

「君が連絡を取り合っている東京の男の名前は？」

神山が訊いた。

「それは……」

女は、困惑している。だが、予想どおりの反応だった。おそらく、口止めされているのだろう。

「君を〝操って〟いる男の名前を教えてくれ」

もう一度、いった。〝操って〟……という言葉を聞いて、女が驚いたように神山の顔を見た。

「私、操られてなんか……」

どうやら本気でそう思っているようだ。

「いや、君は操られている。坂井と君との仲を利用して、おれの動きを見張らせてるんだ。そうじゃなかったら、もし君が望んだことだとしても、いまの被災地に一人で行かすわけがないだろう」

女は、しばらく考えていた。黙って、炎を見つめている。だが、やがて自分を納得させるように静かに頷き、溜息を洩《も》らした。

「神山さんのいうとおりかもしれません……」

何か、思い当たることがあるようだった。

「その男は、福田公一だな」

神山がいった。

「でも、なぜ……」

少なくとも彼女は、否定しなかった。

考えるまでもない。黒幕は、久保江議員の第一政策秘書の福田公一という男だ。今回の坂井の件では、福田がすべてを取り仕切っている。並木祥子への調査依頼の窓口になっていることからも、それは明白だ。その調査結果がこの渡辺裕子に筒抜けになっているとすれば、他の誰かが介在している可能性を疑うだけ無駄だ。

「これからも、福田に報告するつもりなのか」

「わかりません……」

彼女は、迷っている。

「もし報告し続けるなら、ここから先は君と行動できない。おれの仕事がやりにくくなる」

「当然ですよね……。わかります……」

一斗缶の中で、薪が爆ぜた。

「二つに、ひとつだ。もし君の目的が本当に坂井を救うことならば、おれに付いてくればいい。しかしもし福田の手先になって金を取り戻すことが目的ならば、別々に行動すべきだ」

「そうですね……」

「考えてみてくれ。おれはもう寝るよ」

神山はコッヘルのウイスキーを飲み干し、椅子《いす》を立った。

12

寝袋に入っても、なかなか眠れなかった。

体は疲れていたし、確かに眠いはずなのだが、頭の芯で燠火《おきび》のようなものが燻《くすぶ》っていた。

その火が、いつまでも消えてくれない。

いろいろなことを考えた。特に、福田公一という男のことだ。

奴の目的のひとつは、〝金〟だ。だが、それだけではないだろう。もし坂井が持ち逃げした六〇〇〇万という金の全額を取り戻したとしても、それは本来、久保江議員の政治資金だ。自分の物になるわけではない。

奴の本来の目的はどこにあるのか。まさか、久保江に対する忠誠心で動いているとも思えない。何か他に、狙いがあるような気がしてならない。

福田公一とは、どのような男なのか……。

神山はiPhoneのスイッチを入れ、数日前に並木祥子から受け取ったメールを探した。あった。これだ。

福田公一は東大法学部の出身で、元通産省の役人。一〇年ほど前から保守系の議員の秘書をやっていたが、その議員が落選。二〇〇九年八月に、初当選した久保江議員の秘書になった。現在、久保江の第一政策秘書を務めている……。

このメールを受け取った時に最初に違和感を覚えたのは、福田が元通産省の役人だという経歴だった。久保江議員は、上関原発の建設反対派だ。それに対して通産省——現経産省——は、原発建設を推進する立場にある。いくら〝元〟とはいえ、まったく立場は逆だ。

この最初に直感的に頭に思い浮かんだ疑問が、神山の中で次第に気になりはじめていた。もちろん福田という男が原発反対派で、それが原因で通産省を辞めた可能性はある。だが、だとしたら、その後に保守派の議員の秘書に転職したことが説明できない。保守派の議員に、原発否定論者はほとんど存在しない。

神山は、もうひとつの可能性を考えてみた。久保江議員は、原発推進派だ。お互いにそれを承知の上で、組んだとしたら……。

何かが見えてきそうな気がした。六〇〇〇万円という大金は、何の金だったのか。坂井はなぜ、人を殺してまでその金を持ち逃げしたのか。娘の病状の悪化が、ひとつの切っ掛けだったとしたら。おそらく、すべてのことが、一本の線上に必然性をもって繋がっているのだろう。

渡辺裕子は、嘘をついていない。これ以上は、何も知らない。あとは、並木祥子から情報を得るしか方法はない。

だが、ここからではメールも通じない……。

いつの間にか、眠っていた。まだ夜が明け切らないうちに、カイに起こされて目が覚めた。固いアスファルトの上でキャンプ用のマットだけで寝たので、体が痛かった。

テントを出ると、吐く息が白かった。東の空が、朝焼けで赤く染まりはじめていた。あまり眠れていないはずなのだが、久し振りに気分が良い朝だった。

テーブルの上には、ランタンが灯っていた。その僅かな光の中でもう渡辺裕子がバーナーに火を入れて、朝食を作っていた。

「おはようございます。コーヒー、入ってますよ」

神山がテーブルの椅子に座ると、彼女がその前にコーヒーを注いだマグカップを置いた。

「早いな。眠れなかったのか」

熱いコーヒーをすすりながら、神山が訊いた。

「ええ……。あれからいろいろと考えちゃって……」

カイはもう餌をもらったのか、満足そうにあくびをしている。

朝食はフライドエッグにソーセージ、それにバーナーで焙《あぶ》ったトーストだった。トーストは前々日に一関で手に入れたパンの残りだったが、十分すぎるほどの食事だった。そして何よりも、熱いコーヒーがある。

食事をしながら、神山が訊いた。

「それで、決心はついたのか」

彼女が、頷く。

「はい……決めました……」

「それで?」

「これを……」

彼女がそういって、自分の携帯を神山の前に置いた。

「なぜ?」

神山が訊いた。

「神山さんに、預けておきます。だから、連れて行ってください……」

「そこまでしなくていい」

「いえ、いいんです。私が持ってると、どうしても福田に連絡を取ってしまうし。福田からメールが来たら、返信しないわけにいかないし……。それに私、最近は携帯が通じないことが多いから、なんだかその方が人間として自然に思えてきて……」

確かに、彼女のいうとおりだ。神山も、同じだった。最初は携帯が通じないことに不安を覚えたが、慣れてしまえばそれが当たり前になってくる。誰だって昔は、携帯を持たずに生活していたのだ。

「わかった。預かっておく。必要な時にはいつでもいってくれ」

「ありがとう……」

彼女の顔に、笑みが浮かんだ。

彼女と出会ってから、もう一週間近くになる。以来、毎日を二人だけで過ごしてきた。だが、不思議なことに、彼女の笑顔を見るのはこれが初めてだったような気がした。

キャンプを撤収《てっしゅう》し、早目に出発した。今日の予定は、もう決まっていた。まず、気仙沼周辺の避難所をすべて回った。渡辺裕子と二人で坂井の写真を手にできるだけ多くの人々に聞き込みを行ない、情報を集める。掲示板のようなものがあれば、そこに坂井の写

る。真とデータ、神山の携帯の連絡先を残していく。この情況では、できることは限られてい

だが、結果は予想どおりだった。坂井のことは、誰も知らない。坂井らしき男を、見た者もいない。少なくとも奴がこの町に立ち寄った形跡は、皆無《かいむ》だった。

夕刻に、リストアップした最後の避難所を回り終え、車に戻った。シートに座って二人で息をついた時、彼女がいった。

「これから、どうしましょうか……」

これまでにも何度か、同じような言葉を聞いたことがあった。だがその口調は、それまでと違って穏やかだった。彼女の、神山の意志を尊重しようとする思いが込められているような気がした。

「少し、やり方を変えようと思う」

ステアリングの上で指を組み、神山がいった。

「と、いうと……」

「奴は、確かに北に向かっているのかもしれない。しかし、何かの目的があるはずなんだ。ただ無意味に、被災地を回っているだけじゃないような気がする」

最初、坂井はなぜか各地の灯台を目指していたように思えた。その次は、福島第一や女川の原発だ。だがいまは、まったく足取りが摑《つか》めなくなっている。

違う。神山の考え方が、どこかで間違っているのだ。

確かに坂井は、東京から失踪した時点では明確な目的意識を持っていなかっただろう。ただ金を持って逃げただけで、行き先はどこでもよかった。

だが三月一一日に逃亡先の豊間で津波に遭遇し、坂井の中で何かが変わった。最初は彼方に見える塩屋崎の灯台に向かい、その後も北上を続けた。そのうちに、被災地の惨状を見ることによって、少しずつ目的意識が見えはじめてきているのではないか――。

神山は、思う。迷いを、捨てるべきだ。発想の起点に、立ち返るべきだ。

鍵《かぎ》は、やはり〝原発〟と〝原爆〟だ。坂井が係わった広島の原爆症認定訴訟。山口県の上関原発への建設反対運動。妻と娘の白血病による相次《あいつ》ぐ死。そして金を持っての逃避行の中でも、福島第一原発から女川原発までは坂井の足跡を確実に追えていた。おそらく坂井が今回の事件を起こした理由も、そしてこれからの行動も、すべてはいずれかのキーワードに結びつくはずだ。

「何を考えてるんですか」

渡辺裕子が、訊いた。

「とにかく一度、大きな町に戻ろう。東京に、連絡しなければならないことがある」

「はい」

もうひとつ、やらなくてはならないことがある。福田公一という男だ。ただあの男のいいなりになり、漫然と坂井を追っているだけでは何も解決しない。ならば、福田公一という男を舞台の中央に誘《おび》き出してやる。その方が、神山の好みに合ったやり方だ。

「行こうか」

神山が、車のエンジンを掛けた。

第四章　最果て

1

男は、晴れた空を見上げた。

青空に、白い雲がぽっかりと浮かんでいた。

ここのところ、もう何日も好天が続いていた。この荒涼とした風景の中にあって、場違いなほど明るい空と陽光だけがあまりにも皮肉だった。

男——坂井保邦——は、南三陸町から内陸の一関市に向かうトラックの荷台で揺られていた。

自分が、どこに行くのか。何をしようとしているのか。はっきりとした目的があるわけではなかった。

ただわかっているのは、自分の背後に追手が迫っているということ。その追手から、少しでも遠ざからなければならないということ。捕まる前に、どうしても見ておきたい場所があるということ。それだけだった。

だが、いまは、数千万円という大金が入ったリュックサックを枕にしてトラックの荷台に寝ころび、晴れた空を見上げているしか何もできなかった。

坂井は、新聞を手にしていた。久し振りの新聞だった。日付は、前日の四月二日。トラックを運転している花原《はなばら》という男にもらった朝日新聞の朝刊だった。
荷台で揺られながら、新聞を開く。

〈汚染水　外に拡大
福島第一原発　海への経路不明
福島第一原発の敷地では、壊れた核燃料から出た放射性物質によるとみられる汚染水が相次いで見つかっている。次第に外に広がっているようだ。付近の海でも高濃度の汚染が確認されているが、まだ経路ははっきりしていない――〉

〈自衛隊と米軍　空と海から捜索
初日は28遺体を収容
自衛隊が1日、米軍などと連携し、東日本大震災発生以降、最大規模の部隊を投入して行方不明者の捜索に乗り出した。この日午後6時半までに28人の遺体を発見、収容した
――〉

〈被災者数（1日現在）
死亡　　11734人

安否不明　1 8 1 5 2人──〉

文字や数字の羅列《られつ》を眺めていても、内容がなかなか頭に入ってこなかった。まるで心の中の別の自分が、現実を理解することを拒《こば》んでいるようでもあった。坂井はしばらく紙面を見ていたが、溜息《ためいき》をつき、新聞を閉じた。

頭の後ろで両手を組み、また晴れた空を見上げた。午後の斜光の中に、白い雲がいくつも流れていく。そのひとつが、ふいに、幼い少女の顔に見えた。

亜美華……。

いま頃、どうしているのだろう。

いや、どうもしていやしない。亜美華は……娘は……三月八日に小児リンパ性白血病の合併症で脳内出血を起こして脳死に至った時に、すでに死んだのだ。生命維持装置で機械的に心臓と呼吸器を動かされている亜美華は、生きているとはいえない……。

坂井は、娘の顔に似た白い雲を見つめた。風で流されながら雲の形が少しずつ変わり、なぜか笑っているように見えた。

坂井は、陽光の目映《まばゆ》さに目を閉じた。

目尻から、ひと筋の涙が流れ落ちた。

2

神山健介は、鏡の前に立った。

一瞬、そこにいる人間が誰だかわからなかった。

すでに二週間以上も剃《そ》っていない髭《ひげ》が、顔を被《おお》っている。髪も伸びていた。日に焼けた、頰の瘦《こ》けた顔の中で、双眸《そうぼう》だけが異様に光っていた。

その顔と、濡れた髪を、神山は白いバスタオルで拭《ぬぐ》った。二日振りに風呂に入り、シャワーを浴びても、体に染み込んだ臭いは完全に消えてくれない。それよりも、自分自身の中から少しずつ、何かを奪い取られていくような気がした。

神山は、一関市に戻ってきていた。三日前と同じように、かんぽの宿で風呂に入った。だが、部屋は空いていなかった。

一関市は沿岸の被災地から、三〇キロ弱。気仙沼市や陸前高田市の救援活動の後方支援の基地になっていることもあり、営業している飲食店や宿泊施設も多かった。だが、この日は、どこも部屋はいっぱいだった。

風呂から上がると、ロビーで渡辺裕子が待っていた。神山を見つけ、ソファーから立った。

「早かったんだな。もっと、ゆっくり入ってればよかったのに」

「いえ……。私は元々、それほど長湯はしないので……」

彼女が神山に気を遣っていることはわかっていた。

「行こうか。今夜の宿を探さなくちゃならないしな」

広い敷地の駐車場は、警察や自衛隊の車輌で埋まっていた。カイを待たしている車に乗り込む。山を下っていくと、西の空が、夕焼けに染まりはじめていた。

市街地に戻り、ラーメン屋に入って早目の夕食を摂《と》った。久し振りに、腹が減っていた。少し多目の定食を注文し、食べる気力はあったのだが、油の臭いですぐに料理が喉を通らなくなった。途中で箸《はし》を止め、溜息をつく。

「だいじょうぶですか」

渡辺裕子が心配そうに訊《き》いた。

「何でもない。最近あまり食べてないから、胃が小さくなってるんだろう……」

気を取りなおして、また食べはじめた。

その時、坂井保邦はラーメン屋の駐車場にいた。

トラックが止まり、運転手と助手の二人に食事をしようと誘われた。荷台から下りようと思った時、店の窓際の席に座っている男女の顔が目に入った。二人共、知っている顔だった。

神山健介……。

もう一人は、渡辺裕子……。

「どうしたんだい。飯を食うべよ」

運転手の花原という男がいった。

「いや、やはり止めておきます。あまり食欲がないので……」

坂井は、さりげなくジャンパーの襟を立てて顔を隠した。店内は明るいが、外は暗い。外から店内の様子はよくわかるが、二人からは坂井の姿はよく見えないはずだ。

「何か食わねば、体が持たねえべ。まあ、いいか。寒いから、車の中に入って待ってれや」

花原がトラックの鍵を坂井に渡し、店に入っていった。

坂井は荷台から下り、身を隠しながら助手席に乗った。後ろの窓から、店内の様子を探る。二人は坂井がすぐ近くにいることにも気付かずに、食事をしている。

それにしてもなぜ、神山と裕子が二人でここにいるのか……。

坂井は、あらゆる可能性を考えてみた。

神山健介が自分を追っていることは、南三陸町の避難所の貼り紙を見た時からわかっていた。神山は『マークリー法律事務所』の並木祥子がよく使っていた私立探偵だった。その並木は、坂井が勤めていた久保江将生衆議院議員事務所の法律顧問でもある。そう考えれば神山が、並木弁護士を通じて久保江の事務所から送り込まれた追手であることは明らかだった。

問題は、なぜその神山と裕子が行動を共にしているのか……。

坂井はあの津波で、車も携帯も無くした。三月一〇日に東京を出て以来、彼女には……他の誰にも……一度も連絡を入れていない。もし自分の車が福島県いわき市の平豊間で発見されたとしても、ここにいることは誰も知らないはずだ……。

その彼女が、神山という私立探偵と一緒にいる。なぜだ。彼女もまた、事務所の命令で自分を追っているのか。神山に、協力しているのか。彼女は、裕子だけは自分の味方だと信じていたのだが……。

頭が、混乱していた。考えが、まとまらない。自分は、誰を信じるべきなのか。これから、どうするべきなのか……。

しばらくすると、神山と裕子の二人が席を立った。店を出て、少し離れた所に駐《と》めてある車に向かった。坂井は自分も飛び出していって、彼女に声を掛けたい衝動に駆《か》られた。だが、その気持ちを懸命に抑えた。

二人が、シルバーのスバル・フォレスターに乗り込む。エンジンが掛かり、ライトが点灯する。坂井の乗っているトラックのすぐ近くを通り、国道の流れの中に走り去った。

いったい、どういうことだ……。

もし裕子に連絡ができれば、事情を確認できるのだが。だが、携帯を無くしてしまったいまとなっては、彼女の電話番号もメールアドレスもわからない。彼女に連絡を取る方法がない。

運転手の花原と助手の若い男が、食事を終えてトラックに戻ってきた。

「旨がったなや。あんだも食えばよがったによ」

坂井がドアに隠れるように、助手席から降りた。

「これから、どうするんですか」

「おらだちは救援物資を取りに市役所の倉庫の方に戻るけんど。明日は気仙沼に向かわねばなんねえしよ。あんだは、どうする」

気仙沼か……。

坂井は、考えた。気仙沼ならば、明日も物資輸送の手伝いをしながら便乗させてもらってもいい。だが、これから気仙沼、陸前高田と被災地を北上していけば、どこかで神山に待ち伏せされるような気がした。

「この辺りに、東北自動車道のインターか長距離トラックの集まる食堂のようなものはないでしょうか」

「ああ、一関インターがあるべし。どうしてだい」

「北に向かうトラックを拾いたいんです。そこまで、乗せていってもらえないでしょうか」

「ああ、かまわねぇ。市役所から近いからよ。それじゃ、また荷台に乗りな」

運転手が、エンジンを掛けた。坂井はリュックを放り上げ、荷台に乗った。

3

平泉の駅前で見つけた旅館に、運良く部屋を取ることができた。

老夫婦がやっている古い小さな宿で、風呂も壊れていたし食事の用意もできなかった。

だが、屋根の下で寒い思いをせずに、蒲団で寝られるだけで十分だった。

部屋に入り、神山はまず東京の並木祥子にメールを送った。

〈――並木様。
南三陸町では収穫なし。坂井の行方は依然として不明。今夜は一関市まで戻り、平泉にて待機。前回報告した渡辺裕子は、やはり久保江議員の秘書の福田公一の指示で動いていたことが判明。つきましては以下の件に関して、情報を求む。
1、福田公一について。福田が通産省を辞めた理由と、最初に秘書についた保守系議員の名前と選挙区。また、その議員と原発の関係、特に賛成派か反対派かに関して。
2、坂井が殺したとされる小野寺正太郎という男について。対外的に発表されている死因と、本当に坂井がその男を殺したのかどうか。もし坂井が殺したのだとしたら、誰から聞いたのか。
3、坂井が持ち逃げしたとされる、六〇〇〇万円という政治資金の出所について。
以上、可能なものに関してだけでも至急。またこの件は、くれぐれも福田には内密に。

よろしくお願いします。

神山――〉

「何のメールを送ったんですか」

座卓の正面で、渡辺裕子が見つめていた。

「坂井の件を請け負っている弁護士事務所への連絡だ。福田の件を、もう少し調べてもらおうと思っている」

「神山さんは、福田のことを疑っているみたいですね……」

〝疑う〟というのは、奇妙ない い方だと思った。渡辺裕子には、まだそれほど深くは話していなかったはずだが。

並木祥子から、すぐに返信があった。

〈――神山様。

お疲れ様。今日は平泉にいるのですね。少し安心しました。渡辺裕子という人が福田公一の指示で動いていたということ、私は何も聞かされていなかったので驚いています。

さて、ご質問の件、できる限り早急に調べてみます。ただし福田が通産省を辞めた理由と政治資金の出所に関しては、難しいかもしれません。もちろん、福田には内密に行ないますのでご安心ください。

一点だけ、質問があります。小野寺正太郎について「本当に坂井が殺したのかどうか」とはどういう意味なのでしょう。

並木祥子――〉

神山は、すぐに返信した。

〈――並木様。
小野寺が殺されたのが事実だとして、犯人は本当に坂井だったのか、という意味だ。
神山――〉

〈――神山様。
わかりました。「坂井が殺した」といっていたのは、もちろん福田です。他からは聞いていません。この件に関しても、できるだけ情報を集めてみます。
並木祥子――〉

神山はメールを読み、iPhoneのディスプレイを消した。

「どうでしたか」

渡辺裕子が、心配そうに訊いた。

「福田に関しては一応、情報を集めさせている」

「でも、なぜ……」

「君は、坂井を救おうと思っている。そうだろう」

「はい……」

「そのためには、まず坂井をはめた奴を叩く必要があるということだ」

神山は、自分が考えていることを渡辺裕子に説明した。

現在までにわかっていることは、坂井保邦が震災前日の三月一〇日に久保江議員の事務所から六〇〇〇万円という大金と共に姿を消したこと。翌一一日は、福島県いわき市の平豊間の海岸で地震と津波に遭遇したこと。だが坂井は無事で、その後は少なくとも宮城県の女川原発までは足取りがわかっていること。それだけだ。

一方、わからないことはいくつもある。まず坂井が持ち逃げしたとされる六〇〇〇万円という金が、本当に久保江議員の政治資金だったのかどうか。坂井が本当に、小野寺正太郎を殺したのかどうか。そして坂井の本当の目的が何で、これからどこに行こうとしているのか——。

「つまり……。神山さんは、福田が何かを隠している、もしくは何か仕組んでいると思っているわけですね」

「そうだ。今回のストーリーをすべて作れる者がいるとすれば、福田か久保江以外にはいない」

もし黒幕が久保江だったとしても、福田を叩けば自然と炙《あぶ》り出されてくる。

「でも……。神山さんに調査を依頼しているのは、福田なのではないんですか。もし福田を敵に回したら、神山さんが……」

福田を敵に回したら、神山が困ることになるといいたいのだろう。

「君が心配する必要はない。おれは間に入っている弁護士から、坂井を追って金を取り戻せと依頼されているだけだ。〝仕事〟は確実に遂行《すいこう》するし、報酬も約束どおりに払ってもらう。それだけだ」

仕事を遂行するに当たって、〝手段を選べ〟とはいわれていない。この件に関して〝黒幕を暴くな〟ともいわれていない。

渡辺裕子が、ふと、力を抜いたように笑った。

「神山さんて、面白い人ですね……。目的のためなら、自分の好きなようにやるというか
……」

「当然だ。こっちは常に、現場で体を張ってるんだ」

仕事のために事故直後の福島第一原発にも近付いたし、殺伐とした、凍えるような被災地で寝泊まりもしてきた。東京で、自分の手を汚さずに高みの見物をしている奴らには、この苦労は理解できないだろう。そんな奴らの都合《つごう》を考えていたら、体も、精神的にも、もつわけがない。

「それで、私は何をすれば……」

渡辺裕子が訊いた。

「その前に、ビールでも飲まないか」

「はい。そうですね」

彼女が座椅子《ざいす》から立ち、冷蔵庫からビールの大瓶を一本出してきた。栓を抜き、二つのグラスに注ぐ。考えてみれば、グラスでまともにビールを飲むのも久し振りだ。

「まずは、君にいろいろと訊いてみたいことがある」

神山にいま必要なのは、久保江将生衆議院議員の周辺の情報、特に福田公一を中心とし

た事務所内の内部事情だ。並木祥子に調べさせても、限界はあるだろう。それならば、事務所に勤務している渡辺裕子に訊いた方が早いかもしれない。

「何でもいってください。知っていることは答えます……」

渡辺裕子が、神山の目を見ながらいった。どうやら本当に、覚悟を決めたようだ。

「君は、小野寺正太郎が死んだことを知らなかったといっていたね」

「はい、知りませんでした」

「最後に会ったのは」

「確か、坂井が失踪する三月一〇日の当日だったと思います……」

ビールを口に含み、渡辺裕子は記憶を辿《たど》るように話しはじめた。

山口県の地元秘書の小野寺正太郎が上京したのは、三月一〇日の午後だった。元来は気質が穏やかな真面目な男だが、この日は妙に険しい表情をしていたことを覚えているという。渡辺裕子と顔を合わせても、満足に挨拶《あいさつ》もしなかった。

そこに前日から上京していた坂井が合流。さらに午前中の国会の総務委員会を終えて福田と久保江議員も戻ってきた。四人はそのまま別室の会議室に入り、何か深刻な話が始まったようだった。

「その日は、久保江議員もいたのか……」

「はい、いました。でも、夕方までにはまた別の会議があって出掛けていったと思います……」

すると、残ったのは坂井、福田、小野寺の三人ということになる。君は何か聞いていないのか」

「〝深刻な話〟というのは、いったい何の話だったんだろうな。君は何か聞いていないのか」

「聞いていません。事務員の私には、誰も何も教えてくれませんから……」

当然だろう。

「前に、君から聞いたね。坂井が失踪する何日か前に、今回の〝金〟について、こんなものがあるから間違ったことが起きるといっていたと。三人が話していたのは、そのことではないのか」

神山が訊いた。彼女は少し考えていたが、しばらくして頷《うなず》いた。

「その可能性はあると思います。少なくとも三人が話していたのは、六〇〇〇万円のお金に関することのような気がします……」

確かに、それ以外には考えようがない。だが、坂井がいった〝間違ったことが起きる〟とは、いったい何を意味するのか……。

「ところで、その六〇〇〇万円の金だが……。いったい、何の金なんだ。久保江議員の、政治資金なのか……」

だが、渡辺裕子は、首を横に振った。

「私は、違うと思います……」

「違う？」

「はい。少なくとも、まともな形での政治献金とかではないと思います……」

「なぜ、そう思う」

渡辺裕子が少し考え、いった。

「最初に見た時……〝それ〟は現金でリュックに入ってたんです。黒いナイキのリュックサックでした。たまたま坂井と二人だったので、何が入っているのか訊いたら、中の札束を見せてくれて……」

その時に坂井が〝こんなものがあるから〟といった。

「つまり……」

「そうです。普通の政治資金や政治献金だったら、すべて銀行に振り込まれるはずなんです。支払う時も、銀行を通じて送金します。映画やテレビドラマじゃあるまいし、普通は政治家の事務所にそれほど大きな現金は置いてません。まして六〇〇〇万円の現金がリュックに入っているなんて、異常なことなんです……」

確かに、彼女のいうとおりだ。並木祥子から坂井が六〇〇〇万円もの金を持ち逃げしたという話を聞いた時、少なからず違和感を覚えた。だが、それ以前に、そのような現金が持ち逃げできる状態に置かれていたことの方が異常だ。

神山はグラスのビールを飲み干し、息をついた。

「当然、君はその金の出所は知らない。そうだな」

「はい、坂井もそれは教えてくれませんでした……」

渡辺裕子が神山のグラスに、ビールを注ぐ。

「それなら、事務所に持ってきたのは誰なんだ。坂井なのか、福田なのか。もしくは死んだ小野寺か久保江議員なのか。それだけでもわからないか」

「小野寺さんではないと思います。彼が上京したのは一〇日ですし、その何日か前にお金の入ったリュックを事務所で見てますから……」

「久保江議員本人の可能性は」

「どうでしょう……。久保江先生が自分でお金のことに関係するとは思えないんです。すべて秘書まかせの人ですから……」

すると、やはり、坂井か福田のどちらかがあの金を久保江議員の事務所に持ち込んだということか。

「三人の……坂井と福田、小野寺の久保江議員の秘書としてのポジションは。肩書だけでなく、実際にはどうだったのかを説明してくれ」

彼女がまた、少し考える。

「福田は、東京の事務所をまかされている事実上の責任者です。肩書は、政策担当秘書です。小野寺さんは後援会活動を取り仕切るいわゆる地元秘書で、肩書は第一公設秘書でした。坂井はその下の第二公設秘書で、地元と東京を行き来していました……」

普通、政治資金を取りまとめるのは、第一公設秘書の役目だ。だが、その小野寺正太郎は今回の六〇〇〇万の金には無関係で、しかも殺されている。その金を、坂井が持ち逃げした。話がどうも複雑だ。

「それで、三月一〇日の〝会議〟というのはその後どうなったんだ」

神山が訊いた。

「久保江議員が夕方に事務所を出ていって、私も六時か七時頃には帰りました。その時はまだ、三人共会議室の中で話し合っていました……」

その後、どのような経緯があったのかはわからないが、小野寺が殺されて坂井が六〇〇〇万という金を持ち逃げしたということになる。だが、そう主張しているのは政策秘書の福田だけで、他には誰も事実関係を確認していない。

「翌日……三月一一日の地震のあった日はどんなだった。何か、覚えていないか」

渡辺裕子が、記憶を辿るように考える。

「私はいつものように、六時半少し前に起きて赤坂の議員宿舎に行く準備をしていたんです。そこに福田から電話があって、今日は事務所は休みにするので来なくてもいいって。それで、何かあったのかな、と……その後、午後になってあの大きな地震があって……」

神山が並木祥子から聞いている話と、大きな食い違いはない。

事件は三月一〇日の午後一〇時から午前〇時頃に起きた。当時、久保江議員の宿舎にいたのは坂井と小野寺の二人だけだった。久保江議員が銀座のクラブで酒を飲み、一一日の午前一時過ぎに別の秘書と二人で宿舎に戻って小野寺の遺体を発見した。

死因は、失血死。後頭部に鈍器により強打された痕《あと》があり、その傷が部屋にあったブロンズ像と一致した。少なくとも神山は、そう聞いていた。

一一日未明に久保江が宿舎に戻った時、一緒だったという秘書は福田公一だろう。他に、秘書はいない。つまり福田がどこかの時点で事務所を出て、外にいた久保江と合流したことになる。

だが、だとすれば、奇妙なことがある。警察が小野寺の死を、表沙汰《おもてざた》にせずに捜査している理由は何なのか。久保江が、国会議員だからというだけでは説明がつかない。少なくとも久保江と福田の証言が一致していなければ、警察は公開捜査に踏み切るはずなのだが……。

「坂井が金を持ち逃げしたということを、君はいつ知ったんだ」

「三月一一日は、地震があったこともあって事務所には行けませんでした。翌日も、自宅で待機していました。その後、初めて事務所に行ったのが一四日の午後で、その日の夜に福田から聞かされたのだと思います。その時に、坂井の車が見つかったことも知りましたすでに坂井の車は、いわき市の平豊間の海岸で発見されていた。近くに本人の遺体がなかったことから、生きている可能性が高いこともわかっていた。それにしても福田は、なぜ事務員である渡辺裕子に坂井が金を持ち逃げしたことを教えたのか……。

「そういえば、いま思うと変なことがありました」

彼女がいった。

「何だ」

「私が一四日に事務所に行って、地震の片付けをしていたら、福田がいったんです。事務所はしばらく休みにするから、好きなようにしていいって……」

それも奇妙だ。あれだけの地震があれば、政治家は誰でも情報収集に忙しくなる。東京の事務所を休むことなど、考えられない。

つまり、二人の仲を知った上で、坂井を追わせるように仕向けたということか……。

「ちょっと待ってくれ。君の携帯を見てみよう」神山がポケットから彼女の携帯を出し、渡した。「福田から、何かメールが入っていないか」

彼女が携帯を開き、電源を入れた。ディスプレイを見つめながら、素早く指先を動かす。そして、いった。

「メールが入ってます。昨夜から今日にかけて、三通……」

「……」

メールを表示したまま、神山に携帯を渡した。

〈――渡辺君、しばらく連絡がないが、どうしている？　心配しているので、メールを下さい。　　福田――〉

これが昨日、四月二日の午後一時一五分に入ったメールだ。今日になって、さらに二本のメールが入っていた。

〈――渡辺君。いまどこにいるんだ？　南三陸町か、それとも気仙沼か？　連絡を下さい。　　福田――〉

〈――渡辺君。何かあったのか？　坂井には会えたのか？　心配しているので、とにかく連絡だけでもしなさい。　　福田――〉

最後のメールが入ったのは、今日の午後六時四三分。いまから二時間少し前だ。メールはすべて短い文面だが、所々に焦りと苛立《いらだ》ちが表われている。

携帯を、渡辺裕子に返した。彼女がもう一度、メールを読む。しばらくして、いった。

「このメール、変だわ……」

「なぜだ」

神山が訊いた。

「ええ……。このメール、福田の携帯のアドレスから送られてきてるんです……」

「それが、どうして〝変〟なんだ」

「福田は、あまり携帯メールは使わないんです。メールは、いつもパソコンなんです。それに、私……福田には南三陸町に行くとも気仙沼に行くともいっていないはずなのに……」

神山の頭の中で、〝何か〟が閃《ひらめ》いたような気がした。

携帯のメールを読みながら、首を傾《かし》げる渡辺裕子に訊いた。

「福田は、車を持ってるのか」

「はい……。持ってますけど……」

彼女が、不思議そうに神山を見た。

「自分で運転するのか」

「はい……。久保江先生が誰かとゴルフに行く時には、いつも福田が運転していたはずです……」

そこまでいうと、渡辺裕子が何かに気付いたように、はっとしたような表情を見せた。

「君に、協力してもらいたいことがある」

「はい……。何でも……」

「これから書く文面を、その携帯から福田にメールで送ってほしい」

「はい……」

神山は手帳を広げ、文章を書いた。用件を端的に連《つら》ねただけの、短い文章だった。そのページを破り、彼女に渡した。

「これをいつもの君らしい文章に直して、福田に送ってくれ」

文章を読み、驚いたように顔を上げた。

「福田を、罠《わな》にはめるんですね」

神山が、頷く。

「そうだ。最初に罠を仕掛けたのは、奴の方だ。それならば、罠には罠で対抗するまでだ」

彼女の口元が、かすかに笑った。

「わかりました……」

神山の書いたメモを見ながら、彼女が携帯に文章を打ち込んだ。それを、神山に見せる。

「これでいい。送信してくれ」

彼女が頷き、メールを送った。

携帯を座卓の中央に置き、二人でそれを見つめながら待った。

五分……一〇分……。

一五分ほど過ぎたところで、メールの着信音が鳴った。

「メールを見てくれ」

神山がいった。彼女が携帯を開き、メールを確認する。

「福田からです」

彼女が神山に、メールを見せた。

「よし。奴は、引っ掛かった。前祝いにもう一本ビールを抜いて、乾杯しよう」

「はい」

彼女が笑顔で立ち、冷蔵庫の中のビールを抜いた。

4

目が覚めると、もう日が高くなる時間だった。

昨夜は一一時前には寝たはずだ。一回も起きず、ほとんど夢も見ずに、九時間以上も眠っていたことになる。

渡辺裕子もよく寝たのか、浴衣《ゆかた》に丹前《たんぜん》という姿でぼんやりとテレビを眺めていた。南東側の窓からは、目映いほどの日が差し込んでいる。だが、テレビの画面には、相変わらず震災関連の暗いニュース映像が映し出されていた。

神山はテレビのリモコンを手にし、音量を上げた。

〈……原子炉の冷温停止のために注水の続く福島第一原発の一号機から三号機では……これまでにほとんど冷却が進んでいないことが……昨日までに判明しました……。昨日までに約三万トンの海水が注入されていますが……その一部が建屋や配管から漏れて海に流出しており……放射性物質の漏出《ろうしゅつ》抑止にはなお数カ月がかかるものと予想されており……政府は……〉

〈……東京大学地震研究所の調査によりますと……今回の東日本大震災による大津波の到達点が岩手県宮古市で三七・九メートルにまで達していたことが判明し……〉

三七・九メートル……。

神山はまだ覚めきらない頭で、その数字の意味をぼんやりと考えていた。約三八メートルといえば、ビルならば一二階以上だ。鎌倉《かまくら》の大仏の高さが台座を含めて一三メートル強なので、約三倍に近い。その大仏殿もやはり、室町《むろまち》時代に地震と津波で倒壊したといわれている。だが、そんなことをいくら考えても、約三八メートルという津波の高さを想像することすらできなかった。

渡辺裕子が淹《い》れてくれた茶をすすりながら、iPhoneを確認した。東京の並木祥子からメールが入っていた。

〈――神山様。

前回の質問の件ですが、昨日が日曜日だったためにほとんど何も調べられず、まず以下の二件のみ報告いたします。

まず、福田公一について。最初に秘書についていた保守系議員は同じ山口県の真島宏伸《ましまひろのぶ》という人物で、上関原発に関しては賛成派でした。これは推察ですが、福田も通産省時代は外局の資源エネルギー局に出向していたこともあり、真島議員との関係が通産省を辞めた理由なのかもしれません。ちなみに福田が辞めた二〇〇一年一月に、通産省は現在の経済産業省に移行しています。

次に、坂井が殺したとされる小野寺正太郎に関して。対外的には、まだ小野寺の死亡は発表されていません。三月一一日の地震で負傷し、休養中ということになっています。坂井が小野寺を殺したといっているのは、もちろん福田です。確認はできませんが。ちなみに小野寺は、原発反対派として久保江議員を支えていたと聞いています。

以上です。参考になりましたでしょうか。

並木祥子――〉

「お茶はいかがですか」

渡辺裕子がいった。

「ああ、もらおうか」

メールを読んでいる神山の湯呑みに、彼女が急須で茶を注いだ。

「東京からですか」

「そうだ。クライアントの弁護士から、福田公一と死んだ小野寺正太郎の情報を送ってきた。小野寺は、地元の山口県では原発反対派だったのか」

「はい。私もそう聞いています。熱烈な反対派で、むしろ久保江議員を擁立《ようりつ》したのは小野寺さんだったと……」

小野寺が久保江を擁立した……。

だが、意外ではなかった。地元で政治的基盤を持つ人間が第三者を擁立し、政治家に仕上げる。自分は秘書か後援会長という立場で政治家を操《あやつ》り、表には出ない。けっしてあり得ない話ではない。

もしそれが事実だとすれば、久保江議員事務所の実権を握っていたのは小野寺だったということになる。そこに、新しい政策秘書として、原発推進派の福田が入ってきた。当然、軋轢《あつれき》が生じる。

それならば、なぜ久保江は福田を秘書として雇《やと》ったのか。元通産省の役人として、原発関連の知識に明るかったことも理由のひとつだろう。だが、本来の目的はまったく違ったのではないか。考えるまでもない。〝金〟だ。

以前、並木祥子は、福田は二〇〇九年八月に久保江議員が初当選した後に事務所を移ってきたといっていた。理由は、福田が元通産省の人脈を使って政治資金を集める能力があったからだ。金を手土産に久保江議員に取り入った。そう考えれば、すべてに説明がつく。

坂井が持ち逃げしている六〇〇〇万円の金の出所も、福田ではなかったのか。正規の政治献金であれ、裏金であれ、いずれにしても福田の人脈から流れてきた金だった。だからこそ福田は、それを〝自分の金〟だと認識しているのではないのか——。

「今日はこれから、どうするんですか」

彼女がまた、いつものように訊いた。

神山が、ｉＰｈｏｎｅの電源を切った。

「君は面白いな。いつも、〝どうするんですか〟と、おれに訊く」

彼女は首を傾げ、しばらくして何かに気付いたように頷き、そして笑った。

「そういえば、そうですね……。私、本当は、何でも思ったことは自分から行動するタイプなんです。山に登りたいと思えば登るし、海外旅行に行きたいと思えば行くし、坂井を追おうと思えば追うし、いつも一人で……。でも、神山さんと会ってからは、ずっと〝どうするんですか〟と訊いているような気がする。その方が安心できるんです……」

「わかった」神山も、笑った。「今日はまず、ここを出て、朝食を手に入れよう。そして、沿岸の被災地に向かおう。どこか、罠を仕掛ける場所を探すんだ。それからまた、福田にメールを入れる」

「わかりました。準備します」

確かに彼女は、政治家の事務所に勤めるには恰好《かっこう》の人材だった。事務員ではなく、将来的には秘書としても通用するだろう。

ないが。

だが、久保江議員と福田にとっては、彼女を雇ったことが逆に命取りになるのかもしれ

5

男は、長い旅をしていた。

今日は、四月五日だ……。

男——坂井保邦——は、八戸市内の国道四五号線沿いのマクドナルドにいた。

午前中のまだ人の少ない時間に店に入り、ハンバーガーを食べていた。

店内に貼られたカレンダーを、ぼんやりと眺める。ポテトを齧《かじ》りながら、書かれている日付を数えた。

東京を発《た》ったのが、三月一〇日。あと二日で、旅も四週間になる。いま思い返してみても、その時間は一瞬だったのか。それとも、永遠だったのか。すでに、時間の感覚も薄れはじめていた。

二日前の四月三日の夜に、岩手県の東北自動車道一関インターの入口で長距離のトラックを拾った。北海道の函館《はこだて》に向かう便だったが、このトラックに西根《にしね》インターの先の前森《まえもり》山《やま》パーキングエリアまで乗せてもらった。そこで次の八戸ナンバーのトラックを探し、乗

り継いできた。

四日の昼過ぎに、八戸市街でトラックを降りた。ここまでは、順調だった。だが、ここで完全に足止めを食ってしまった。

坂井は、ハンバーガーを食べながら考えた。これから、どうするか……。

八戸は一見、平和だった。テレビのニュースや新聞では、八戸も震災による津波の被害を受けたと聞いていた。だが浸水したのは沿岸の八戸港周辺と馬淵《まべち》川の河口部だけで、市街地の大半は被害を免れていた。

いま、こうしてマクドナルドの店内にいても、地震や津波の痕跡はほとんど何も感じない。国道には普通に車が行き来し、人が歩き、日常の時間が何事もなかったかのように流れている。

いまも店の中に、客が入ってきた。若い夫婦らしき男女と、子供が二人。一人は、まだ幼い女の子だった。

四人が飲み物とポテトを注文し、奥のテーブルに座る。子供たちはちょっと騒ぎ、母親に叱られ、それでも明るく笑いながら食べはじめた。坂井はその光景を、眩《まぶ》しそうに眺めていた。

自分たちにも、こんな時があった。美しくやさしい妻の知子がいて、まだ元気だった娘の亜美華の笑顔があった。その幸せが、いつまでも続くと信じていた。それがいつの頃からか、何かが、少しずつ狂いはじめていた。そして気が付くと、坂井は自分の人生のすべてを失っていた。

坂井は、明るい家族たちから目を逸《そ》らす。そして俯《うつむ》き、現実から逃れるように心を閉ざす。それでも自分の席の目の前に座る、妻と娘の幻《まぼろし》は消えなかった。

そうだ。すべては幻だったのだ。ともすれば、いまここに座ってぼんやりと風景を眺めている、自分自身の人生さえも……。

坂井は飲み残しのコーラを手にして、席を立った。トレイを片付け、店を出る。国道に向かい、しばらく道路脇に立っていたが、走ってきたタクシーを止めた。

リュックを抱え、タクシーに乗り込む。

「どこまで行かれなんず？」

日に焼けた、初老の運転手が訊いた。

「六ヶ所村《ろっかしょ》までお願いできますか」

坂井がいうと、運転手が怪訝《けげん》そうに振り返った。

「六ヶ所村て……たたんだ遠いですけ。メーターもたげ出ますけ、いいねか」

津軽《つがる》弁なのだろうか。運転手の言葉はよく聞き取れなかった。ただ、八戸から六ヶ所村まではかなり遠いらしいことはわかった。

「だいじょうぶです。もしよければ、行ってもらえませんか」

「すったことすんのは、東京のばりだな……」

運転手が笑いながら、メーターを倒した。

6

荒涼とした風景の中に、たった一本だけ松の木が残っていた。

目の前には長い砂浜があり、静かな海が煌《きら》めいている。背後には津波に破壊されたユースホステルの廃墟が横たわり、周囲のすべてが厖大《ぼうだい》な量の瓦礫《がれき》に埋もれていた。この荒野の中で他に目につくのは、川原《かわはら》川の巨大な水門の跡だけだった。

この惨禍の中で、なぜ一本の松だけが残ったのか――。

かつてこの地は、名勝高田《たかた》松原《まつばら》として知られていた。

まだ江戸時代の一六六七年、高田の豪商菅野杢之助《かんのもくのすけ》がクロマツ約六二〇〇本もの防潮林を植樹。その後一八世紀には松坂新右衛門《まつざかしんえもん》らがアカマツなど数万本を増植し、仙台藩を代表する防潮林となった。その数は、最盛期には約七万本。一八九六年の明治三陸津波、一九三三年の昭和三陸津波、一九六〇年のチリ地震津波などから高田の地を守り抜いてきた。一方で白砂青松の美しい景観は人々に親しまれ、年間に一〇〇万人以上もの観光客が訪れる観光地としても賑《にぎ》わっていた。

だが、三月一一日――。

この高田の地を、波高一〇メートル以上という巨大津波が襲った。長年、この高田の地を守っていた松原は、その景観と共に一瞬のうちに壊滅した。だが、いま神山の目の前にある一本の松だけが、津波に耐えて生き残った。

なぜ、この松だけが倒れなかったのか――。

神山は、青空に聳える松を見上げながら考えた。波高一〇メートルの高波が、七万本の高田松原を呑み込む光景を想う。周囲の松が一瞬にしてなぎ倒されていく中で、たった一本の松だけが海水の中で必死に耐え続ける様子を想う。

だが、いくら考えても、神山には答えが浮かばなかった。神山の想像力では、理解できなかった。そんなことは、自然の摂理としてあり得ないはずだった。それ以外に、説明する方法はない奇跡とか、神々の力で説明するのはむしろ簡単だった。だが一方で、この松がここに残ったのは、もっと大きな意味があるようにも思えた。

神山は一本松を見上げ、心の中で話し掛ける。

お前は、どうして倒れなかったのだ……。

なぜ、生き残ることができたのだ……。

人々に、何を語り掛けようとしているのだ……。

だが、松は何も答えない。ただ春まだ浅い冷たい風に、ゆったりと揺れるだけだ。

神山は、背後を振り返った。泥と、水と、瓦礫の中を歩き、道路の方に向かう。車の横に裕子とカイが立ち、神山の姿を見守っていた。

「どうしますか」

裕子がいつものように、神山が戻るのを待って訊いた。

「ここはだめだな。目立ちすぎる……。とりあえず、他を探してみよう……」

一本松の周囲には、人が多かった。地元の人々や、日本各地からこの地に派遣される救助隊や報道関係者が、次々とこの松を訪れては見上げていく。神に祈るように。時には、天に救いを求めるように。その光景を見ていると、この松は人々に希望を与えるために生き残ったのだと思えるほどだった。

車に乗り、また走りはじめる。福田公一を呼び出し、罠を仕掛ける場所を探しはじめて二日目。詳しく説明するまでもなく福田にわからなくてはならないし、坂井が立ち回りそうな場所でなくてもならない。だが、一方で、神山には被災地の中は避けたいという気持ちもあった。町がひとつ完全に消失したこの陸前高田を目の当たりにしてみると、一層その思いが強くなる。

「福田には、何か伝えますか」

助手席で揺られながら、裕子が訊いた。

「そうだな。とりあえず、福田からメールが入っているかどうか確認してみてくれないか」

神山がポケットから裕子の携帯を出し、渡す。彼女は電源を入れ、メールを開く。何度も携帯は自分で持っていていいといったのだが、彼女はその度に断わった。神山が預かり、福田と連絡を取る時だけ彼女に渡し、メールが終わるとまた携帯の電源を切って神山に返す。そんなことを繰り返している。

「一時間ほど前に、メールが入っていました……」

「奴は、何といってきた」

「これです」

携帯を受け取り、メールを見た。

〈――渡辺君、今日はどこにいるんだ。あれから坂井からは、連絡は入ったか？　心配している。メールをください。

福田――〉

いつもと大差ない文面だった。

「返信してやってくれ」

「はい。何ていいましょうか」

「今日はまだ坂井から連絡はない、夜にまたメールをするといってやれ」

「はい……」

裕子が神山の指示どおりに返信し、携帯を返した。

二日前の夜から、神山は渡辺裕子を介して福田公一と連絡を取っていた。もちろん福田は、バックに神山がいることも、裕子が指示されて動いていることも知らない。

神山が考えたフェイク・ストーリーは、簡単だった。

坂井がどこかの町の公衆電話や非通知設定の電話を使い、裕子の携帯に時折、電話を掛けてくる。裕子は電話で話しながら、坂井を説得している。最初は警戒していたが、坂井の態度は少しずつ軟化してきている。もしかしたら坂井が、どこかで裕子と会いたいといってくるかもしれない——。

福田はこの単純な作り話に、あっさりと乗ってきた。いまは裕子が神山と別行動を取っているという話も含めて、完全に信じ切っている。あとは、奴を誘《おび》き出す罠をどこに仕掛けるのか。その場所だけだ。

「本当に福田は、東北に来てるのでしょうか……」

「まず間違いないな。奴は、ここからそう遠くない所にいるはずだ」

神山がそう考える根拠は、いくつかあった。まず、普段はパソコンしか使わない福田が、ここ数日は携帯のアドレスからメールを送ってきていること。福田は車を持っていて、運転が得意であること――。

最初は被災地の情報もなく、ガソリンも手に入らない状態が続いていた。だが震災から三週目に入った頃から、現地も少しずつ落ち着きを取り戻してきた。東北自動車道も復旧し、ガソリンも買えるようになった。それで福田も、自分から出張る気になったのだろう。

並木祥子にも、東京の久保江議員の事務所に何度か電話をさせてみた。だが、電話口に出るのは若い私設秘書だけだ。福田は三日前から留守《るす》にしているということだった。やはり奴は、東北にいる。だが若い私設秘書に、いつまでも事務所をまかせてはいられないだろう。勝負をつけるなら、ここ一日か二日が〝ヤマ〟だ。

神山はその日のうちに、さらに北へと向かった。国道三四〇号線を、一度内陸へと戻る。津波は、沿岸から四キロ以上も離れた竹駒《たけこま》地区まで完全に破壊し尽くしていた。この海の見えない気仙川沿いの町が津波に襲われるなどと、いったい誰が想像できたろうか。だが津波は、実際にはここからさらに五キロも奥の山間《やまあい》の町、陸前矢作《やはぎ》地区まで達していた。

竹駒地区から林道に入り、国道四五号線に迂回。大船渡市の盛《さかり》町から釜石市、大槌町へと抜ける。

沿岸の町は、どこも壊滅的な被害を受けていた。大船渡市では沿岸部の赤崎《あかさき》町、大船渡町、三陸町越喜来《おきらい》、末崎《まっさき》地区などが津波に襲われた。四月五日の時点でわかっているだけでも、住宅や建物は三六〇〇戸以上が全半壊。三〇〇人以上が死亡。一五〇人近くが行方不明になっていた。

鉄鋼の町、釜石も、人口密度の高い沿岸部で大きな被害を出していた。魚河岸《うおがし》、鵜住居《うのすまい》町、嬉石《うれいし》町、大平《おおだいら》町、天神《てんじん》町などの約二〇地区がほぼ壊滅。現時点で建物の全半壊は三七〇〇戸以上、死者八〇〇人以上、行方不明者三〇〇〇人以上を数えていた。

大槌町では町役場が津波の直撃を受け、町長をはじめ職員四〇人が犠牲となった。四月五日現在でもほとんど水が引かず、水没したままで、町の中心部には近付けない状態が続いていた。さらに高台は火災に襲われ、生き残った人々も逃げ場を失っている。

町としての機能が失われたために、大槌町ではいまも被害状況すら明らかになっていない。人口約一万五〇〇〇人の大半と連絡が取れない状態が続いている。

被災地のどこに行っても、神山のいる場所は見つからなかった。あの三月一一日の午後から、すべての時計が止まってしまっているようだった。

だが、それでも、ここにも世界と同じ時間が流れている。その当たり前のことが、神山には不思議だった。

四月六日夕刻、神山は宮古市田老《たろう》に入った。黄昏《たそがれ》の光の中で、暗い空に聳えるバビルの塔の巨大な残骸を見上げた。

田老の地は、江戸時代から〝津波太郎〟の名で呼ばれるほど津波の多い場所として知られていた。かつて田老村は、江戸時代の一七世紀初頭の慶長《けいちょう》三陸地震、明治二九年（一八九六年）の明治三陸地震により、過去二回にわたり村がほぼ全滅した記録が残っている。特に明治三陸地震では当時の田老村の全三四五戸がすべて流失し、人口の八割以上が死亡したといわれている。

村はその後、国からの震災援助金のすべてを使い、全村が安全地帯に移住するという案が持ち上がった。だが生き残った村人の間から反対論が噴出。移転工事を中断して、同じ場所に村が再興された。

その後も田老村は、津波の被害を受けた。昭和八年（一九三三年）の昭和三陸津波では、田老村の全戸数の九割が流失。人口の三割以上の死者を出した。

それでも田老村の人々は、村を捨てなかった。国からの被災地高所移転のための宅地造成貸付金を充《あ》て、村全滅を守る防潮堤を造ることを計画。自然の脅威とあえて戦う道を選んだ。

田老村の巨大防潮堤は日中戦争と太平洋戦争時の中断をはさみ、起工から二四年という歳月をかけて昭和三三年（一九五八年）に完成した。その大きさは全長二四三三メートル、地上高七・七メートル、海面高一〇メートル、最大基底部二五メートルにも及ぶ。正に、世界最大の防潮堤だった。

村全体を取り囲む巨大な防潮堤は、その後昭和三五年（一九六〇年）のチリ地震津波から村を救った。一時は〝万里の長城〟と呼ばれ、世界からも注目された。それでもなお、人間の建造物は自然の力の前に無力だった。

二〇一一年三月一一日、東日本大震災による巨大津波の直撃を受け、田老地区の防潮堤は約五〇〇メートルにわたり一瞬で崩壊。目撃者によるとその波高は防潮堤の、約二倍の高さがあったという。津波はそのまま市街地の大半を押し流し、多くの犠牲者を出した。世界一の防潮堤があることの過信から避難が遅れ、逆に被害を大きくしたという証言もある。

神山は、崩れかけたバビルの塔の残骸を見上げる。皮肉なことに村人の命と財産を守るために築かれた防潮堤は、市街地の正面が大きく崩れていた。その反面、集落と集落の間が何事もなかったかのように原形を止《とど》めていた。

神山は、瓦礫と水の中を歩いた。防潮堤に辿り着き、コンクリートの斜面に足を掛けて登った。海面高一〇メートルの頂上に立つと、あらためてその高さが実感できる。

裕子とカイも、防潮堤に登ってきた。冷たい風の中で、一緒に周囲の風景を眺めた。

黄昏に沈む光の中に、遥《はる》か彼方《かなた》まで瓦礫の荒野が広がっている。市街地にも、漁港のあった辺りにも何も残っていなかった。ただ国道四五号線に沿った三陸鉄道の線路の近くに、白い建物の廃墟がぽつんと残っているだけだった。

「寂しい風景……」

裕子が、風に掻《か》き消されるような声でいった。目を閉じると、遠くの山陰から、かつての三陸鉄道の電車が走る音が幻聴のように聞こえてきた。

だが、その時、神山は奇妙なことに気が付いた。線路が鳴る音が、確かに聞こえてくる。少しずつ、こちらに近付いてくる。錯覚ではない……。

踏切が、鳴った。同時に、遠くのトンネルの出口から差す光で山肌が明るくなりはじめた。電車が走っている……。

電車が、トンネルから姿を現わした。ヘッドライトの光芒《こうぼう》が、瓦礫の荒野を照らしている。ホームには、人影がある。車内にも、人が乗っていた。

電車がゆっくりと、瓦礫に埋もれた田老駅のホームに止まった。気が付くと、神山の横で、裕子が涙を流していた。

「ここにしよう」

神山がいった。

7

福田公一は、三日前から一関市にいた。

政治家の秘書として被災地の〝現地視察〟の名目で市内のビジネスホテルに優先的に部屋を確保し、滞在していた。

駐車場に置いてある自分の車——トヨタ・ヴェルファイア——の荷室には、カップ麵やビスケットなどの支援物資が大量に積み込んである。自分はいつものスーツを脱ぎ、ジーンズに長靴、ダウンパーカーを着込んでいた。この恰好で被災地の避難所を回っても、誰にも怪しまれないですむ。

もし運が良ければ自分で直接、坂井保邦を見つけることができるかもしれない。そうすれば、六〇〇〇万円の金をすべて取り戻せる。だが、坂井の痕跡は、まったく見つからなかった。

唯一の望みは、渡辺裕子だった。彼女はここ数日、坂井と連絡を取り合っているらしい。そう思っているところに、メールが入ってきた。

風呂上がりにビールを飲みながら、メールを開いた。

〈――福田様。

たったいま、また坂井さんから電話がありました。いま、岩手県の宮古市のどこかにいるといっていました。明日の夜にでも、私と二人ならばどこかで会ってもいいそうです。

とりあえず、会って話をして東京に戻るように説得してみます。結果はまた、報告します。

渡辺裕子――〉

福田はビールを口に含み、その口元を歪《ゆが》めた。別に、坂井が東京に戻る必要はない。戻らなければならないのは、六〇〇〇万の金だけだ。だが、これでやっと問題は解決する。

慎重に文面を考え、返信を打った。

〈――渡辺君、お疲れ様。

そうか。坂井が君に会う気になってくれたか。やっと安心したよ。

私は東京にいて行けないが、よろしく頼む。何とか坂井を説得してほしい。何かあるといけないので、時間と場所が決まったら会う前に一度連絡をください。

福田――〉

メールを返信し、溜息をついた。

宮古市のどこか……。

ビールを飲みながら地図を開き、場所を確認する。いずれにしても復旧した東北自動車道を使えば、いまの道路事情を考えても半日ほどの距離だ。

あとは坂井を、どう始末するかだけだ。

8

四月七日——。

神山と裕子は、内陸の盛岡《もりおか》市にいた。

東日本大震災当時、盛岡市内でも全域で停電するなど大きな被害が出ていた。だがライフラインは、その後数日で全面的に復旧。四月に入ったいまは震災の爪痕もほとんど消え、岩手県内の沿岸部の被災地に物資や救助隊を送る後方支援基地として機能していた。

市内の旅館に宿泊して朝食を終え、まず買い物をすますことにした。紳士服の量販店でスーツとコート、他に眼鏡とナイキの黒のリュックサックも手に入れなくてはならない。

裕子は坂井が金を持って失踪した三月一〇日の服装を、ほぼ完全に記憶していた。

「坂井はいつも、紺《こん》のスーツを着ていました。コートは濃いカーキ色のトレンチコートです。眼鏡は四角い銀縁《ぎんぶち》で、ネクタイは赤っぽい細かい柄《がら》のフェラガモで……」

「いや、ネクタイはいい。奴を誘い出すのは、どうせ夜だ。そこまでは見えないだろう……」

それに、いくら真面目な性格の坂井でも、被災地を放浪するのにネクタイは締めない。いや、本当ならば、すでにスーツも着ていない可能性が高い。

だが、人間には固定観念というものがある。裕子がいまでもネクタイを締めた坂井をイメージするように、福田もまた似たような姿を想像しているはずだ。被災地でスーツとコートを着た男を見掛ければ、瞬間的に坂井だと思い込む。

安物のスーツとコート、一〇〇円ショップで度の入っていない眼鏡を買った。ナイキのものは見つからなかったが、同じくらいの大きさの黒いリュックなら何でもよかった。その中に古い雑誌でも詰め込めば、欲にくらむ目には金が入っているように見えるだろう。

すべてを車に積み込み、国道一〇六号――宮古街道――で山を越えて沿岸部へと向かう。途中で道路沿いの工事現場をみつけ、スーツやコート、リュックをすべて泥に漬けた。このまま乾かせば、被災地を四週間近く旅してきた服のようになる。

区界高原《くざかいこうげん》の手前で一度、車を止めた。ここから先は、宮古の市街地を含め、ほとんど携帯も通じなくなる。時間調整しながら夕刻になるのを待ち、裕子の携帯から福田にメールを入れた。

〈——福田様。
やっと坂井さんと連絡が取れました。今夜一一時過ぎに、宮古市の田老の防潮堤の上で待ち合わせることになりました。三陸鉄道の田老駅の前あたりです。私はこれから、レンタカーで向かいます。しばらく携帯が通じなくなるので、明日また連絡します。
渡辺裕子——〉

すぐに、返信があった。

〈——渡辺君。
よろしくお願いします。私は東京で、連絡を待っています。
福田——〉

「本当に、福田は来るのかしら……。昨日のメールでも、福田は東京にいるといっていたし……」

携帯の文面を神山に見せながら、裕子が不安そうにいった。

「だいじょうぶだ。奴が〝東京〟にいると何度も強調するのは、つまり東京にはいないということだ。奴は、必ず来る……」

当然だ。人間は、六〇〇〇万円もの金を、みすみす見逃したりはできない。時には犯罪に手を染めても、いかなる危険を冒《おか》しても、人を殺しても金を取りたくなるものだ。

その時、神山の携帯がメールを受信した。並木祥子からだった。


〈——神山様。

今夜はどちらにいらっしゃるのでしょうか。

さて、先日ご質問いただいた、福田がなぜ通産省を辞めて議員秘書になったのか。その理由が、だいたいわかりました。

福田は通産省を辞めた二〇〇〇年当時、外局の資源エネルギー局の原子力政策課に出向していたようです。主に中国電力の上関原発の誘致《ゆうち》活動を担当していました。この年の四月に中電と地元の漁協との間に漁業補償契約が締結《ていけつ》。これにより用地の買収も加速されましたが、陰で莫大《ばくだい》な現金が動き、かなりの額の使途不明金が出たといわれています。その買収資金を実質的に管理していたのが、福田でした。そして福田はその使途不明金の責任を取り、二〇〇一年に経済産業省へと移行する直前に、通産省を辞職。いわゆる上関原発問題の最中の出来事であったために、それ以上は追及されませんでした——〉

神山は、長いメールをゆっくりと読んだ。ある意味で、神山が想定していたとおりの筋書きだった。これで今回の一件の裏が、だいたい読めてきた。

やはり福田は、原発を誘致する側の人間だった。その陰で、莫大な金を動かしていた。

もしこれが事実ならば、今回の六〇〇〇万という金が何だったのか。考えるまでもないことだ。

「どうしたんですか」

裕子が、メールを読みながら考え込む神山に訊いた。

「東京の弁護士からメールだ。これで、坂井がなぜ六〇〇〇万の金を持ち逃げしたのかもわかってきた」

神山はもう一通、並木祥子にメールを入れた。

〈——このままいけば、坂井と渡辺裕子が出会うことになる。それで、かまわないのか——〉

以前、坂井と彼女が男と女の関係であったことを、神山は知っている。神山の言葉の意味を考え、心を決めるために必要な時間が経った頃に、並木祥子から返信があった。

〈——神山様。

御心配してくださり、ありがとうございました。私は、だいじょうぶです。坂井と私の仲は、もうとっくに終わっているんです。もしその渡辺裕子さんという方が坂井に付いていてくださるのなら、私もその方が安心できます——〉

「弁護士さんは、何ていってるんですか」

裕子が訊いた。

「いや、何でもない。こちらの仕事の話だ」

神山は、携帯を閉じた。いずれにしてもあと数時間で、すべてが明らかになる。

9

宮古方面の上り最終列車が行ってしまうと、田老駅の周辺にはまったく人の気配がなくなった。

間もなく、津波に襲われた駅舎の小さな明かりも消えた。瓦礫に囲まれた小さな駅は、闇の中で静かに眠りにつこうとしていた。

神山は、国道の反対側に駐めた車の中からその光景を眺めていた。時計を見た。まだ、午後九時になったばかりだった。

津波により全線が寸断された三陸鉄道が、北リアス線の宮古～田老間を復旧させたのが震災から九日後の三月二〇日。田老～小本《おもと》間が復旧したのがさらにその九日後の三月二九日。この僅かな区間に鉄道が走っているという小さな事実は、巨大津波により壊滅的な被害を受けた地域の人々にどれほどの勇気と力を与えたことだろう。

神山は思う。この沿岸部に暮らす人々は、今後もまた同じ場所に村を復興するのだろうか。いま背後に聳える巨大な防潮堤を、再び築きなおすのだろうか。そしてまた、自然の脅威に立ち向かいながら、生きていく道を選ぶのだろうか。

だが神山は、それが本当に正しいのかどうか疑問を覚えずにはいられなかった。バビルの塔は、何度築きなおしてもバビルの塔でしかないのだ。何十年か、もしくは何百年か後に、同じ悲劇を繰り返すことにはならないのだろうか。

あの福島第一原発でもそうだった。東京電力と原子力安全・保安院は、あの地点に最大でも波高六・五メートルの津波が来ることとしか想定していなかった。だが、実際には、その倍以上の遡上《そじょう》高一五メートル近い津波が原発を襲った。そんな愚かなことが、世界を核物質汚染の恐怖に陥れたレベル7の原発事故の要因だったのだ。

〝自然〟は往々にして、人間の想像力の限界を超える。それが現実だ。人間は自らの力を過信して自然を征服しようとする以前に、もっと畏怖《いふ》の念をもって接するべきではないのか。

午後一〇時――。

辺りは漆黒の闇に包まれ、人の気配はない。ただ、防潮堤の向こうから、かすかな波の音が聞こえてくるだけだ。

神山は、着ている服を用意したスーツとコートに着替えた。眼鏡を掛け、足にはゴム長靴を履《は》いた。伸びた髪は少し切ったが、髭は剃らなかった。

坂井は長身だ。神山とあまり変わらない。この闇の中では、二人をよく知る者でも見分けはつかない。

「福田は、本当に来るんでしょうか……」

裕子が、不安そうにいう。

「心配しなくていい。絶対に、来る。さて、おれはそろそろ行くよ。あとは、打ち合わせどおりにやってくれ」

「はい、だいじょうぶです」

神山はリュックを持ち、車を降りた。裕子が運転席に移り、カイと共に走り去る。ここから先は、神山が一人の方がやりやすい。彼女は車でこの先の小本温泉まで行き、警察に通報して〇時までにこの場所に戻る手筈《てはず》になっている。その頃には、すべて終わっているだろう。

神山はLEDのペンライトを点《つ》けて瓦礫と水の中を歩き、防潮堤に登った。頂上に立つと雲が割れ、月光が辺りを照らした。遠くの海面が、海蛍《うみほたる》が漂うように青白く光っていた。

一〇時三〇分――。

すでに一時間近く前から、国道にも車は一台も走っていない。もちろん、人の気配もない。だが、それでいい。この場所と時間を選んだのは、絶対に人の目に触れないためでもあった。

神山は、防潮堤の上に立ったまま待った。こうしていれば、月光の中で、人の影が立っていることが遠くからでもわかるだろう。

一一時を過ぎた。国道に久し振りに、車が走ってきた。車種はわからないが、形からするとミニバンだった。ヘッドライトの光芒と低いエンジン音が、ゆっくりと神山の背後を通り過ぎていく。

ライトの光はしばらく先まで行き、かなり離れた場所の防潮堤の残骸《ざんがい》の陰に入った。そして、消えた。止まったようだ。

時間は、一一時一五分――。

どうやら、奴が来たらしい……。

福田公一はエンジンを切り、車を降りた。

黒いダウンパーカーを着て、一関市で買ったニットの目出し帽を被《かぶ》る。小さなペンライトを点けて瓦礫の中を歩き、防潮堤の裏に回った。

やはり、渡辺裕子のいったとおりだった。遠くの防潮堤の上に、人影が立っているのが見えた。車で近くを通り過ぎた時に、それがコートを着てリュックを背負った男であることを確認していた。

坂井以外に、いま頃そんな奴がこの場所にいるわけがない。だが、奴は一人だ。渡辺裕子の姿が見えない。彼女はまだ、来ていないのか……。

それならそれで、かえって都合がいい。坂井は、まさか福田がここにいるとは考えてもいないだろう。彼女が着く前に、片付けてしまおう。

福田はペンライトを消し、防潮堤の陰に身を隠しながら、コートを着た男に近付いていった。

神山は、周囲の気配を探っていた。

車が止まってしばらくして、ドアを開閉するかすかな音が聞こえた。その直後に、ペンライトらしき小さな光が見えた。

福田は東大出の、通産省の役人だった。頭はいいのだろう。だが、このようなことにはまったくの素人《しろうと》だ。

光が見えた位置から神山の立つ場所までは、およそ三〇〇メートル。奴は、神山の背後から、防潮堤伝いに忍び寄ってくるはずだ。だとすれば、あと数分だ。

腕のGショックに明かりを点け、時間を見た。

一一時二五分――。

神山は、背負っていたリュックを右手に持った。そ知らぬ振りをして、海の上に光る月を見ていた。


福田公一は、途中で手頃な大きさのコンクリートの塊を瓦礫の中から拾った。

ダウンパーカーのポケットには、折り畳《たた》み式のナイフも持っていた。だが、そんなものを使うのは馬鹿げている。わざわざ死人の証拠を残すことはない。コンクリートで頭を殴《なぐ》って突き落とせば、後で死体が発見されても事故死で片付けられるだろう。

坂井保邦は同僚の小野寺正太郎を殺し、六〇〇〇万円という金を奪って逃げた。すべての罪を被り、死んでくれることになる。金だけが見つからなかったとしても、誰もその行方を追及したりはしない。

福田は足を忍ばせ、体を低くして防潮堤の斜面を登った。途中で止まり、様子を探る。

一〇メートルほど先に、コートを着た男が立っていた。

影になった横顔が見えた。月光に、銀縁の眼鏡が光った。

間違いない。坂井だ……。

福田は、周囲を見た。闇の中に、他に人の気配はない。渡辺裕子も来ていない。やるなら、いまだ……。

福田は手の中のコンクリートの塊を握り締め、息を整えた。もう一度、〝坂井〟を見る。奴は、自分がここにいることに気が付いていない。

立ち上がり、防潮堤の斜面を一気に駆け上がった。

神山は、背後から迫る気配を察した。

振り返る。目出し帽を被った男が、右手を振り上げて向かってきた。体を躱《かわ》し、男に雑誌の入った重いリュックを叩きつけた。

男が尻餅《しりもち》をついて倒れ、右手からコンクリートの塊がころがった。

「お……お前は……」

男が、尻餅をついたまま いった。顔を隠していても、呆然《ぼうぜん》としていることがわかった。

「福田公一だな」

神山がいった。

「お……お前は……。いや、あんたは、誰なんだ……」

福田は、やっと自分の目の前に立っている男が坂井保邦ではないことに気付いたようだった。

「神山健介。お前が雇った私立探偵だよ」

「うわ！」

福田が、這《は》うようにして逃げた。神山は大股で歩いて追いかけ、後ろから福田を押さえつけた。目出し帽を剝《は》ぎ取り、胸ぐらを摑《つか》んで引き立てる。

LEDライトのスイッチを入れ、顔に当てた。福田が、光から顔を逸らした。どこにでもいそうな、ごく普通の初老の男だった。

「小野寺を殺したのは、お前なんだろう」

神山がいった。

たったいま、福田は神山の背後からコンクリートの塊を手にして襲ってきた。小野寺も、後ろから鈍器で後頭部を殴られて死んでいる。人間は、一度うまくいくと、また無意識のうちに同じ手を使おうとするものだ。

「知らない……。おれは、知らない……」

だが、福田は否定した。まあ、いいだろう。この男が私欲と保身のことしか考えない人間であることは、会う前からわかっていたことだ。

神山は、福田から手を離した。福田が、座り込む。その前に、リュックを投げた。

「欲しければ、やるよ……」

福田が、リュックを抱え込む。神山と自分の手元を交互に見ながら、リュックを開ける。中から古雑誌を取り出し、また呆然と神山を見上げた。

急に、哀《あわ》れになった。

神山は、踵《きびす》を返した。どうせあと三〇分もすれば、裕子が警察を連れて戻ってくるだろう。

「くそおぉぉぉ！」

振り向くと、福田がまたコンクリートの塊を摑んでいた。立ち上がり、神山に殴り掛かってきた。

馬鹿が……。

その時だった。遠くから、突然、巨大な〝何か〟が向かってきた。

月光に光る水面が、騒ぐように波立つ。地鳴りと共に、突き上げるような激震が襲った。

神山は、その場に身を伏せた。

「うわあぁぁ……」

福田の体が跳ね上がり、もんどりを打って神山の上を飛び越え、高さ一〇メートルの防潮堤の斜面をころがり落ちていった。

巨大な防潮堤が、暴れるように揺れた。コンクリートに割れが疾《はし》り、崩れた。闇に包まれた空間が、遠くの山鳴りを反響させるように歪んだ。

四月七日二三時三二分——。

東日本大震災の最大の余震が、東北地方全域を襲った。震源は宮城県沖の深さ六六キロ。地震エネルギーはM《マグニチュード》7・1。最大震度は6強。気象庁は宮城県の沿岸部に津波警報。青森県、岩手県、福島県、茨城県に津波注意報を発令した。後にこの地震は、〝宮城県沖地震〟の名で呼ばれることになる。

地震は地鳴りと共に、神山の下を疾り抜けていった。

揺れが収まり、神山は立った。防潮堤の斜面を、ゆっくりと下りた。闇の中から、福田の呻《うめ》き声が聞こえてきた。

声の方に、LEDライトの光を向けた。瓦礫の中に、福田が奇妙な恰好をして倒れていた。

「うう……。助けて……」

福田が、神山を見上げながらいった。ゆっくりと、歩み寄る。どうやら、怪我《けが》をしているらしい。

「早く、逃げた方がいい。また津波が来るかもしれないぞ」

神山がいった。

「体が……動かない……。骨が……折れてる……。助け……て……」

福田が、懇願《こんがん》するようにいった。

「誰が、小野寺を殺したんだ。正直にいえば、助けてやる」

「し……知らない……」

「勝手にしろ」

神山は福田から離れ、瓦礫の中を歩いて国道の方に向かった。あとは、警察にまかせればいい。いずれにしても、これ以上この男と付き合うのはうんざりだった。

「た……助け……て……」

福田の声が、闇の中に少しずつ遠ざかっていった。

10

男――坂井保邦――は、温かいベッドの中で目を覚ました。

窓から差し込む穏やかな春の日差しの中で、ぼんやりと天井を見つめた。ここが青森県六ケ所村の尾駮《おぶち》沼の畔《ほとり》に建つホテルの一室であることを思い出すのに、少し時間が掛かった。この村に来て、もう三日目になる。

部屋の中が、まだ少し揺れているような気がした。昨夜遅く、数回の大きな余震があった。最初の余震の後に停電し、坂井の宿泊しているこのホテルも自家発電に切り換えられた。

宮城県沿岸部で震度6強。青森県のこのあたりも震度4を記録し、津波注意報が出された。坂井もホテルの従業員に誘導され、最上階に避難したが、午前一時頃に注意報が解除。停電も復旧した。

部屋に戻り、いつの間にか眠っていたらしい。だが浅い眠りの中で、坂井は恐怖に怯えながら悪い夢を見ていたような気がする。自分の体が、生きたまま炎に焼かれていくような記憶が、断片的に残っている。

なぜそんな夢を見たのか、理由はわかっていた。この宿から直線距離で約四キロしか離れていない所に、『日本原燃《にほんげんねん》』の『六ケ所再処理工場』――核燃料再処理工場――があるからだ。この村に来てから三日間、坂井は無意識のうちに、無気味な重圧に噴《さいな》まれ続けてきたような気がしていた。

昨夜の余震で、あの核燃料再処理工場はだいじょうぶだったのだろうか……。

坂井はサイドテーブルの上を探り、リモコンを手にしてテレビのスイッチを入れた。ニュース番組を探し、チャンネルを合わせる。ベッドの上に起き上がり、テレビの画面を見つめた。

〈――昨夜、午後一一時三二分頃に起きたマグニチュード7・1の余震において、福島県浜通《はまどお》り地区でも東日本大震災以降では最大の震度5強を観測。しかし東京電力によりますと福島第一原発、第二原発に異常は確認されておらず、事故のあった第一原発の一号機から二号機では予定どおりに原子炉への注水が続いているということです。

一方、東北電力では、運転停止中の女川原発で四系統の外部電力のうち三系統が損傷。現在は残る一系統で冷却機能を運転中で、復旧を急いでいます。

さらに経済産業省の原子力安全・保安院によると、青森県六ヶ所村にある日本原燃の使用済み核燃料再処理工場でも外部電源が遮断。現在のところ非常用ディーゼル発電機により機能を維持しており――〉

アナウンサーが、淡々と原稿を読み上げる。

坂井はまだ目が覚めきらない頭で、ぼんやりとそれを聞いていた。やがて無機質な言葉の羅列を理解すると、悪寒《おかん》にも似た恐怖が全身に這い上がってきた。

自分が眠っている間に、ここから僅か数キロ先でそんなことが起きていたのか……。

だが、坂井は思う。その恐怖は、あくまでもいまの自分のように、外部から来た者の感覚なのだ。この六ヶ所村だけでなく、日本全国の核施設の近くに住む人々にとっては、けっして特別なことではない。地震が起きる度《たび》に、眠る度に、日々の生活の中で仕事をしていても食事をしていても家族と団欒《だんらん》の時を過ごしていたとしても、常に背中合わせに存在する日常の現実なのだ。

この世には、弱者と強者しか存在しない。核施設、原発とは、両者の間を分かつひとつの象徴《しょうちょう》にしかすぎない。

戦争に行く若者と、戦争で富を得る資本家の違いと同じだ。戦争も、核施設も、常に強者の都合の上にのみ存在する。弱者は金で言論の自由を封じられ、強者に従順になることだけを求められる。ただ恐怖と苦痛に耐えながら、自分の運命を受け入れることだけを強《し》いられる。

坂井はテレビを消し、服を着換えて階下の食堂に行った。あの巨大地震から、まだ一カ月も経っていない。昨夜にも、原発が危機に至るほどの余震が起きた。だが、ここではごく当たり前のように朝食を食べることができた。

周囲を見渡しても、観光客らしき姿はない。ほとんどが作業服のようなものを着た、核燃料再処理工場の関係者たちだった。俯きながら、黙々と食事をする彼らを見ながら、坂井は思う。彼らは強者なのか。それとも、弱者なのか。

食事を終え、フロントでチェックアウトをしてホテルを出た。リュックを背負い、どんよりとした雲の下の荒涼とした風景の中を歩く。右手には尾駮沼の静かな水面が広がり、彼方の丘陵《きゅうりょう》には無数の風力発電の白いプロペラが整然と並んでいる。振り返れば沼の対岸に、核燃料再処理工場の巨大な鉄塔と煙突が空に聳えていた。

かつて、六ヶ所村は、吹越烏帽子《ふっこしえぼし》と御宿《おつくし》山の山々と川や湖沼に囲まれた青森県下北《しもきた》半島の静かな寒村だった。村には木村文書《きむらもんじょ》と呼ばれる古文書が伝わり、源頼朝《みなもとのよりとも》が所有した名馬〝いけずき〟の産地として知られていた。かつてはこの土地に倉内《くらうち》、平沼《ひらぬま》、鷹架《たかほこ》、尾駮、出戸《でと》、泊《とまり》の六集落があったとされ、明治二二年にこれが合併《がっぺい》して〝六ヶ所村〟となったという。

この他の土地から隔絶《かくぜつ》されたかのような僻村《へきそん》に変化が起こりはじめたのは、一九六〇年代の後半頃からだった。当時の通産省が、日本の将来のエネルギー政策の基地として〝周辺地域に対する影響が少ない〟という理由から下北半島に注目。六ヶ所村一帯に石油コンビナートを主体とする大規模臨海工業地帯を開発する〝むつ小川原《おがわら》開発計画〟を発表。後にこれが原子力関連施設の建設にとって代わり、六ヶ所村の名は一気に世界の注目を集めることになる。

以後の出来事は、坂井の世代の人間にも記憶に新しい。一九八八年一〇月、原子力事業の皮切りとしてウラン濃縮工場を着工。九〇年一一月、低レベル放射性廃棄《はいき》物埋設管理センター着工。九二年七月、『日本原燃株式会社』を設立。九三年四月、再処理工場が着工。二〇一〇年一〇月、MOX燃料加工工場が着工。現在はそのほとんどが稼働し、静かだった下北半島の寒村は、いつの間にか〝核エネルギーの村〟に変貌《へんぼう》していた。

坂井は静かな水辺に沿った、広い県道の歩道を歩いた。よく整備された路面の上を、核燃料関係の車輌がひっきりなしに通り過ぎていく。日本の核開発行政の副産物なのか、本来は素朴《そぼく》であったはずの村の風景には似つかわしくない、奇妙で前衛的な巨大な建築物が点々と建っていた。

やがて丘陵の先の遠くに、太平洋が見えてきた。坂井は風に向かって歩きながら、高速道路のような国道を左に曲がって村の中心地へと入っていく。前方に、巨大なコンサートホールや地上四階建ての村役場が見えてきた。

さらに道を、海に向かって右に曲がる。この道を通うのは、この三日間でもう三度目だ。すでに通い馴《な》れた道だった。

間もなく道は、昔ながらの漁村の中へと入っていった。この辺《あた》りには、まだかつての村人たちの生活の気配が残っていた。狭い路地を奥まで歩き、坂井は一軒の家の前で足を止めた。

坂井はしばらく、家を見つめていた。入口に、〝桜庭《さくらば》〟という表札が出ていた。その下に犬が一匹繋《つな》がれていて、坂井に向かって尾を振っていた。

腰を落とし、坂井は犬の頭を撫《な》でた。もう坂井の顔を覚えてしまったらしく、犬は声を出して喜んでいる。その気配に気付いたのか、家の玄関の戸が開き、初老の日に焼けた男が顔を出した。

「また、なだばな……。何しちゅんだば……」

坂井が立ち、頭を下げた。

「すみません。もう一度、話を聞いていただきたくて……」

男が、困ったような顔をした。

「何度来たって、どもなんねえべ……」

結局、坂井は昨日と同じように男の家に上がり込んだ。男の妻が、茶を淹れてくれた。

「今日も、漁には出なかったんですか」

坂井が訊いた。

「船を出したばって、まいねぇよ。この辺りは原発事故とは関係ねえけど、風評があっから……」

男の名は、桜庭直道《なおみち》。坂井が初めて彼に会ったのは、もう八年ほど前になる。当時、坂井は、広島地域の原爆症認定訴訟を弁護団の一人として戦いながら、一方で上関原発の建設反対運動にも加わっていた。その頃、地元の山口県上関市で、何度かシンポジウムを開《かい》催《さい》して日本各地から原発反対派の運動家などを招いた。その中の一人が、六ヶ所村に核燃料再処理工場の建設計画が持ち上がった当初から、反対派の地元漁師の中心人物として戦ってきた桜庭だった。

桜庭は、急に訪ねてきた坂井のことを覚えていた。だが、八年振りに会う桜庭はその年月以上に老い、小さくなったように見えた。

「なの気持ちはわかるし、ありがてえけど……。もう、どもなんねえべ……」

桜庭は茶をすすりながら、同じ言葉を繰り返した。

六ヶ所村を中心に原子力施設の建設反対運動が問題になりはじめたのは、むつ小川原開発計画が発表された一九六〇年代の末頃からだった。当時の村長、寺下力三郎《てらしたりきさぶろう》（任一九六九～一九七三年）がまず計画に反対を表明。次に村長に当選した古川伊勢松《ふるかわいせまつ》（任一九七三～一九八九年）は原子燃料サイクル施設建設を推進《すいしん》。さらに次期村長の土田浩《つちだひろし》（任一九八九～一九九七年）は当初核燃料再処理工場の工事凍結を公約したが、後に推進派へと転換していった。

こうした流れの中で各施設の建設が着工され、次々と操業を開始すると、反対運動もさらに激化していった。住民側は全国から署名を集め、「日本原燃側の安全との主張は信用できない」として〝核燃料サイクル阻止一万人訴訟〟を展開。再処理工場を含む四事業の認可取り消しを求めて提訴した。

六ヶ所村以外の団体や企業も、これに同調した。グリーンピース・ジャパンは、建設中の再処理工場から排出される放射性物質により、全世界で四〇年間に一万五〇〇〇人がガンで死亡するという試算を発表。岩手県の〝三陸の海を放射能から守る岩手の会〟と六漁協も参加。その他六〇〇以上の賛同団体が団結し、計七〇万人以上の署名運動を展開。さらに音楽家の坂本龍一《さかもとりゅういち》らが中心となって、反対運動〝STOP ROKKASHO〟を発足《ほっそく》。政界では社会党や自民党の河野太郎《こうのたろう》、無所属（当時）の川田龍平《かわだりゅうへい》らが反対の意思表明を行なった。こうした〝日本の原発史上最大〟ともいわれる反対運動は、二〇〇〇年代の半《なか》ば頃まで続いた。

「したばって、まいねんず……」桜庭が、静かにいった。「昨日も、いったべ。裁判は、もうおわりず。したばって、もう、まいねんず……」

坂井は、桜庭のいっていることの意味を考えた。

核燃料再処理工場の中心ともなった一万人訴訟は、長い係争の末に二〇〇六年六月、反対派が一審敗訴。二審では日本原燃側のデータ隠蔽《いんぺい》を裁判所が認めたが、にもかかわらず一方的に控訴を棄却《ききゃく》。これにより二〇〇八年一月、反対派の敗訴が確定した。

「しかし……」

坂井はそこまでいって、言葉が後に続かなかった。

「この村が、どんなだかわかってるべ。ここさ来る間にも、でったただ建物をいぺえ見たべ。ここの村じゃ、金が余ってんだよ。村議会に行ったたって、村長も、議員も、もう反対派なんず一人もいねえよ……」

現在、村人の平均所得は一人当たり約一三〇〇万円。人口一万一〇〇〇人程の村の年間予算が、約一三〇億円。そのうちの約六〇億円が、再処理工場やその関連施設などの日本原燃に起因している。

　村には巨大な公共施設が次々と建築され、インフラも整備されている。各家々にはテレビ電話が無料で設置され、コンサートホールでは日常的に八代亜紀《やしろあき》や小林幸子《こばやしさちこ》などの大物演歌歌手のコンサートが開かれている。

　六ヶ所村は、もはや僻村ではない。ある意味では、日本で最も裕福な村となった。それもすべて、〝核〟のお陰なのだ。

「だからよ……」桜庭がいった。「いまさらそのくれえの銭っこさあっても、どもなんねえべ。金の力なら、国にはかなわねえんだ。それより、いまは、その金さもっというう人たちがいんべよ……」

　坂井は、桜庭の話を聞きながら考えた。六ヶ所村の村人たちは、弱者なのか。それとも、強者なのか。だが、弱者だからといって敗者になるとは限らない。強者が勝者になるとも限らない。

　桜庭の軽トラックで、JR大湊《おおみなと》線の吹越駅に送られた。どこに行こうという当てはない。ただ、北に向かおうとしか思いつかなかった。

　重いリュックを背負い、冷たい海風が吹き抜ける誰もいないホームで電車を待つ。

　北に行けば、灯台があるかもしれない。

　ふと、そんなことを思った。

11

四月八日午後――。

神山健介は国道四五号線を北に向かっていた。

岩手県普代《ふだい》村の警察署を出たのが、まだ昼前だった。岩手県警に福田公一を引き渡し、朝から渡辺裕子と二人で聴取《ちょうしゅ》を受けた。知っていることは、私立探偵という職業上の守秘義務に抵触《ていしょく》しない範囲内ですべて話してきた。福田は腰椎《ようつい》と鎖骨《さこつ》を骨折する重傷を負っているためにしばらく入院することになるが、退院を待って殺人罪で逮捕されることになるだろう。

iPhoneが、メールを受信した。神山は車を路肩に寄せ、確認した。

「誰からですか」

助手席の裕子が訊いた。

「東京の弁護士からだ……」

〈――神山様。

たったいままで、東京の警視庁の方とお話ししておりました。いろいろと事情を聞き、驚いています。こんなこととは知らず、今回は大変な調査を依頼して申し訳ありませんでした。

今後は、いかがなさいますか。もし難しければ、今回の調査は中止してもかまいません。もちろんこれまでの報酬は、当方の落ち度の分も含めてお支払いいたします。

すべて、神山様の判断におまかせします。

よろしくお願いします。

並木祥子――〉

神山は、メールに返信を打った。

「何ていってきたんですか」

「この〝仕事〟は、ここで止めてもいいそうだ。おれに、判断をまかせるといってきている」

「どうするんですか」

裕子が心配そうに訊いた。

「〝仕事〟は、最後までやると返信しておいた。途中で止めるのは、おれの主義じゃない……」

当初の仕事の用件は、二件だった。坂井が持ち逃げした六〇〇〇万の金を、もし津波に流されてしまっていなければ捜してほしいということ。もう一件は坂井を見つけ、並木祥子に連絡を取るようにいってほしいということ。それだけだ。

神山は、また車を走らせた。

日が高いうちに、国道四五号の橋で久慈川を渡り、久慈市の新井田《にいだ》を通過した。湾に面した、大きな町だった。

この町も、沿岸部や港湾部には津波の爪痕《つめあと》が残っていた。だが市街地や国道沿いの建物に被害は少なく、すでに町としての機能も復旧していた。人々の生活と日常が、戻っていた。

震災が起き、被災地に入ってもう四週間になる。いや、それ以上に、長い旅をしていたような気がする。その旅も、間もなく終わろうとしている。

さらに、北へと向かう。

青森県との県境を越え、八戸市へ入った。本州沿岸部最後の、大きな町だ。この町も漁港などに津波の被害があったと聞いていたが、他の車に連なって国道を走っている限りはその痕跡《こんせき》は見えなかった。国道沿いの量販店やファミリーレストランも、すでにほとんどが再開していた。

神山はこの町で、ガソリンと食料を補給した。

「まだ早いけど、ここで食事をしていこう。この先、下北半島に入ってしまうと、開いている店も少なくなる」

「今夜は、どこまで行くんですか」

　裕子が訊いた。

「行ける所までだ。今夜は、どこにも泊まらない」

　神山は、昨夜から坂井の行動を考えていた。奴はこの先、どこに向かうのか――。

　坂井は、太平洋岸に沿って北へ向かっている。やがては、下北半島へと入っていく。そう想定すれば、絶対とはいえないまでも、ある程度は立ち寄る場所は限られてくる。

　一つは、六ヶ所村だ。今夜は、これまで、各地で核施設に立ち寄ってきた。事故のあった福島第一原発の近くにも痕跡があったし、宮城県の女川原発にも足跡が残っていた。

　だが、神山は、六ヶ所村で坂井を捜すつもりはなかった。村はあまりにも広大で、核燃料再処理工場だけでなくいくつもの核関連施設が点在している。待ち伏せするにしても、あまり条件のいい場所とはいえない。

　しかも神山は、福田との一件で時間を無駄に使っている。坂井が六ヶ所村に立ち寄ったとしても、すでに通過してしまった可能性もある。

　それならば、もっと待ち伏せに適した場所がある。下北半島を北へと旅する者が、どこに行き着くのか。本州最北端の地、大間《おおま》の大間崎だ――。

　大間には、灯台がある。原発もある。そして北海道の函館へと渡る、フェリーの乗り場がある。

八戸を出た時には、すでに夜になっていた。しばらくして基地の町、三沢《みさわ》市に入り、これを通過。八戸野辺地《のへじ》線で半島の付け根を斜《なな》めに横断し、長らく旅を共にしてきた太平洋に別れを告げた。

野辺地町で陸奥《むつ》湾側に出て、国道二七九号線——むつはまなすライン——をひたすらに北上した。深夜の国道は暗く、車もほとんど走っていない。裕子とカイは、車に揺られながらいつの間にか眠っていた。

神山は、アクセルを踏み続けた。大間崎まで、残り約一〇〇キロ。途中に山越えの道もあり、津軽海峡側に出てからは海沿いの険しい道が続く。

だが、夜明けまでには岬に着けるだろう。

12

坂井はその夜、JR大湊線の終点の大湊の町に泊まった。

下北半島のここから先は、鉄道はない。まだ早い時間に駅に着いたが、仕方なく町に一軒だけのホテルに部屋を取った。

シャワーで旅の疲れを流し、寂れた港町を歩いた。ここにはもう、あの震災や津波の爪痕は何も残っていなかった。それだけで、肩の上の重い石が無くなったように心が楽になった。

小さな居酒屋を見つけ、暖簾《のれん》をくぐる。穏やかな熱気が全身を包み込み、眼鏡のレンズが白く曇った。店の中は、地元の人たちで込み合っていた。

カウンターの隅《すみ》に座り、品書きを見上げる。坂井は、酒が好きだった。久し振りに少し飲みたくなり、熱燗《あつかん》と大間のマグロの刺身、ホタテのバター焼きを注文した。

酒を手酌《てじゃく》で飲み、マグロの刺身を頬張《ほおば》った。体が溶けてしまいそうなほど、美味《うま》いと思った。こんな気分は、いつ以来だろう。しばらくぼんやりと考えてみたが、思い出せなかった。

四合ほど飲んで、少し酔った。しばらく酒から遠ざかっていたので、いくらか弱くなったのかもしれなかった。

ホテルに戻り、フロントで鍵を受け取る。その時、カウンターの中にいた男とこんなことを話した。

「明日、大間から函館までフェリーに乗りたいんだが、出航時間はわかるかな」

「これですね」男がそういって、カウンターの上から時刻表を取った。「いまの季節は朝七時と、午後の一四時一〇分の二本ですね……」

「ここからタクシーで、大間まで時間はどのくらいだろう」

「そうですね。距離は五〇キロもないんですが、途中、道が険しいですから……。二時間くらい見ておいた方がいいかもしれませんね……」

「それじゃあチェックアウトの時に、タクシーを一台呼んでおいてもらえないか」

翌日、坂井は朝八時まで眠り、ゆっくりと朝食を摂《と》った。その後、もう一度風呂に入り、一〇時にホテルを出た。

「お客さん、大間までだっきゃ」

タクシーに乗ると、待っていた運転手が訊いた。

「ええ、大間までお願いします」

「フェリー乗り場でいいべか」

坂井は、ちょっと考えた。午後のフェリーに乗るには、時間が空きすぎる。

「大間崎の灯台まで行ってくれませんか」

「灯台だんずな。せば行ぐか」

運転手が愛想よく笑い、メーターを倒して走り出した。

13

東の海上の空が、朝焼けに染まっていた。

神山は大間崎の駐車場に車を駐め、エンジンを切った。

淡い光の中に、透明感のある風景が浮かび上がってきた。寒々しい風景だった。周囲にはまだ、所々に雪が残っていた。

すぐ目の前に「こゝ本州最北端の地」と書かれた背の高い石碑と、大間名物のマグロのオブジェがひとつ。「大間崎」と書かれた標識の上では、一羽のペリカンが羽を休めていた。

遠くの離れ小島の上に、白と黒で塗《ぬ》り分けられた小さな灯台がつくねんと佇《たたず》んでいる。あれが、大間埼灯台なのだろうか。その遥か一七・五キロ先の水平線上に、北海道の大地が霞《かす》んでいた。

「坂井はここに、来るのでしょうか……」

助手席で裕子が、呟《つぶや》くようにいった。

「わからない。そう信じるしかないだろう……」

神山が、自分にいい聞かせるように答えた。

海上を、一隻の大型船の光が遠ざかっていく。七時ちょうどに大間港を出航した、函館行きのフェリーだった。

神山はフェリーの出航を、港で見送った。乗船したのは長距離のトラックが数台と、北海道の駐屯地《ちゆうとんち》に戻る陸上自衛隊の救助隊の車輌が数台。観光客はほとんどいなかったし、坂井もフェリーには乗らなかった。

出航を見届けて、大間崎の灯台に来た。次のフェリーの出航は、一四時一〇分。それまでここで、坂井を待つつもりだった。

次のフェリーの出航までに、坂井は大間に姿を現わすのだろうか。それとも明日か、明後日にはここに来るのだろうか。もしくはすでに坂井はここを通過し、北海道に渡ってしまったのだろうか。

神山は、自信がなかった。坂井が本当に大間に来るのかどうかも、何の確証もなかった。ただ、いま自分にできることは、ここで待つことだけだ。もし坂井が大間に現われなければ、この勝負は自分の負けだ。

「坂井は、本当に来るのかしら……」

裕子が遠くの海を眺《なが》めながら、またぽつりといった。

坂井保邦は、タクシーの後部座席で揺られていた。

国道で山をひとつ越えると、前方に青い海が広がった。左手に津軽海峡があり、その向こうに見えるのが北海道だと運転手が教えてくれた。

空にはぽっかりと、白い雲が浮かんでいる。のんびりとした、穏やかな風景だった。だが、風景が平穏であればあるほど、心は不安に押し潰《つぶ》されそうになる。

坂井は、六〇〇〇万の札束が入ったリュックを膝《ひざ》の上に載せ、抱いた。そしてこの四週間に、何度も思ったことを心の中で繰り返す。

自分は、これからどこに向かおうとしているのか……。

どこに行っても、自分には安住の地などない。この金を持っている限り、心が休まることもない。もし北海道に渡ったとしても、同じことだ。ただ、いまの不安と苦痛が長く続くだけだ。

間もなくタクシーは正津《しょうづ》川を渡り、大畑《おおはた》漁港を過ぎた。ここから道は登りになり、海沿いの断崖《だんがい》の上の険しい木野部《きのべ》峠越えに差し掛かる。

海は、輝いていた。高台に登れば登るほど、目映さを増した。坂井は、眼界に広がるその深い蒼《あお》さに見とれた。人生で、これほど美しい海を見たのは初めてだった。

だが、その時、また不安が頭をもたげてきた。

「運転手さん……車を、どこかに止めてもらえませんか……」

運転手が、路肩の広くなっている場所を見つけてタクシーを寄せた。

「なしたんず?」

坂井はしばらく海を見つめたまま、黙っていた。神山健介と、渡辺裕子の顔を思い浮かべた。

自分はいま、大間に向かっている。そこに行くしかないというように、導かれている。

つまりそれは、逃げる者だけでなく、追う者にとっても同じなのではないのか——。

だが、それでもいいと思った。もし、本州の最果ての地で旅が終わるのだとしたら、それも運命なのかもしれない。少なくとも自分は、楽になれる……。

「すみません。予定どおり、大間に行ってください」

運転手が怪訝そうな顔で、またタクシーを走らせはじめた。


いつの間にか、意識が途絶えていた。

神山は、肩を揺すられて目を覚ました。

「だいじょうぶですか」

裕子が神山の顔を覗《のぞ》き込む。

「眠っていたのか……」

「ええ……。気持ち良さそうに、寝息を立てていましたよ。徹夜で運転してきたから……」

まだ、頭がぼんやりとしていた。神山はコンビニの袋の中から缶コーヒーをひとつ取り、あくびをしながらプルトップを開けた。温《ぬる》まったコーヒーを飲みながら、周囲を見わたした。

時間は、午前一一時二〇分。情況は、あまり変わっていない。駐車場には時折、地元の車が現われるが、何事もなかったかのように走り去っていく。あれだけの大震災の後だ。まったくといっていいほど、観光客の姿を見ない。

「おれが寝ている間に、何か変わったことはなかったか」

「別に。ずっとこのままです……」

朝からいるペリカンが、まだ標識の上に止まっていた。

「昼を過ぎたら、港の方に行ってみよう。飯でも食って、フェリー乗り場で待とう」

「はい……」

そんなことを話していた直後だった。広い駐車場の中に、一台の車が入ってくるのがバックミラーに映った。タクシーだった。

神山は振り返り、様子を見守った。タクシーは、神山の車からはかなり離れた所に止まった。車内に運転手と、客の影が見える。しばらくすると後部のドアから男が一人、降りた。そしてタクシーが、走り去った。

男は、スーツもコートも着ていなかった。襟にボアの付いた厚手の上着に、足元には長靴を履いていた。だが銀縁の眼鏡を掛け、肩に黒いリュックを背負っていた。

坂井保邦……。

奴、だ。

神山はドアを開け、車から飛び出した。後からカイが、追ってくる。

「やめて！」

裕子の声が聞こえた。だが、神山は止まらなかった。坂井に向かって、走った。

坂井が、気が付く。神山の姿を見て、逃げた。神山は、それを追った。

「坂井！　逃げるな！」

坂井が、逃げる。神山が、追った。

「やめて！　その人に、何もしないで！」

後ろから、裕子の声が聞こえてきた。だが神山は、全力で走った。

坂井が、よろける。距離が、詰まった。カイが吠《ほ》えながら、神山の脇をすり抜けていった。

犬の声に驚いた坂井が、振り返った。

「うわぁぁ……」

リュックを振り回す。カイがそのリュックに、嚙《か》みつく。牙《きば》を立て、リュックを引いて
坂井の動きを止めた。

「カイ、やめろ」

坂井が、尻餅をついた。神山が坂井の背後から羽交締《はがいじ》めにして、押さえ込んだ。

「やめてくれ……。もう逃げないよ……」

坂井が、呻くようにいった。そこに、裕子が追いついてきた。

「やめて！　その人をいじめないで！　離して！」

裕子が拳を握り、泣きながら、神山の背中を何度も叩いた。

カイは唸《うな》りながら、いつまでもリュックを銜《くわ》えていた。

14

三人は小高い丘の上に、並んで座っていた。

眼界に、津軽海峡の青い海が広がっている。彼方には、北海道の大地が霞んでいた。

だが、すぐ目の前の眼下には、重機が地表を削《けず》り取ったケロイドのような巨大な傷と、そこに建ち並ぶ無機質で、異様な、醜《みにく》い建築物が見えた。

「仕方ないんですよ……。結局、金を持っている者が勝つんだ……」

坂井が風景を見ながら、ぼんやりといった。その横で裕子が労《いたわ》るように、坂井の体を抱いている。

一九八二年八月、原子力委員会は新型転換炉実証炉計画を決定。

一九八四年一二月、大間町町議会は原子力発電所誘致を決議。

一九九五年八月、原子力委員会は核燃料リサイクルにより生ずるＭＯＸ燃料装荷可能な軽水炉（ＡＢＷＲ）を、大間原発の全炉心に採用することを決定。

対岸の二〇キロにも満たない北海道側には、人口二七万人以上の大都市、函館がある。その函館市議会と北海道議会の反対を強引に押し切るように、建設計画を推《お》し進めてきた。

この建設計画の足枷《あしかせ》となったのが、最後まで計画に反対し続けた一人の地権者の存在だった。炉心建設予定地付近の土地の所有者が最後まで買収に応じず、二〇〇三年二月、電源開発側はこれを断念。建設計画そのものの変更と、原子炉設置許可の再申請を余儀なくされるという経緯があった。

だが大間原発は、計画に大幅な遅れが生じたものの二〇〇八年五月に着工。その陰で用地買収資金の七〇〇〇万円が狂言強盗によって横領されるなど、反社会的勢力に回った裏金も含めて、「莫大な金が消えた」と報道された。二〇一一年現在、運転開始予定は二〇一四年一一月と発表されている。

「まだわからないさ……」神山がいった。「今回の震災の福島第一原発の事故で、日本の原発事情は大きく変わるかもしれない。進行中の建設計画はすべて中止になるかもしれないし、原発そのものが次々と廃止になる可能性もある……」

だが、神山は、それが希望的観測による気休めにすぎないことをわかっていた。確かにしばらくの間は、日本の世論は反原発に傾いていくだろう。建設計画が中断され、既存の原子炉が運転停止に追い込まれることもあるだろう。

それでも人間は、喉元を過ぎればやがて熱さを忘れる。時間と共に、日本の経済は原発がなければ存続できないことを思い知らされる。政府や電力業界は電気不足や電気料金の値上げという〝脅し〟をちらつかせながら、民衆を黙らせ、時には〝餌〟をばら撒《ま》き、また原発事業を促進させていくことになるだろう。

「この金……あんたに預けるよ……。私が持っていても、使い道がない……」

坂井が、リュックを差し出した。

「おれは、こんな面倒なものはいらない」

神山がそれを、押し戻した。

「だけど、あんたの仕事なんだろう。これを取り戻すのが……」

「もし津波で流されていなければ、捜してほしいといわれただけだ。取り戻せとはいわれていない。津波に流されたことにすればいいさ」

坂井からいろいろと話を聞き、このリュックの中の六〇〇〇万がどのような金なのかを知った。上関原発の反対派だった久保江将生衆議院議員が、賛成派に寝返ったのだ。この金は、久保江議員の周囲の反対派を買収するための贈賄《ぞうわい》資金だった。こんな金を持ち帰り、贈収賄の片棒を担《かつ》がされるのはごめんだった。

「私だって、こんなに汚い金は持っていたくないんだ……」

坂井がいった。

「金に綺麗《きれい》も汚いもないさ。使い道によっちゃあ、死ぬ金も生き返る」

「どう使えばいいんだ……」

「いま、その金を一番必要としているのは、誰だ。今回の震災の被災者だろう。そう思わないか」

坂井が驚いたように、神山の顔を見た。

「あんた、まさか……」

「私は、その案に賛成……」

裕子が、小さな声でいった。

三人で車に乗り、大間の町に向かった。

それほど探すまでもなく、郵便局はすぐに見つかった。ガラスのブロックを積み上げたような、奇妙な形をした建物に三人で入っていく。中は意外に広く、局員は全員、胸にマグロのトレードマークをプリントしたTシャツを着ていた。

若くて誠実そうな局員に、東日本大震災の被災者への寄付の口座番号を調べてもらった。カウンターの上にリュックを置き、この金を送金してほしいと頼んだ。若い局員は六〇〇〇万円近い札束を見てしばらく声も出なかったが、やがて慌てて上司を呼びに行った。

結局、四〇〇〇万円を匿名《とくめい》で東日本大震災の見舞い金として送金し、残りの二〇〇〇万近くを小児癌の子供と家族を支援する公益財団法人に寄付をした。これで、金は綺麗に無くなった。いや、正確にいえば、三人で相談して一万円だけ取っておいた。

せっかく、本州最北の地の大間まで旅してきたのだ。最後に三人で、大間の名物のマグロ丼くらいは食べる権利があるだろう。

「これから、どうするんだ」

神山が、坂井に訊いた。

「とりあえず、裕子と二人で函館に渡ります。そこから飛行機で、山口に戻ります。娘のこともありますから……」

それがいいだろう。福田が自白すれば、坂井が殺人罪で追及されることはない。六〇〇〇万の金にしても、存在すればかえって都合の悪い性質の金だ。やがて、ほとぼりも冷めるだろう。

「ひとつ、頼みがあるんだ」

神山がいった。

「何ですか」

「おれも少しは〝仕事〟をしなくちゃならない。並木祥子から、あんたを捜して連絡を取らせるようにといわれている。いま、ここで、電話を一本入れてやってくれないか」

「わかりました。携帯を貸してもらえますか」

神山が携帯を出し、並木祥子の電話番号に繋いで坂井に渡した。坂井はそれを受け取り、二人から少し離れた。

電話に、相手が出たらしい。一〇分ほど、何かを話していた。裕子がちょっと心配そうに、その様子を見守っていた。

坂井が電話を切り、戻ってきて、携帯を神山に返した。

「どうだった」

神山が訊いた。

「いろいろと、事情を説明しました。いま神山さんと一緒だということも、これから彼女と山口に帰ることも話しました……」

坂井がそういって、裕子の肩を抱いた。

「並木祥子は、何といっていた」

「お幸せにと……。それから、神山さんによろしく伝えてほしいと……」

三人で、フェリー埠頭《ふとう》に向かった。午後の函館行きの便の出航までは、まだ少し時間があった。

先に二人分の乗船券を買ってから、近くの売店の二階の食堂に入った。マグロ丼を三人前と飲み物を取り、新たな門出をささやかに祝った。

埠頭に戻ると、すでに船が着岸していた。トラックや自衛隊の救援車が並びながら、次々とゲートの中に入っていく。

神山は、坂井の手を握った。

「それじゃあ」

「気を付けて」

形ばかりの、素《そ》っ気《け》ない、そんな挨拶だった。

「神山さん、ごめんなさい……。そして、ありがとう……」

最後に、裕子がいった。

二人がフェリーに乗るところを、カイと共に見送った。間もなく長い車列もすべて船体の中に収まり、海鳥が舞う空に汽笛《きてき》を鳴らしながらフェリーが出航した。二人は船のデッキに出て、いつまでも手を振っていた。

やがて、それも遠ざかっていった。

「さて、カイ。おれたちも行くか……」

広い埠頭に、一台だけ、ぽつんと残った車に乗り込む。シートに座り、エンジンを掛けた。久し振りにオーディオのスイッチを入れると、ルイ・アームストロングの『ホワッツ・ア・ワンダフル・ワールド』が聞こえてきた。

遠くのフェリーの船影を見ながら、神山はゆっくりと車を回した。

いまから走れば、途中で仮眠を取ったとしても、明日の昼頃までには白河に着けるだろう。

間もなく、本当に、長い旅も終わる。

解　説——北帰行《ほっきこう》の果《は》て

文芸評論家　野崎六助《のざきろくすけ》

男は逃げる。もう一人の男が追う。犬を連れた私立探偵が、ひたすら追う。

この小説の成り立ちは、いたってシンプルだ。

逃げる男は議員の秘書。六千万円の現金着服と殺人容疑がかかっている。政治家がらみの、いかにもウラのありそうな事件を、猟犬のような異能を持つ探偵が追う。

彼らの路程は北へ向かう。逃亡の目的地は、とくにない。逃げる男は、ただひたすら北へ向かう。北へ向かう情感が、凍《こご》える風のように、物語に吹きこんでくる。

追う男と追われる男。

これは、ハードボイルド小説の基幹である。そして、男たちの向かう方位には、北という漠然とした指示があるのみだ。『漂流者たち』のタイトルどおり、ただ北へ向かって漂流する。漂流する男たち。

この情感には、「北帰行」の唄がふさわしい。

《今は黙して行かん
何をまた語るべき》
男はなぜ逃げるのか。大金と殺人容疑。明らかだったはずの理由も、追う側の男にとって疑わしいものとなっていく。追う理由もまた「漂流」するほかないのだ。追う者と追われる者とのあいだに生まれるシンクロ。北への漂流。ハードボイルド小説にふさわしいドラマだ。
もちろん、ここに取り出したドラマは、本作の「基礎部分」だ。そこだけがムキダシになっているわけではない。土台の上に「本体」をしつらえた。本体といえるものは、「3・11」後の世界である。

情念のドラマを土台にして、作者は、東日本大震災——巨大複合災害直後の被災地を描いた。この小説が発信するのは、主要に被災の惨状のなまなましいドキュメントでもある。

この追跡の物語は、2011年の3月10日に始まり、ほぼ一カ月にわたっている。逃亡をはじめた男に、当初は明確な目的地はなかった。全国の灯台をまわってみようか、といった思いつきを浮かべる他は——。男はそこで「3・11」に襲われる。津波には呑《の》まれなかったものの、車を喪《うしな》い移動手段をなくす。

一方の探偵は——。

『渇いた夏』『早春の化石』『冬蛾《とうが》』『秋霧の街』の四季シリーズでおなじみの神山健介《かみやまけんすけ》。彼は福島県在住だった。そして数日後、彼の住む土地が、原発から80キロ圏内に位置しているという事実に直面する。

彼に「人捜し」の依頼が舞いこむのは、その後だった。彼は原発災害の影響から避難するのではなく、逆に、そこへ近づいていく仕事を引き受ける。

追う男・追われる男の「北帰行」は、同時に、巨大複合災害の被害地域を縦断することになる。被災地の惨状をめぐりめぐる「漂流」なのだ。

古びない「北帰行」の情念と未曾有《みぞう》の複合災害の情景——。それらが見事に融合している。

主として、追う男の「眼」が悲惨な災害の傷痕《きずあと》をとらえる。

むしろ、大方の読者は、ここまで四作のシリーズ作品で活躍《かつやく》したアウトドア派の探偵神山が、この作品のために造型された人物のように感じるにちがいない。

「核戦争壊滅後の荒廃《こうはい》世界」とは、われわれがパニック映画で数かぎりなく「観て」きた情景だ。「3・11」は、それを現実世界のものにした。平和な日常世界のなかに、突然、「戦災地域」が生起した。その結果、生じた大量の「国内難民」の存在。すべてが想定外だった。現実化したパニックにたいして、われわれにはどんな対応が可能であったのか。

　神山の追跡行は、その重苦しい問いへ一つの答えを与える。不足する日常必需品。いたるところで寸断される道路。ガソリンの不足から、車両での移動も制限される。苦しい条件下で、猟犬探偵は、各地の避難所を訪れ、逃げる男の残した痕跡《こんせき》を捜しまわる。その行動の記録は、必然として、「3・11」直後のパニック世界のクロニクルにもなっている。ほぼ日録だ。日を追うにつれ、災害の報告はふくれあがり、また、原発の壊滅状況も実状を隠せなくなる。

　およそ一カ月のあいだに移ろった絶望・不安・恐怖……。それらの偽《いつわ》りないドキュメントを、読者は、本作に見いだすだろう。

『漂流者たち』は、シンプルなハードボイルド小説の情感のなかに、現実世界の極限状況の記録を混ぜ合わせた。記録はフィクションのなかであっても虚構ではない。こうした融合を成功させた価値ある一作といえるだろう。

　地獄図絵を「借景」にした「北帰行」のロマン。ここには、シリーズ番外といった異様な熱気がこもっている。いや、むしろ、この作品を実現するためにシリーズ四作が用意されていったとしても決して過言ではない。

それを可能にしたのは、『下山事件 最後の証言』で出発したノンフィクション作家としての柴田哲孝の資質だろう。被災地をめぐる猟犬探偵の「眼」は、そのまま作者の観察眼だ。そして、無機的な報告文がもたらす脅威《きょうい》は、いやおうなく、われわれを襲った現実的なパニック体験を思い出させる（ここで、われわれというのは、被災から免《まぬか》れた不特定多数を意味する）。

災害後を描いた作品は、当然というか、数多く現われた。ミステリ分野にかぎってみても少なくない。

解説者の私見では、岡崎大五《おかざきだいご》『黒い魎《みずは》』、相場英雄《あいばひでお》『共震』、真山仁《まやまじん》『雨に泣いてる』の三作が記憶に足《た》りるだろう。

本作『漂流者たち』はそれらに並んで、災害状況のドキュメンタルな再現において異彩をはなっている。

さて、解説文では、本作の大まかな骨格部分について述《の》べるにとどめることにする。

男と男のシンプルな追跡劇といったが、ストーリーの半《なか》ばあたりで、別の要素が介入《かいにゅう》してくる。定石《じょうせき》どおりというか、謎の女の登場である。女はどのような波紋を投げかけるのか。

そして、追跡行も、フクシマ原発からさらに北上するにつれ、風景を変容させる。被災地を外れ、北に向けて漂流すると、視《み》えてくるのは「原発過密地帯」としての東北の空虚なすがただ。どこへ漂流しようとも原発のある土地に突き当たる。本州の最果ての地まで流れさすらっていっても、この現実からは逃れられない……。

といったようなストーリーの展開部分にふれて、読者の興趣を殺《そ》いでしまうような愚《ぐ》は避けよう。

（この作品は平成二十五年九月、小社より四六判『漂流者たち』として刊行されたものです）

一〇〇字書評

切り取り線

購買動機（新聞、雑誌名を記入するか、あるいは○をつけてください）	
□（　　　　　　）の広告を見て	
□（　　　　　　）の書評を見て	
□ 知人のすすめで	□ タイトルに惹かれて
□ カバーが良かったから	□ 内容が面白そうだから
□ 好きな作家だから	□ 好きな分野の本だから

・最近、最も感銘を受けた作品名をお書き下さい

・あなたのお好きな作家名をお書き下さい

・その他、ご要望がありましたらお書き下さい

住所	〒				
氏名		職業		年齢	
Eメール	※携帯には配信できません	新刊情報等のメール配信を 希望する・しない			

この本の感想を、編集部までお寄せいただけたらありがたく存じます。今後の企画の参考にさせていただきます。Eメールでも結構です。

いただいた「一〇〇字書評」は、新聞・雑誌等に紹介させていただくことがあります。その場合はお礼として特製図書カードを差し上げます。

前ページの原稿用紙に書評をお書きの上、切り取り、左記までお送り下さい。宛先の住所は不要です。

なお、ご記入いただいたお名前、ご住所等は、書評紹介の事前了解、謝礼のお届けのためだけに利用し、そのほかの目的のために利用することはありません。

〒一〇一 - 八七〇一
祥伝社文庫編集長　坂口芳和
電話　〇三（三二六五）二〇八〇

祥伝社ホームページの「ブックレビュー」からも、書き込めます。
http://www.shodensha.co.jp/bookreview/

祥伝社文庫

漂流者《ひようりゆうしや》たち　私立探偵《しりつたんてい》　神山健介《かみやまけんすけ》

平成27年12月20日　初版第1刷発行

著　者　柴田哲孝《しばたてつたか》

発行者　竹内和芳

発行所　祥伝社《しようでんしや》

東京都千代田区神田神保町3-3
〒101-8701
電話　03（3265）2081（販売部）
電話　03（3265）2080（編集部）
電話　03（3265）3622（業務部）
http://www.shodensha.co.jp/

印刷所　萩原印刷
製本所　積信堂
カバーフォーマットデザイン　芥 陽子

 ISBN978-4-396-34164-0 C0193